人間系列 0

零崎雙識的人間試驗

西尾維新
NISIOISIN

Illustration
take

Illustration take
Cover Design Veia

登場人物簡介

無桐伊織(MUTOU IORI)——女高中生。

早蕨刃渡(SAWARABI HAWATARI)——太刀手。

早蕨薙真(SAWARABI NAGUMA)——薙刀手。

早蕨弓矢(SAWARABI YUMIYA)——弓箭手。

零崎雙識(ZEROZAKI SOUSHIKI)——自殺志願。

零崎人識(ZEROZAKI HITOSHIKI)——人間失格。

死色真紅——承包人。

第零話 零崎雙識

「坦白說，

真正使人感到費解的，是你面對這整個問題的心態。」佩奇斯說：「其實我只不過是在研究虛構的故事，是絕對未曾發生過的靈異奇談啊。話雖如此在某種層面上，我還是相信著鬼魂的存在。至於已被證實的現象——除非我們能舉出反證，否則不得不稱之為事實的現象，你可是這方面的權威。然而你對自己人生當中最為重要的研究，卻壓根連一個字都不相信。這簡直就像布萊德蕭（George Bradshaw）寫出證明蒸氣火車不可能存在的論文，等於大英百科全書的編輯者在序文中指出全書沒有任何一條可信的項目不是嗎。」

「即使這樣，又有何不可呢？」葛里莫幾乎沒有張開嘴巴，以慣用的機關槍速度激動地大聲說道：「從中更能顯示出道德勇氣，難道不是嗎？」

「正所謂『過猶不及』，你鑽研學問到走火入魔了吧？」伯納比開口道。

《三口棺材》by 約翰．狄克森．卡爾）

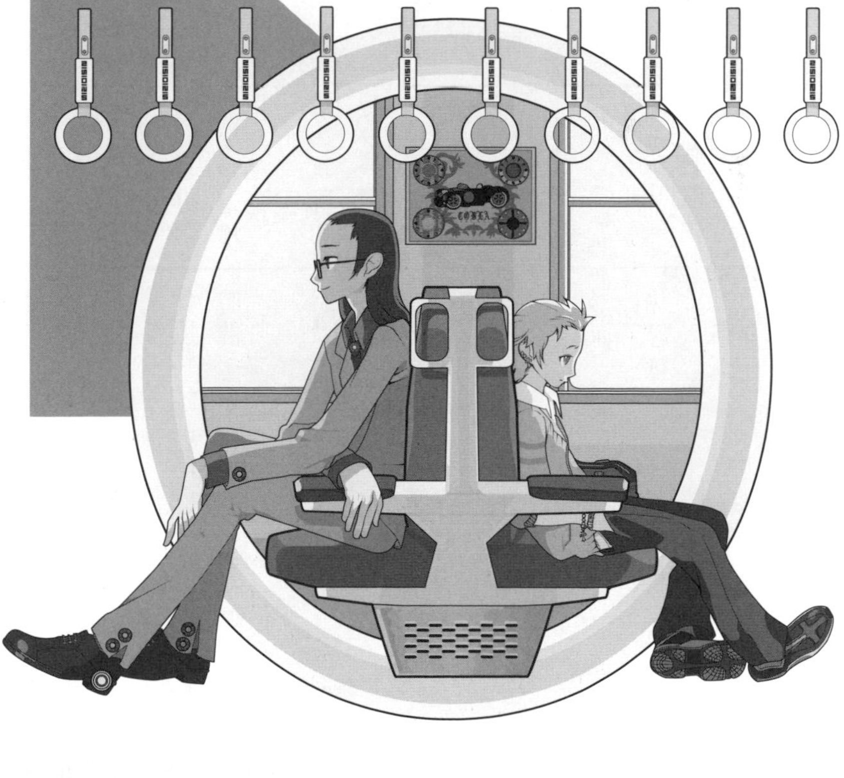

「人死的時候啊——其中必然具有某種『惡』，或類似『惡』的存在，我是這麼認為的。」

……這座車廂裡面，僅僅只有兩名乘客而已。然而這並非發生什麼特殊的狀況，在窮鄉僻壤，非假日的午間電車，大抵都是如此。雖然要說這樣的時間，車廂裡面同時有兩名乘客才真叫做希奇，或許也稍嫌誇張了點。

其中一人是穿著學生制服的少年，頭髮染成淡褐色，耳廓和手腕及手指上，花俏地戴著各種自認為很帥氣的銀飾品——至少他本人是這麼覺得。

而另外一名——則是與日本人體格相去甚遠的高個男子。但他削瘦的身軀看上去卻不會給人魁梧的印象，再配合他那異常修長的手腳，構成宛如中學美術教室裡所擺設的，金屬絲線工藝品般的剪影。穿西裝打領帶，頭髮向後梳沒有分邊，再搭上銀框眼鏡，這樣非常理所當然的，極之理所當然的造型，卻令人出乎意料地不搭調。

少年與金線工藝品坐在沒有其他乘客的車廂內，並未刻意壓低音量地交談著——與其說是交談，感覺更像是金線工藝品單方面地對著少年侃侃而談。相對於少年臉上明顯可見不耐煩的表情，金線工藝品則是一副相當樂在其中的模樣。

「好比說，假設現在有一個殺人鬼吧，因為他是殺人鬼所以就遵循自己存在的理由去殺人，而被殺的人也理所當然地死了。這種時候不用說，殺人鬼肯定是『惡』的，畢竟如果沒有他，對方就不會死了。然後這名殺人鬼被警察逮捕，經過偵訊和審判之後，被法官宣告死刑。當然這應該要歸咎於殺人鬼自己的行為是『惡』的，對吧。可是換個角度想，假如那是冤枉的呢？殺人鬼其實根本沒有殺人，他只是身為殺人鬼而已，明明就沒有動手殺人，結果卻被處以死刑，這種情況又該怎麼說呢？這應該算法律體系的『惡』，或者應該說是檢察官跟法官頭腦判斷錯誤所造成的『惡』吧。好，接下來，如果那位檢察官在與事件完全無關的地方，被天空落下的隕石活活砸死，則幾乎可以說無庸置疑肯定就是——檢察官本身的『惡』運使然了。」

「喔……這樣啊。」

少年意興闌珊地回應道，語氣彷彿是在說那又怎樣。雖然表情充滿不耐，但面對身高幾乎有自己兩倍的金線工藝品，似乎又沒有膽量直接忽視不予理會，只好隨便敷衍兩句。然而，金線工藝品卻絲毫不介意少年的反應，又繼續往下講。

「我想說什麼你明白嗎？總而言之，所謂『人的死』，是一種自始至終徹頭徹尾都離不開『惡』的概念，當中連一分一毫讓善意或良知滲入的縫隙都不存在。死亡的理論是無懈可擊的。有人死亡的故事只會有無可救藥的惡人登場，其他人不會也不應該出現。無論是提倡正義的聖人或提倡倫理的善人，以及負責解謎的某人，都沒有資格名列在登場人物表上，甚至他們本身也並不希望出場吧。簡單講就這麼回事，想藉著人的死亡來表現任何愛或情感或真理之類的東西，根本就不可能。人的死亡當中只會有『惡』存在而已。」

「只有『惡』而已？」

「只有『惡』而已，沒有任何別的存在。」

「……可是，大叔——」或許是聽見太過極端的理論難免有感而發吧，少年彷彿鼓起全身的勇氣發出聲音，嘗試對金線工藝品提出反駁。「——這世上偶爾也會有『死了比較好』的情況發生，不是嗎？『死了反而解脫』，換言之『死了**比活著好**』，這種情況還是會有的不是嗎？」

「我想我年紀應該還沒老到要被叫大叔的地步。」金線工藝品苦笑道。「至於你所提出的反駁，如果真要回答，所謂『死了比較好』這種情況，本身就是一種『惡』了啊。唉～不過，對你這個年紀的人而言，這些話聽起來充其量也只像是文字遊戲罷了。我能了解你的心情，我都了解喔。但我並沒有玩文字遊戲的興趣，而且我雖然還不算大叔，畢竟也比你虛長了幾歲，自認夠資格講點人生道理吶——所以你……呃，剛才你說自己叫什麼名字來著？」

「柘植……慈恩。」

「唔！」聽見少年戰戰兢兢地報上姓名，金線工藝品砰地一聲擊掌道：「慈恩是嗎，慈恩真是個好名字啊。跟念流（註1）的開山始祖同名呢，可以從中想見令尊的人格特質，實在太出色了。」

「喔……」

那傢伙是幹麼的鬼才知道你在講誰啊，少年差點想要脫口而出，但金線工藝品並不以為意，叫了聲「慈恩君——」，又對少年說：

「聽好囉，這世界原本就充滿了所謂的『惡』，充滿了所有能用『惡』來表現的存

1　劍道門派之一，奉相馬四郎義元（法號念阿弥慈恩）為始祖，故又名慈恩流。

在。所謂的人生，就像是封閉在到處都埋著地雷的房間裡面過日子。賭上性命的繭居生活，這就是人生啊。一個人即使沒做什麼特別的事情，也會遇上『惡』的事物，就跟走在路上遇到紅綠燈的機率差不多。既然如此，更沒必要讓自己成為『惡』的存在，讓致死的機率再加倍提升——你不這麼認為嗎？雖然這種事情應該沒必要問，不過慈恩君，你當然不想死對吧？」

「呃這個，是這樣沒錯——」

「對嘛對嘛，所以說作為一個活生生的人，自殺志願簡直是種最糟最惡的思想。這種行為甚至連逃避都稱不上。那好，慈恩君——」金線工藝品突然改變語氣，對少年說道：「逃學蹺課實在是一種『惡』的行為，趁現在還來得及，請在下一站轉車，乖乖回去上學。」

「…………」

——看樣子眼前的情況，似乎是金線工藝品正在說服蹺了課準備去玩的少年，希望對方能打消念頭——光聽這樣，只覺得是日常生活當中極為普通的一幕場景，然而為了導出這個結論，金線工藝品所使用的迂迴方式未免也太奇特了點。區區的蹺課這點小事居然能跟人的死亡扯在一起，還真是相當罕見的怪人。

少年已經超越不耐煩，也跨越了錯愕，最後似乎開始覺得滑稽，忍不住笑了出來。

「拜託——大叔你，該怎麼說啊，真是個超奇怪的傢伙耶。」

「就跟你說我還不到被叫大叔的年紀。對了，我有個弟弟剛好跟你差不多歲數呢。」

「哦，那意思是說，我應該要叫你一聲大哥才對囉？」

「嗯——啊啊，不，別這樣叫我才是明智之舉。」金線工藝品說到這裡，不知為何有些含糊其詞。「這是真的，如果想要活命——想要以人的身分活下去的話。嗯，同樣道理，那些叮叮噹噹的戒指跟手環還有耳飾，實在是令人不敢恭維，太過標新立異了。」

「怎麼會？這只是一種造型而已，很時髦耶。」

「假如你讀過屠格涅夫就不會有這樣的疑問了吧。或者只要喜愛宇野浩二的作品，就應該思考過有關『平凡』的定義。」看來金線工藝品似乎有著與外表不相稱的囉唆性格，又從完全無關的話題開始扯起，拐彎抹角地回答少年。「也對，高中生嘛，像你這樣到了正要展望世界的年紀，想必經常會思考有關將來的事情。恐怕你平常無意間就已經在思考了吧——『即使將來出社會工作，也絕對不想成為穿西裝打領帶的上班族』等等之類的。」

「呃，不，那個——」

眼前正是穿西裝打領帶的金線工藝品，實在很難當著對方的面點頭，然而少年臉上的表情卻清楚地說明了肯定的答案。看見少年的態度，金線工藝品只是朝他微微一笑。

「唉呀沒關係，不需要顧慮到我。現在的年輕人——或者應該說，任何時代的年輕人都一樣，總希望成為運動選手或者音樂人之類的。討厭穿西裝打領帶——因為這樣的造型非常『平凡』隨處可見。人類對於『平凡』這件事情會懷著近似恐懼的心情——尤其像你這樣的年紀特別明顯呢。對於『跟別人一樣』這件事情，彷彿出於本能地感到恐懼，因為討厭無個性、沒個性。倘若沒有比別人出色的優點，只是跟誰一樣，跟誰相同的話，還不如比別人壞一點糟一點來得好，類似這樣的感覺。總之就是害怕平均，害怕『平凡』……可惜這些想法，這種感覺，我完全無法理解。所謂的『平凡』，明明就是一件美好至極無與倫比的事情啊。」

「……咦——？可是平凡的人生很無趣耶。」

「這麼說，走投無路山窮水盡陷入絕境的人生，才是你所期望的囉？慈恩君，所謂『平凡』哪，就表示『不對別人造成困擾』的意思。不平凡的人，無論屬性是善也好或惡也罷，一定都會傷害到別人的。然後結果就是，連自己也受到傷害——成為反覆傷害的迴旋曲。這種情況會永遠持續下去，只要活著，就會持續到死為止。所以『平凡』跟『理所當然』是非常幸福的事情喔。無論對本身而言，還是對周遭的其他人而言都一樣。自己本身的事情也許可以隨個人高興，但周遭其他人，當然是能過得幸福比較好吧？而且一但自己周遭的人得到幸福，自己也會感到更加幸福，這就叫做幸福的相乘效果。比方說，慈恩君，你有沒有打從心底尊敬的人呢？」

「打從心底尊敬的人……？」

「讓你稱之為神的傑出人物啊，世界如此遼闊，歷史如此悠久，至少也有這樣的人存在吧？」

「雖然不太瞭解尊敬的定義……不過我滿喜歡吉姆莫里森（Jim Morrison）的。」

「唔？」金線工藝品似乎並不知道這個名字，疑惑地偏著頭，但隨即又說「算了無所謂」立刻恢復原狀，看來他絲毫沒有求知的好奇心。「雖然我孤陋寡聞沒聽過這號人物，但既然你說喜歡他，想必他一定有著某些豐功偉業，譬如寫出世界名著或是演奏過精采的音樂等等，留下了偉大的成就吧。這就是一種『不平凡』囉。」

「嗯。」

「儘管如此——也許這時候提出否定的意見會讓你感到不愉快，可是追根究柢，若要說他幸不幸福，那答案絕對是不可能會幸福的。至於他周遭的人是否幸福，那也肯定是不可能會幸福的。即使我對這位吉姆某先生的事情一無所知，卻敢大聲斷言絕對不可能。聽好囉，慈恩君，由於不『平凡』而衍生出來的現象，幾乎十之八九都會朝負面方向發展。也許在別人眼中看來是值得羨慕的人生，但其實受人羨慕並非什麼幸福的事情。無論名譽也好榮譽也好，地位也好財產也好，這些都不是得到幸福的必需品。這點很重要希望你能仔細聽清楚，所謂『幸福』呢——說到底，就是和周圍的人相處融洽，畢竟這是哺乳動物的宿命啊。」

「……我不太明白——」少年面有難色地回答金線工藝品。「你意思是說像才能這種東西，對於人際關係並沒有任何幫助是嗎？」

「應該說反而會成為阻礙吧。」雖然不知道有何根據，但金線工藝品自信滿滿地斷言道。「假如想要成為革命家則另當別論，但如果想要以普通人的身分活下去，就應該盡量隱藏自己的特質。所以我才會這樣子穿西裝打領帶，穿皮鞋梳西裝頭，用強調平凡的造型來包裝自己。因為即使是我，多多少少也會有想要得到幸福的心情啊。」

「呃……？」

這麼說來大叔你根本不是什麼上班族而是刻意做這種打扮嗎。金線工藝品對少年眼神中透露的疑惑視若無睹，突然「唉～」地嘆了口氣。

「……只可惜世界上仍舊存在著一些笨蛋，不明白這個道理……好比說我弟弟就是其中之一。跟你說，我那笨蛋老弟啊，不但頭髮過長又染色……呃，如果只是像你一樣讓髮色稍微變淺還可以理解，可是幹麼要染成別種顏色呢？不僅如此，還在耳朵上到處鑽洞……而且不是掛像你這樣的耳環，是掛著手機吊飾之類的玩意兒，真搞不懂他在想什麼，我也完全不想去搞懂。那樣究竟有何意義呢？最要命的是還跑去刺青，刺青耶！而且不是刺在手上或背上，是在臉上刺了一大片。人的忍耐是有極限的，呆子也要有點分寸吧。身體髮膚受之父母，真想好好問問他到底在想些什麼東西。自認為這樣很酷很耍帥，簡直讓人無言以對。那個臭小子，要不是自家人我早就一拳揍下去了。」

真是有其兄必有其弟，像你這種怪人跟那樣的弟弟還真是相得益彰咧。少年沒有將這句話說出口，只淡淡回了句「喔……這樣啊。」一副不感興趣的模樣。

「……大叔，你們家人之間感情不好嗎？」

「嗯？不不不，沒那回事。剛才說的弟弟是個令人又愛又恨的傢伙，愛之深責之切嘛。這只是一種，所謂的炫燿啦。對啊沒錯，像我們這樣相親相愛和樂融融的家族，別說全日本了，就算找遍全世界也不可能會有的吧。堪稱是誇耀全世界的家族喔。」

金線工藝品說著，便露出充滿驕傲的笑容。看來他確實以自己的家族為榮，光聽他剛才提到弟弟的事情，也不難想像其餘的家族成員。少年一臉複雜的表情，而金線工藝品似乎誤解了他臉上表情的含意，「唔？」地一聲抬起下巴說道。

「怎麼，慈恩君，莫非你跟家人正處得不好嗎？這樣可是不行的喔，跟家人絕對不可以感情不好喔。**因為那是，天經地義的事情。**」

「呃，也不算處得不好啦……該怎麼說，是嫌煩嗎，總覺得老爸跟老媽還有老哥跟老妹，全都是些很無趣的傢伙。」

「哦？」

金線工藝品彷彿對少年的家庭頗感興趣，難得地沒有開口只用點頭回應。

「雖然對大叔來講，所謂『無趣』其實是一種『平凡』又『理所當然』的『幸福』，但我還是——沒辦法想得那麼開啊。」

「無妨，想不開就盡情地迷惘吧，矛盾掙扎是屬於青少年的特權。只不過身為一個也曾經迷惘掙扎的過來人，讓我來說的話……全部由一群陷入絕境的傢伙所聚集而成的家族，也很令人傷腦筋喔。即使是慈恩君你，也不會想加入一個全員都是殺人狂的家庭吧？」

「呃，那是當然的……」

「那是當然的，也是應該的。千萬不要忘記。假如不想死的話，就絕對不要跨越『當然』兩字，不要超出『平凡』兩字的界線。死亡的理由就像『惡』一樣，有如地雷般遍布在世界各個角落。儘管人必定會死，但也沒必要急著赴死。在可以生存的範圍內，人都應該要好好地生存下去。無論背負著什麼樣的宿命，或犯了什麼樣的罪，活著的人就應該要好好活著……尤其是有目標必須達成的時候。呼呼呼，老實說我啊，目前正在尋找離家出走的弟弟喔。」

「弟弟……你是說，剛才提到的嗎？」

「啊啊。我老弟從以前就是個有流浪癖的傢伙……然後這一次堪稱是變本加厲發揮到極致吶。只知道他好像往西日本去了，除此之外毫無頭緒。究竟是跑去長崎吃蜂蜜蛋糕，或是溜到岡山吃吉備團子，還是飛到沖繩吃金楚糕，又或者是逗留在京都吃八橋，完全沒有任何情報訊息。」

「聽得出來你弟弟是個超級甜食主義者……不過光憑這樣也沒辦法找到吧。這種事情不是應該交給警察或偵探之類的比較好嗎？外行人就算費盡心力也是徒勞無功。」

外行人吶，金線工藝品微微一笑。

「不不不，必須趕在警察之前搶先一步找到他，而且基於某些緣故也不能夠委託偵探。因為我弟弟是個相當麻煩的問題人物呢。」

「哈，什麼意思？難道你弟弟是殺人鬼？該不會就像剛才講的例子吧。」

「不不不——那傢伙還沒厲害到號稱殺人鬼的地步。」金線工藝品對於少年的玩笑話也同樣以玩笑話回應。「應該說若將兩者相提並論，對殺人鬼未免太失禮了。要被冠上這個稱號，必須在我帶領之下鑽研更深累積更多經驗才行吧。正因如此，我無論如何都必須找到弟弟。以他現階段未成熟的功力去闖蕩社會，萬一遭遇不幸就太可憐了。畢竟世界和夏天都充滿了危險啊。」

「真看不出來你會這麼掛念弟弟呢。」

「什麼叫看不出來這句話真過分呢。況且重視家人是件理所當然的事情。唔，對了，既然正好提到就順便問一下吧。你有沒有看見一個頭髮染色，耳朵掛著手機吊飾，臉上刺青的男孩子？」

「沒有……那麼有趣的傢伙只要見過一次絕對不會忘記的……」

「身高大約一百五十公分左右，長相挺可愛的，雖然被刺青給糟蹋了。頭髮大部分都綁在腦後，髮際稍微剃高，啊啊，對了，可能還戴著墨鏡。還有還有，他本人大概自認為很酷很時髦，全身上下都裝備著刀子。」

「唔……可以的話那種傢伙我連一次都不想遇見……嗯？奇怪，剛才既然說毫無頭緒，那現在問我有沒有見過，意思是已經掌握到他人就在這附近的**線索**了嗎？」

「哦，居然有如名偵探般敏銳呢。只可惜也像名偵探一樣地推測錯誤。完全沒那回事，我剛才說毫無訊息並沒有撒謊，只不過如果單純以大方向而言，家人所在的地方光憑直覺就能知道了。」

「直覺……」

「是直覺啊。集體潛意識，就像狼群尋找同類的本能一樣吧。尤其我們家族，關於**這方面**，更有著令別人望塵莫及的牽絆。所以**應該就在附近一帶**，至少這點程度是能夠預測到的。剛才也說過了吧？我們堪稱是誇耀全世界的家族。雖然榮耀與恥辱往往只有一線之隔，甚至幾乎可說是一體兩面的東西。請容我再多說幾句，其實我的家族啊——」

正當金線工藝品準備要開始炫燿自己引以為傲的家族時，車內廣播突然響起，通知即將抵達下一站。金線工藝品聽到廣播，便停住打開的話匣子，說聲「那就這樣了」。

「你在這一站下車，到月臺另一邊等候反方向的電車，然後坐回學校去。現在時間還綽綽有餘，應該來得及趕回去上下午的課。嗯當然學校老師多少會說教一下，不過那些話都當耳邊風聽聽就算了。反正對方也並非發自內心向你講道理，根本沒必要理會。」

「……知道啦，我去學校就是了，去就去——真囉唆。」

少年一副被迫無奈的模樣從座位上站起來，取下放在行李架的書包。或許是覺得與其接下來要一直被金線工藝品糾纏不休，乾脆回去上課還比較好。金線工藝品見狀，滿意地點點頭。

「嗯，這才不枉費你名叫慈恩。呼呼呼，名字是很重要的喔，名字真的很重要。事實上，人如其名這句話對我而言可是金科玉律吶。」

「喔……」

「唔呼，呼呼呼，很好很好，看樣子你似乎是『合格』了。」

「啥？」

看見金線工藝品面露欣喜地說出這句話，少年感到古怪地皺起眉頭。對於少年的反應，金線工藝品只是動作誇張地揮了揮手敷衍過去。

「沒什麼沒什麼，剛才只是我在自言自語。那麼再見了，要小心這個世界啊。」

說完金線工藝品便伸手比向車廂出入口。彷彿經過準確計算般，減速中的電車也在同一時間停止，那扇門自動開啟。「再見。」少年輕輕點了下頭，跨出車門站在月臺上，忽然又想起什麼似地回過頭來，「對了——」看向金線工藝品說：

「還沒問過你的名字。」

「我叫零崎雙識。」

若無其事地報上姓名，電車門也隨之關閉。如此這般，極為平凡又正常的無聊少年，柘植慈恩，與極為不平凡又超乎尋常的金線工藝品，零崎雙識，彼此的接觸就到此結束。

◆　◆

零崎雙識的西裝是特別訂製的，內側有個仿照槍套的暗袋，裡面藏著雙識愛用的『凶器』。那把凶器打造成剪刀的外型，但超乎尋常的程度卻一目瞭然。

正確來講，並且說得簡單明瞭一點，把手部分為巴掌大的半月形，以鋼鐵鍛接鑄成的兩刃型和式短刀，用螺絲固定為活動式雙刃——大致上可以這樣形容。由拇指操控的刀刃比起下面四指所控制的刀刃略為短小，外型確實是一把剪刀，除了剪刀沒有其他表現方式，至於存在意義卻只能聯想到殺人凶器，感覺有如校園怪談裡出現的**上半身幽靈**會拿的妖怪剪刀。工匠在鑄造這把造型特異（看起來就像為了好玩而打造）的利刃時，只刻上數字型號並未另外命名，因此雙識自己便稱呼這把凶器為『自殺志願』（Mind Render），而這個稱號本身，已然成為零崎雙識的代名詞。即使零崎雙識如此愛用這把奇特的凶器，但卻不輕易在人前炫燿。儘管容易遭到誤解，仍極度內斂，完全尊重對方，不喜歡引人注目，這就是零崎雙識的性格。甚至連特技哥薩克舞，也是除非心情特別激昂否則絕不表演。以他修長的雙腿去想像，這實在是驚人之舉。

然而就在那名少年，柘植慈恩下車之後——零崎雙識隨即漫不經心似地，用若無其事的動作，從西裝內側取出了那把利刃『自殺志願』。喀嚓一聲，將剪刀張開，又閉合。

「唉呀——似乎讓你久等了，真不好意思呢。」

視線朝向前方並未移動，但零崎雙識這句臺詞卻是對著此刻正從隔壁車廂走過來的一名男子所說。男子也和雙識一樣，穿西裝打領帶，以極為普通的服裝造型出現——但那雙手裡卻握著難以稱為普通的大口徑手槍，槍口朝著零崎雙識。

男子近乎面無表情，眼神空洞，腦中究竟在想些什麼無從得知——而零崎雙識彷彿也對那些事情壓根不感興趣，只是苦笑般扯了扯嘴角。

「喂喂喂，彼此都是專業級的高手沒錯吧？那種無聊的威脅道具就收起來別玩了。不知道什麼叫做浪費時間嗎？」

「——**零崎一賊的傢伙是吧**。」

男子依言收起手槍，一邊向零崎雙識如此問道。與其說詢問，語氣更像是單純在做確認而已。面對槍械並未流露出任何驚訝的雙識，對於這句臺詞卻幾乎可說是反應誇張地，視線終於看往男子的方向。

眼前站著一名素未謀面，完全陌生的男性。

奇怪，雙識心想。

即使身為零崎一賊有不會被狙擊的理由但因身為零崎一賊而遭到狙擊的理由——這樣的推論不可能成立。這並不合理，畢竟『零崎』這個姓氏原本就帶有這層涵意，甚至無須說明或解釋，對雙識而言是理所當然的事情。

儘管如此。

假使，其中也有例外的話——

假使有例外的話。

「呼呼呼，話說回來我在零崎當中也算極端的異類——是所謂的平穩主義者唷。熱愛正義與和平勝於一切，是有如白鴿般的男人啊。」

零崎雙識慢條斯理地直起身子，從座位上站起來。在手腳修長的襯托之下，豈止不像白鴿，簡直給人一種彷彿巨大螳螂的印象。他將大剪刀的把手套入指間揮舞轉動著，雖然因為造型有點呆使得威嚇效果減半，但男子仍向後退了一步有所戒備。

「所以如果你現在撤退的話，我可以忘記剛才的事情。你既沒有遇見過我，我也沒有遇見過你。你沒有發現到我，我也沒有被你看到——更重要的是，你不會被我殺死，我也不會殺了你。為了性命著想，應該可以成交，還有商量的餘地不是嗎？」

「…………」

男子沉默無語，接著從收起手槍的另一側暗袋取出短刀。一邊是厚刃一邊是薄刃，款式復古的刀械，彷彿輕輕一揮就能擊碎人類頭蓋骨的感覺。粗糙的模樣絲毫感覺不出刀子應有的獨特美感，當然，男子大概也不需要美感這種東西吧。不由分說地全神貫注，毫不掩藏敵意。看來零崎雙識所說的話似乎引起了百分之百的反效果。唉呀傷腦筋，雙識停下手中旋轉的剪刀。

「明知道弟弟就在附近，實在不是做這種事情的時候——算了，總會有不得已的情況嘛。」

零崎雙識將『自殺志願』的兩刃張開，刀尖朝向男子，斂起笑容擺出架勢。

「——那麼，開始零崎吧。」

（柘植慈恩——合格）

（第零話——結束）

零崎雙識的人間試驗

第一話
無桐伊織（1）

「…………呃？」

男人是計畫性地殺人，而女人則是突發性地殺人。就算再怎麼突發的狀態下，男人在殺人時總會有計畫地進行，而就算再怎麼經過反覆計畫的結果下，女人在殺人時總會有突發的行為。這種既愚蠢幼稚又充滿偏見的論調，過去無桐伊織一點也不相信，別說相信了，根本連這種理論的存在本身都不知道。

然而卻——

為什麼——

「咦，騙人——」

……棒球被形容為『沒有故事大綱的戲劇』，這個說法伊織多少也曾聽過。後續的發展完全無法預測，不知道會發生什麼事情，不曉得會怎樣迂迴曲折，是沒有劇本的即興表演。原來如此說得還真好呢，伊織心裡一邊這麼想著，一邊又忍不住想——

沒有大綱的戲劇。

這樣玩很有趣嗎？

「——真的假的？」

女高中生・無桐伊織，有生以來頭一次面臨人生當中的危機。這個說法其實不太正確，如果要將狀況更客觀正確地描述，應該說被後方緊追而來的危機逼入了死角。回顧過去迄今為止，伊織十七年來的人生，總是不斷在逃離眼前各種迫切的危機。譬如體育課的籃球練習，對其他人來講，打籃球就是互相搶球然後以得分為目標的運動吧，然而對伊織來講，不只籃球舉凡所有球類運動，都是以避開球為目標的遊戲。無論排球也好壘球也一樣，或者丟球遊戲也好滾球遊戲也一樣，只要能撐到最後一刻都不必碰球，對伊織而言就有勝利的價值。儘管究竟是跟什麼相比的價值，是與什麼對抗的勝利，她也搞不清楚。

一種被追逐的，印象。

不斷逃離的，畫面。

在色彩方面後者比較強烈，話雖如此一但被追上的話，結果都是殊途同歸。終點總是突如其來，彷彿時鐘的電池耗盡——又彷彿因遭受雷擊而自動斷電的保險絲般，突兀地，比突發狀態更無計畫地突兀，沒有任何大綱概要或脈絡可循。

「這該怎麼說呢……好像人生終結的感覺……或者，人生就是這樣出乎意料的東西？」

回想起來——從很久以前伊織就有這種感覺了。從孩提時代開始，既非預感也非經驗談，只是一種單純的確信，隱約認定了『自己大概哪裡都無法抵達吧』。小學時期，被要求以『將來的夢想』為題目寫作文時，伊織寫了『我想開蛋糕店，如果沒辦法實現的話，那我想成為一名護士』等等諸如此類，填滿兩張稿紙的夢想，但當然伊織並不認為自己可以成為蛋糕店老闆或護士小姐（坦白說這根本也不是她的夢想，這些內容只不過是從姊姊以前寫的作文照抄過來而已，反正作文重要的是改編技巧更勝於創意）。之前的期中考，她有四個科目拿到滿分，被老師們稱讚『伊織是本校屈指可數的高材生，以這樣的成績要上哪間大學都沒問題喔』的時候，也只是在心中想著——什麼嘛那是用章魚的手去算的嗎其實你是蜘蛛吧。實際上也難以想像這世界上會有自己進得去的大學存在。自己是個已經完成義務教育的高中生，這件事情本身對伊織而言還很模糊，沒來由地感到不可思議。今天早上出門上學以前，邊吃早餐邊看報紙的時候，她對其中一篇報導產生了奇妙的共鳴。新聞內容記述著在行經伊織就讀高中附近的電車上，一個名叫澤岸德彥的二十七歲男性被發現遭到殺害。據說全身上下都被銳利的刀刃切割得四分五裂慘不忍睹，即所謂的獵奇殺人事件。然而伊織對此並沒有什麼特殊感想，只是與此無關地想著——雖然自己跟這個姓澤岸的人素昧平生，就算他沒被殺死，彼此大概一輩子也都不會扯上關係，所以無論在過去或未來都沒有任何一絲交集。儘管如此，伊織卻對那名被殺死的二十七歲男子，產生了類似共鳴的感覺。自己大概也和這名在鄉下電車當中被殺死的男性一樣，哪裡都抵達不了，永遠停留在單程列車上吧。

絕對哪裡都抵達不了。

沒有終點的旅程。

那就好像沒帶氧氣筒隻身潛入無底沼澤般，一但無法換氣停止呼吸，即使還有餘力尚存，也當場宣告終結。

「……可是——唔——變成這樣根本不是我的責任啊……」

現在時間，下午四點三十分。

放學後，回家的路上（課外活動＝回家）。

地點在高架橋下，每隔數分鐘電車就會轟隆轟隆地經過，發出不悅耳的聲響。杳無人煙，連大都會的近郊都不算，位於窮鄉僻壤的三不管地帶。伊織身處其中，一個人，獨自一人佇立著。

眼前躺著一具，高中男生的屍體。

「——糟糕，這下麻煩了啦。」

身穿學校制服，喉嚨插著一把蝴蝶刀的男生，如果沒記錯應該是伊織班上的同學，只不過印象實在很薄弱。對伊織而言所謂『同班同學』就是『桌子排成一列坐在同一間屋子裡面上課的同齡者』，除此之外沒有其他含意。換言之，是可以任意替換的存在，而實際上也是每年都會重新分配的存在，因此不會一一記住姓名。反正就算記住這些東西也不代表能抵達什麼地方。

無可奈何的伊織，戰戰兢兢地，一邊小心不讓自己的制服袖子沾到血（對啊，制服可是很貴的），一邊把手伸向男學生所穿的制服，從口袋中拿出學生手冊。手冊上有照片跟住址等等各種資料，當中印著『夏河靖道』這個名字。對對對，想起來了，伊織砰地擊掌一聲。綽號叫小靖，這個跟壯碩外表不搭調的可愛暱稱，曾經聽人家講過。

「……那，小靖為什麼會死在這種地方呢？這才是問題所在。」

這的確是一個問題，但正確答案連想都不用想，非常簡單明瞭。凶手別無他人，就是伊織自己將蝴蝶刀刺入夏河靖道喉嚨裡的。在這樣的情況下，對於這個答案，沒有任何穿插敘述式詭計的餘地。根本連擔心制服袖子會弄髒都嫌多餘，整件制服已經被噴出來的血濺得濕濕黏黏的，而她的雙手，也還切實殘留著觸感。

「──我，殺了人耶。」

原本正準備一如往常地踏上回家的路，卻臨時被夏河靖道叫住，照他所說跟著走，結果不知不覺間居然被帶到這種杳無人跡的偏僻地方來。哦哦──該不會打算來個什麼愛的告白吧？真是青春啊年輕真好，正這麼想著，夏河靖道卻冷不妨地，突然拿出蝴蝶刀對著伊織，一邊口齒不清地大聲吼著不知所云的話。然而即使在當下，伊織仍尚未意識到『危機』的逼近，只是想著──嗚哇，好破爛的小刀，嘿──拜託，這種文具店買的折疊刀有辦法殺死人嗎？就算能割開皮膚也切不開肌肉吧，諸如此類，懷著完全搞不清楚狀況的耍寶感想。結果夏河靖道毫不猶豫地，將那把『破爛小刀』的尖刃瞄準伊織的心臟衝過來。雖然伊織很驚訝，但夏河靖道的行為本身卻非常合乎邏輯──既然拿出刀子，當然就是要使用那把刀──關於這點只能說伊織自己太狀況外了。然而伊織縱使感到驚訝，仍舊完全沒有意識到『危機』的存在──不，不對。

這正如伊織經常意識到的那股『危機』。

……之後發生的事情，伊織已經記不太清楚。唯一清楚的只有，伊織從夏河靖道手中搶過刀子，反過來將那把利刃刺進對方喉嚨裡面這個事實。

「啊啊──居然動手了。」

兇手是，我。

瞬間結束的看圖說故事。

看樣子——似乎是真的。

這麼一來簡直就像深夜懸疑劇場裡面的殺人兇手一樣。所以說按照劇情慣例，會有某人站在暗處窺視這一幕，然後我就會遭到威脅之類的嗎？於是我又犯下第二起殺人罪，啊啊，或者像神探可倫坡的兇手般試圖隱藏犯罪事實（印象中沒記錯的話，有一集就是講女演員衝動殺人的故事）？不對不對，仔細想想，或許這在法律上本來就算正當防衛也不一定。畢竟是夏河靖道先拿刀相向攻擊我的，所以應該要毫無顧忌地反擊。正當防衛萬歲。VIVA！不過，正當防衛是可以把人殺死也沒關係的嗎？雖然覺得應該可以，但那也是從電視劇學來的知識，而且就算作為電視劇未免也太王道了吧？神啊，就算這齣戲沒有劇情大綱也不能玩得太過火吧？才十七歲而已這下又要引起社會騷動了不是嗎？

「…………………」

——話雖如此，一方面卻又覺得問題不在這裡。儘管對夏河靖道『同學』有些抱歉，但重點不在失手殺人這件事情本身。迄今為止伊織始終在逃避的東西——如同籃球般一直閃躲的東西，**不小心碰觸到了**，這才是問題的重點。過去只要持續閃躲著，伊織就能平安無事，然而一但碰觸到了，便即刻宣告失敗。

失敗。

極力守住的防線崩壞了。

就像這樣的感覺。

「嗚……都要怪小靖突然襲擊我才會這樣啦。」

不管怎樣先把過錯推到別人身上，但這也是毫無虛假的真心話。回想起來，從伊織在教室裡被叫住的時候開始，這位同學就已經表現得很可疑了。由暱稱也可以想見，夏河靖道屬於比較活潑熱情的性格，然而今天卻莫名地眼神空洞，就連說話時聲音也沒有向著她。感覺很奇怪好像不太對勁耶——儘管心裡這麼想，但伊織並未擁有超乎常人的特殊能力，可以光憑這點跡象就預料到同班同學會拿刀攻擊她。

「可是……好奇怪耶。這種事情，人家根本不可能辦得到咩。」

語氣試著裝可愛也毫無意義可言。

從對方手中搶過刀子反擊回去，用說的很簡單，但要對抗一個體格壯碩擅長體育的男生，卻不是一名纖細柔弱又嬌小可愛的女孩子（自稱）可以辦到的事情。就算要用『各種奇蹟般的偶然陰錯陽差所導致』這句魔法一語帶過，在此情況下也不被允許。伊織非但遵循心中意念按照腦中所想畫面從夏河靖道手中把刀子搶過來，更遵循心中意念依照腦中所想畫面朝夏河靖道拿刀子反刺回去。惟獨這部分，記得一清二楚。這隻手——這副身軀，都記得。沒有什麼出乎預料的奇跡。當然從之前舉例的籃球運動也能得知，伊織不擅長體育，而且對格鬥技之類的東西絲毫沒有興趣，就連小時候跟朋友吵架也只會停留在鬥嘴階段，從未進展到動手打架的地步。儘管如此，剛才卻有如重複播放聽到耳朵長繭的CD般，彷彿只是循著既定的步驟，面對夏河靖道身體便自發地行動了。就好像起立、立正、敬禮、坐下一樣。

「就像少年漫畫的主角，面臨生死危機時『沉睡的才能瞬間覺醒』，類似這種感覺嗎？這麼說來……莫非我，其實擁有殺人的天賦嗎……啊哈哈。」

即使用搞笑也無法模糊焦點。

總而言之——事情既然已經演變到這種地步也別無他法，就去自首吧。畢竟還未成年，只要自首應該多少可以減輕罪刑。呃，或者在那之前應該先跟家人商量過比較好呢？要是突然從第三者口中被告知自己的小女兒遭到逮補，肯定會嚇死吧，不管怎麼說這樣實在很糟糕。不，一人做事一人當，自己做的事情必須自己負起責任才對吧？大人經常這樣告訴我們。心裡一邊猶豫不決，一邊想著不管怎樣反正先離開現場再說（雖然是自己動手殺死的，也不想一直看著認識的人的屍體），才剛轉過身去，伊織立刻震了下當場僵住。

彷彿早在伊織跟夏河靖道來此之前便站在那裡似地，散發著理所當然的存在感，一名男子身體半倚著水泥牆，正朝這邊看著。日本人罕見的高個子，但卻相當削瘦，沒有壯碩魁梧的感覺。即使撇開身高不談，手腳仍是異常地修長。穿西裝打領帶，梳西裝頭，戴銀框眼鏡，這樣理所當然的穿著造型卻出乎意料地不協調。總覺得，簡直就像金線工藝品般的剪影。

「…………！」

被目擊到了，伊織全身開始警戒。

如果被檢舉就不算自首了，刑罰也會加重（自保要緊）。搞什麼嘛這個人，幹麼光明正大地盯著看啊，要看就給我好好地按照定律站在陰暗處偷看啊。這樣的話我好歹也有個應變之策……慢著，不對啊，假如他有從頭看到尾的話，應該明白——錯並不在我，這是正當防衛。所以威脅不成立，甚至他還可以當我的證人。果真如此就太謝天謝地了……不對不對，先別急，也許沒那麼剛好，對方不見得有從頭看到尾。說不定從我奪過刀子那一瞬間才開始被目擊到，這種最壞的情況也是有可能。

然而，在進行這些理所當然的盤算時，腦海中某個角落——不，應該說，這些盤算才只是一個小角落，在伊織的中心意識裡，正產生某種——『奇妙』的感覺。

咦？

奇怪了。

這個人，眼前這個人——

我是不是，曾經在哪裡見過——

「——妳——」

金線工藝品省略一切開場白，直接向伊織開口說話。一種絲毫感覺不出任何情緒的嗓音。

「妳剛才，說出了非常正確的話。簡直有如釋迦牟尼佛再世吶。」

「——咦，耶耶？」伊織邊向後退一步邊回應道。啥？那是什麼意思？什麼叫做有如釋迦牟尼佛再世。真是誇張的客套話。「什、什麼事情？」

「只不過在表達最大敬意的同時，如果要指出唯一的錯誤，那就是不應該用『才能』，應該稱為『特質』才對吧。『才能』跟『特質』，乍看之下的確很相似，但前者是要培養的東西，後者是要克制的東西，兩者之間顯著的差異不容忽視。話雖如此，不小心搞錯也是常有的事情，無須耿耿於懷。」

「你、你在講什麼東西啊咧？」

過於混亂，開始語無倫次。

金線工藝品彷彿無視於伊織的存在，移動雙腳從伊織身旁走過，在倒臥的夏河靖道身體旁邊蹲下。然後「呼呼呼」地發出詭異的笑聲。

「一刀刺穿喉嚨嗎……嗯，好功夫。手法太漂亮了。漂亮到略顯失色吶。所謂的完美一但真正存在了，反而意外地乏味呢，因為欠缺個性。說穿了所謂的個性就是欠缺著什麼，或是欠缺著某一部分。雖然個性的確只是一種幻想，可是沒有幻想也會很無趣。對了說到這——呃，妳叫什麼名字呢？可愛的小姐。」

「咦？啊，我、我的名字叫伊織。至於姓氏——」

「啊啊，姓什麼都無所謂。我想問的只有名字而已。呵，伊織嗎，跟宮本武藏的養子同名啊，太令人羨慕了。名字如此崇高之人我還是頭一次遇見呢。」

「呃，幸會，請多指教……」

「對啊，真是幸會了。只不過眼前首要課題是接下來究竟會如何發展以及接下來到底要進展什麼呢。」

然後金線工藝品不知想到什麼，又握住蝴蝶刀的刀柄，稍一施力將刀子拔了出來。彷彿水栓開啟，紅黑色的血液嘩啦嘩啦地湧出。越來越有屍體的感覺，伊織倒吸一口氣，不由得撇開視線。

「……用這種玩具般的刀子居然也能置人於死地，真是驚人啊。妳看，刀刃都損壞了。這並不是刺到骨頭所造成的，而是在刺進肌肉的過程當中就已經遭到損傷囉。正因如此我才不喜歡西式的刀子，太禁不起衝擊了。」金線工藝品將血淋淋的刀子展示在伊織面前，伊織仍舊撇開視線。看著她的模樣，金線工藝品一臉不可思議地偏頭說道：

「嗯？啊啊，莫非伊織妳，是第一次殺人嗎？」

「呃……咦？什麼意思？」

「意思就是伊織妳平常並沒有每天鑽研殺人行為的習慣啊。」

「這、這種事情……不是理所當然的嗎。」

「理所當然地要殺人？」

「理所當然沒殺過人！」

「原來是這樣啊，果真如此。」金線工藝品點點頭，接著又低喃道『理所當然哪』，一副索然無味的模樣。「所以用釋迦牟尼佛來比喻是正確的。我又說出了很正確的話嗎？不管怎樣，任何事情第一次都會緊張的，但也不需要放在心上。我自己的初體驗是什麼時候呢……如果會記得第一次的年紀就表示還是個菜鳥吧。」

「那、那個那個請等一下——」伊織渾身開始焦躁不安。糟糕了。糟糕了。糟糕了。糟糕了。這男的是個怪人。「你說話真的非常有趣，可以的話希望能一直聽你侃侃而談，不過我現在正打算要去警察局所以……當然你想一個人繼續也請便沒問題，那我可以先離開了嗎？」

「警察局？要去做什麼？」

金線工藝品由衷地表示無法理解，一邊站了起來。這樣看上去，比起個子絕對不算矮的伊織還要多出將近一個小孩的高度。伊織想起國語課裡學到的『高聳入雲』這個比喻，連帶地又想到『九霄雲外』的比喻，不過這句和眼前的情況沒有關係。面對主動接近自己的金線工藝品，伊織也考慮要逃跑，然而即便性格如此，伊織在校園內卻向來有著好相處的評價。假如現在從金線工藝品面前逃走，傳出去被當成難相處的傢伙就傷腦筋了。想到這點，原本正準備轉身離開的伊織又回過頭來。

「你問我要去做什麼……」

「喂喂伊織，喂喂喂喂伊織小妹妹，等一下。雖然覺得應該不可能，也擔心自己這樣問會被當成笨蛋而緊張得雙腳都在顫抖，不過我說伊織，妳該不會是想要去自首吧？」

「呃，沒錯啊，這種時候肯定要去自首的不是嗎？」伊織連忙在胸前搖手道：「又不是劇情荒謬的推理小說，這樣的犯罪根本不可能完全隱藏嘛。雖然不知道你從哪一幕開始看起，但話先講清楚，是小靖先出手攻擊我的，至少這部分我有十分充足的理由可以辯解。」

「勸妳捨棄這個念頭比較好喔。因為就算去了警察局，妳也只會把警察殺死而已。」金線工藝品斬釘截鐵地，莫名地斬釘截鐵，如此說道。「然後勸妳最好也放棄去找家人跟朋友，或是找學校老師之類的人商量。妳並不想殺死自己的家人或朋友吧？至於學校老師可能各人意見不同所以我不方便發表看法。因為伊織妳**已經踏出界線了**，如果見到人也只會滿腦子想著要把人殺死。」

「怎麼會……你在說什麼啊。請不要把別人講得像殺人狂一樣好嗎。」

「不不不，妳毫無疑問是個殺人狂喔。」

被對方直接斷言。

被直截了當地——斷定。

「雖然只是個**剛剛誕生的新手吶**。因為感覺到凶惡的氣息——誤以為是我弟弟才過來這裡找找看，結果……唉呀呀，原來是**搞錯**了。真傷腦筋，呼呼呼。這實在是出乎意料啊，真是出乎意料。簡直就像即將倒塌的遊樂園一樣狼狽不是嗎。該怎麼辦哪我，究竟要我怎麼做才行呢。」

金線工藝品像要高呼萬歲般舉起雙手，又轉過身去。「啊——啊，有種在時間表上出現星一徹（註2）的感覺，真是的。唔呼，呼呼呼。」一邊對伊織說著意義不明的比

2　棒球漫畫《巨人之星》當中主角星飛雄馬的父親兼魔鬼教練。

喻，一邊繞著屍體周圍來回踱步。看樣子似乎正在思考什麼事情。

「…………唔——」

雖然並非刻意模仿，伊織也將雙手交叉在胸前，開始試著思考。首先是關於眼前的情況。自己被人沒禮貌地直呼為殺人狂（儘管她確實殺了人，要說哪裡不同或許也沒差多少），這名外型有如工藝品般的男子，現在究竟該怎麼處理呢？雖然身上穿著西裝，但感覺並非正在執行業務的上班族，而且面對屍體泰然自若的模樣也很不尋常（儘管她也沒資格說別人）。難道他不打算去報警嗎（雖然去報警會造成她的困擾）？

真是奇怪——的人。

真是怪人。

話說回來——就算眼前是一名多麼超乎尋常的怪人——此刻自己心中的，這股感覺，也很奇怪。豈止奇怪，甚至有點不可思議。

因為——

只要站在這個，金線工藝品般的男子面前——

就會漸漸覺得，殺人這件事情，

彷彿變得微不足道，彷彿變成無關緊要的小事一樁——

怎麼可能——會有這種，荒謬的事情。

對啊沒錯——自己明明，動手殺了人。

然而卻又，為什麼會，如此地——

如此地，缺乏緊張感呢。

不，還是說，其實事情本來就這樣？殺人這種行為，只要實際嘗試過，就會意外發現到——一但下了手，其實也不過如此，沒什麼大不了的，是這麼回事嗎？就像班上的女孩子洋洋得意地炫耀自己和男朋友的交往過程一樣，兩者等級差不多嗎？實際嘗試過就會發現不過如此而已——這種臺詞，連第一次學騎腳踏車的小學生也會講。

明明就殺了人。

這樣也沒關係嗎？

明明——殺了人啊。

「唔——算了，無所謂。」

金線工藝品一派輕鬆地聳聳肩，以輕快的腳步滑動鞋跟，背對著伊織直接來到她正前方五公分處，然後轉身相對。五公分，真是相當，貼近的距離。

「順帶一提伊織小妹，沒有必要因為殺了他而耿耿於懷喔。對於**不會耿耿於懷的自己**——也沒必要懷著罪惡感喔。因為這件事情錯在他。」

「啊……」

彷彿被說中了內心的想法——當然，這應該只是巧合——對金線工藝品所說的話，她反應有些遲鈍。然而仔細想想，金線工藝品這番話，對伊織而言卻是一大喜訊。

「所、所以說，小靖攻擊我的時候，你都有看到囉？」

太好了太好了，那她就可以放心了。思及此，伊織不由得眉開眼笑，但金線工藝品卻對她說「不——」，無情地搖搖頭。

「我什麼也沒看見，只看到眼前這個結果。在我來的時候一切都已經結束了。『已經結束了』嗎……呼呼呼。所以，現在我要問妳一個問題……這位男同學，有沒有說過什麼奇怪的話呢？」

「呃，這個——」

伊織稍微向後退開。

「這麼一講他好像有喊一些莫名其妙的話，不過那是什麼呢……」記不太清楚，到底是什麼啊。「對了對了，他問我有沒有讀過犬神家一族還什麼東西的。」

「ＯＫＯＫ——ＶＥＲＹ ＯＫ——看樣子妳的記憶力是不良製品相當靠不住，不過在我看來光憑這些就十分足夠了。」

金線工藝品頻頻點頭，似乎心裡有數的模樣。但隨即又把頭一歪，蹙起眉頭，露出苦惱的表情。

「嗯——話說回來伊織，妳可別誤解了，我並不是喪黑福造（註3）吶。假如期待接下來會出現像『高橋葉介的奇妙世界』（註4）那種劇情發展，勸妳趁早放棄吧。」

3 藤子不二雄Ａ的漫畫作品《黑色推銷員》主角，穿一身黑西裝提公事包的怪叔叔，能替人實現願望卻也會讓貪婪者付出代價，故事充滿黑色幽默帶有寓言嘲諷意味。

4 漫畫家高橋葉介的奇幻作品集，主要特色為獵奇或冒險風格。

「啥？」

「也就是說，對於瀕臨極限狀態陷入困境的妳，我既不能提供任何援助，也沒辦法讓妳口中所謂的『殺人才能』被開發出來。雖然身上帶著剪刀但我可沒有攜帶什麼弓箭(註5)之類的東西，如果把我想成那樣特殊的人物可就傷腦筋了。」

「啥……？」

「嗯？這種比喻沒辦法溝通嗎？看妳一臉疑惑的表情呢。呼呼呼，因為受到『某位人物』的影響，我經常看漫畫喔，也算稍微有點沉迷吧。真要講的話我其實是個歷史迷，只不過舉那種例子反而更雞同鴨講吧？但我自認為已經盡了最大努力在跟年輕人溝通，妳能理解嗎？」

「…………………」

雖然努力值得肯定卻有種白費功夫的感覺。

應該說別小看年輕人啊。

「最近似乎不流行這種故事了——因為家境貧困啦受到壞朋友慫恿啦或年紀輕一時衝動之類的，又或者是出於正當防衛啦出於怨恨之類的理由，金髮少女犯下了**無聊**的小奸小惡，此時不知哪邊冒出來的黑西裝男子從背後叫住她，將少女**帶進**巷弄裡的黑暗世界，這類情節是外國舊電影當中很熟悉的橋段對吧。雖然覺得並不一定要是金髮少女，也不見得一定要從背後叫住，但我絲毫沒有要模仿那些神祕掮客的念頭。最好

5　漫畫《ＪＯＪＯ冒險野郎》出現的重要道具，被射中的人會引發替身能力成為替身使者。

的證據就是，直到妳轉身以前，我都默不作聲地站著等對吧？以為應該會有某個人出現，為自己的人生帶來轉機——這種想法未免太過傲慢又滑稽。能為妳指引方向的人，和我同樣不存在於這個世界。如果要問為什麼的話，那是因為妳已經**哪裡都去不了**了。」

「哪裡都去不了——」

「只不過像妳這樣從一開始就存著放棄的念頭，大概本來就哪裡都不想去吧。」

斬釘截鐵地斷定，而且說話方式宛如直接觸摸別人逆鱗的男子。儘管如此對方言下之意，伊織確實接收到了。的確，在人生陷入困境時不會不期望有個英雄（無論是光明的也好黑暗的也罷）能適時地出現解救自己——不會不希望被誰所解救——不會不在心裡向神明祈求——但這些再怎麼說都是一種機會主義。無論是為人帶來救贖的天使，或為人實現願望的魔鬼，都沒那麼容易遇見。所以，「說得也對——」伊織回答道：

「沒辦法啊……畢竟關於殺死小靖這件事情，不管怎麼想全都是我的錯。」

「……不對，我的意思是所以**妳並沒有錯**。」

又一次——遭到否定。

非但如此，這次的否定語氣相當地重，甚至有著不容反駁的重力，金線工藝品壓倒性地斷言道：「**剛才已經說過了——這件事情如妳所言，是那個小靖的錯**。」

「————！」

就在此時——伊織再度僵住了。金線工藝品從西裝底下，毫無預警地拿出一把巨大的剪刀狀物品。外型看上去是剪刀，但那是因為別無其他表現方式，只好勉強稱之為『剪刀狀物品』，實際上那根本不是一把剪刀。相較之下，先前的蝴蝶刀應該只能算玩具吧。然而讓伊織更加震驚動彈不得的是——

在金線工藝品背後。

脖子流出汩汩鮮血的夏河靖道站了起來——正用空洞虛無的、異常空虛的眼神望向這裡。

「小、小靖……」

「答得好，正如妳所言，**都是小靖的錯**。」

金線工藝品將巨大的剪刀夾在指間揮舞旋轉，一邊呼呼地笑著。

「**頸部被刀子刺穿受到致命傷，此刻正處於瀕臨死亡的階段，卻還要站起來企圖殺死對方，這種錯誤的概念**——如果不叫做『惡』要叫做什麼呢？你幾乎是連『惡』都稱不上的無可救藥——完全跟電車上遇見的那個『他』一模一樣吶。雖然感到同情但我不會手下留情的。」

他如此說道。不知是否因為大量出血的關係，夏河靖道臉色出奇地蒼白，比剛才又更增添了屍體的感覺。

為什麼，伊織的臉色也開始發青。

根本不可能還活著。

明明是無以復加的致命傷啊。

他明明已經沒有生命了，應該在**正要斷氣**的過程中啊——

「——小靖同學，你『不合格』。已經完全沒指望了。」

剪刀亮晃晃地閃閃發光。

即使只是看起來像在發光——那也夠奇蹟了。直到剛才為止，原本還在右手指間旋轉的剪刀，不知何時已經換到左手旋轉著。

就在下一瞬間，夏河靖道脖子上，伊織造成的傷口突然消失了。更正確地講應該是——**連同那道傷口**，整個頸部以上都消失不見了。

夏河靖道的頭部和身軀——已經被切斷了。

首先是頭顱掉落地面，發出宛如西瓜墜地般的空洞聲響，接著身體彷彿要覆蓋頭顱似地倒下。這下子不可能再爬起來了吧——就連伊織混亂的腦袋，也能充分理解到這一點。

混亂的腦袋。

不——這樣講不對。

她並沒有，陷入混亂。

而是戰戰兢兢地，寒毛直豎地。

感到——興奮。

明明眼前站著一名連頭也沒回就將人頸部切斷的男子——對於那樣的行為，自己卻感受到近似感動的心情。

方才的動作，方才的手法。

相較之下，伊織刺穿夏河靖道喉嚨時的舉動，簡直就像是小孩子在玩遊戲。什麼叫做遵循心中意念，什麼叫做按照腦中所想畫面，究竟遵循了什麼意念，想像了什麼畫面。那樣子，只不過是亂七八糟地丟人現眼，實在太過滑稽，只不過是在拚死掙扎而已。

相差了——十萬八千里。

「——我叫零崎雙識。」

終於，金線工藝品自動報上姓名。

「伊織同學——」

「是，是的！」

不由得端正姿勢。

從頭頂到腳尖的神經都密集地緊張起來。自己剛才嚴重地誤解了。至少這名男子，不對更正，是這名人士，絕不可能只是普通的怪人，而是遠比伊織要來得高深莫測的人物。仔細一看還會發現，他有著相當斯文俊秀的容貌。鏡片後方的細長雙眼，也越看越覺得極具魅力。沒錯，這個人才不是什麼怪人——

「要不要當我妹妹？」

「…………」

是個變態。

◆　◆

在歷經失手殺人這個人生最初的危機之後緊接著立刻又面臨第二個危機的無桐伊織——正被遠處的黑影觀察著。套用伊織自己的說法，真正『站在暗處窺視』這一幕場景的黑影人數，算算總共有兩個。

「哦哦——嗯哼。雖然不清楚怎麼回事不知道什麼意思，看樣子似乎有——兩個人呢。」

「…………」

「這究竟是怎麼回事呢？」

「…………」

「兩者都是零崎嗎？從眼前的情況來判斷**好像應該**是這樣沒錯——不過話說回來，女性的零崎，還真是罕見啊。至少對我而言可是頭一次見到。」

「…………」

「那個——大哥？」

「……………」

「大哥？麻煩說點什麼吧。」

「……戴針織帽的小姑娘身分不明——不過穿西裝的高個子，據推測恐怕就是『自殺志願』。那把大剪刀加上那副身手，想認錯都不可能。」

「所以意思是說，他就是，零崎雙識？**那個零崎雙識**？……嗚哇——這下我真是無話可說了。」

「……………」

「大哥？」

「……………」

「大哥這可不是表演沉默寡言的時候啊。所謂自殺志願，不就是通稱『第二十人地獄』，零崎一賊的特攻隊長嗎？突然又**對上**不得了的大人物，這實在是非同小可。」

「……而且還多**附送**另一個，莫名其妙來歷不明的存在——真奇妙啊……這樣**到底算運氣好還是運氣不好呢**——」

相較於其中一方開玩笑似的態度，另一方認真的神情並未鬆懈。看來這兩道黑影的性格完全成對比，唯獨視線投注的方向，都毫無分歧地集中在同一點上。

而原本中斷的對話，又淡然地接續下去。

「輕鬆的做法終歸是輕鬆的做法——對吧，所以說，一回生二回熟，習慣成自然……那麼，接下來——要怎麼做呢？大哥，用來打發時間的觀察行動也差不多可以了吧，況且太過引人注目也不妙。」

「…………………」

「我說大哥——」

「……你的意見很正確……只不過——」

「對啊——事到如今的確是，已經夠引人注意了。實在是不知分寸為何物——『零崎』那幫人。簡直可怕，真恐怖，無論時間或地點甚或場合，完全都不考慮的嗎？」

「看來果真——如傳聞所言，零崎對家族以外的人，絕沒有手下留情這回事——」

「嗯。那你打算怎麼做呢？大哥。」

「…………………」

「大哥——」

「——接下來我打算再去一次『**她**』那裡。即使撇開那個附帶的傢伙不管——既然敵人是『第二十人地獄』，最壞的情況，也有可能會超出我們能力範圍。」

「最壞的情況嗎——大哥依舊深思熟慮呢。」

「…………………」

「呵——呵呵。那麼，至於我這個不知道什麼叫做最壞情況的人，就趕在大哥之前，先來小試身手一下吧。」

「…………………」

「應該沒關係吧——大哥。」

「——隨你高興，准許自由行動。」

「你去隨心所欲地，盡情斬殺吧。」

語畢兩道人影同時消失無蹤。

（澤岸德彥——不合格）

（夏河靖道——不合格）

（第一話——結束）

第二話 無桐伊織（2）

無桐伊織——十七歲，女生。

夏天也戴著針織帽不脫下來。

身材略高，體重略輕。

四月二十三日生，A型。

家庭成員：父親、母親、哥哥、姊姊。

不擅長認真面對。有著任何事都嘻皮笑臉的習慣。

就讀於縣內升學率第一，男女同班的私立高中二年級——沒有參加任何社團活動，成績相當優秀，只可惜，從平常的言行舉止和態度，很難被認定為優等生。充其量頂多就是，善於見風轉舵的牆頭草，體育時間扯後腿的寄生蟲，偶爾予人天真不懂世事的印象，因此被部分學弟妹戲稱為『舞姬小姐』（當然一半是帶著揶揄），除此之外，並未特別受到關注。

沒有可以稱得上興趣的興趣，不會特別熱中於任何事物，相對地，也不會陷入極端的低潮。如果用平鋪直述的說法，就是對任何事物都不會深入的類型。然而話雖如此，要說屬於那種無法理解快樂或喜悅為何物的性格，倒也並非那麼回事。中學時代，曾經被朋友說過『好像只要活著就很開心的樣子』，當時她自己也覺得，這樣形容還真是貼切啊。

姑且不論本人是怎麼想的——就客觀角度來看，可以算是有點幸福，也有點不幸，她截至目前為止十七年來的人生——

大概算是，極為『普通』的吧。

◆　◆

「只不過——唉呀呀。」

在探討地球環境問題時經常被用到一句話——『破壞很容易建設卻很困難』，有些東西就屬於這種類型。譬如軍事強國若將所擁有的核子武器全數運用出來，要讓地球上一切稱為森林的森林都消失無蹤很容易，但那些被消滅的森林要再重新建造卻必須花費龐大的時間——類似這樣的含意。

然而實際上究竟如何呢？

破壞真的是很輕而易舉的事情嗎？

為了開發核彈人類也曾耗費龐大的時間，即使撇開這種歪理不談，在現實當中，若試圖將過去辛辛苦苦建構起來的地球這顆行星，認真積極地破壞到底，**將此念頭實際地付諸實行**——想必會非常困難吧。要擁有超乎定量的破壞慾望，與完全沒有破壞慾望，都同樣困難。

相同的道理也適用於人生——

零崎雙識如此思考著。

生存很困難但死亡卻很簡單，零崎雙識絕對不會有這種想法。而且他也不認為，只是殺了區區一個人，人生就會因此而『終結』。所謂『終結』應該要更具決定性、更具致命性，至少零崎雙識是如此定義的。

不會去自殺的人都是沒有勇氣自殺的人——對於這種讚頌自殺的思想，零崎雙識始終抱持著完全相反的論調，但也不至於器量狹小到不肯承認這種想法的存在。

言歸正傳。

眼前是夏河靖道的斬首屍體，零崎雙識正獨自一人悄然佇立著。已將剪刀上的血跡擦拭乾淨，收回西裝暗袋裡。

「——只不過，唉呀傷腦筋，大概是邀請方式稍嫌蹩腳吧。最近的年輕女孩子該說是純情還是遲鈍呢——總之必須好好反省才行。反省反省。」

零崎雙識苦笑著，輕輕撫揉自己的右手，仔細一看可以發現手背上殘留著血痕。那並不是——夏河靖道濺出的鮮血。以那種**半死不活**的傢伙為對手還被噴到血，零崎雙識的功夫可沒那麼生澀。

「…………」

話雖如此——眼前這個情況，倘若被任何第三者看見的話，就算被認為『功夫生澀』也無可奈何吧。因為——**這比被對手濺到血還尷尬**。

「——紅色，嗎。」

紅色的——血液。

看見**自己的血**還真是睽違已久的經驗——尤其**出自那種小姑娘之手**，更是前所未有的體驗。

剛才她——手無寸鐵。儘管如此，自己卻沒有因而掉以輕心。她的指甲超乎必要地長（至少是足以作為武器使用的長度），這點早已清楚察覺到，就算不是這樣，也絕對沒有輕視她的念頭。

然而——即便如此。

她仍舊抓傷了零崎雙識的右手，並趁對方向後一縮的短暫空檔——成功從零崎雙識面前逃離。

此刻已經，消失在這座高架橋下，連個影子也看不到了。

「被她逃走了嗎——可是話說回來，那樣性格倔強的脫韁野馬，還真讓我想起弟弟呢。又或者是年少時期的零崎雙識，對吧。」零崎雙識一邊在手背貼上ＯＫ繃，一邊低聲說道。「好了，接下來究竟該怎麼辦呢？看樣子伊織小妹真正**覺醒**，應該是剛剛才發生的事情——放著不管也很令人擔心。與其說擔心不如說更危險吶。」

可是現階段零崎雙識的『任務』應該是把弟弟找出來然後帶回去，根本沒有多餘的時間可以分心浪費在未知的不確定因素上。弟弟並非那種一邊處理瑣事也能夠**順便找出來**的傢伙。不過——話雖如此，那又怎樣呢？就算把弟弟的事情先擱在一旁，也不會有太大的危險吧。再怎麼說弟弟頭腦清楚意志堅定，而且自制力也相當地強。即使要殺人頂多也以十位數為單位，絕不會超過這個範圍。即使引起騷動，也只是短時間內，不至於超出日常生活的界線。

但是，換作那個戴針織帽的高中女生的話——

「如果只是普通的殺人狂就算置之不理可能也無所謂——但能夠赤手空拳地從我面前成功脫逃，已經不能稱之為普通的殺人狂了——」

「——是殺人鬼。」

零崎雙識細長的眼瞳——散發銳利的光芒。

「以她那種狀態，不知道會死幾千幾百個人。就好像在什麼都不懂的孩子面前陳列了一整排核彈發射的按鈕一樣。最糟的情況，甚至讓這座小鎮消失在地圖上也不無可能。」

雙識打從心底嫌麻煩似地低語道。用與這句臺詞相反地，彷彿並不特別在乎一座城鎮消失或怎樣的表情低語道。只差沒說比起這種事情，還有其他更重要的大事般低語道。

「況且站在個人立場我也很在意——不管是這個小靖也好，還是電車上那個男的也好，總覺得精神都非常不穩定。真『奇妙』，雖然不知不覺間被推上不知名的舞臺已經算是家常便飯，唔——這樣好了，就這麼做吧。將未知的不確定因素先去除掉，對精神衛生應該會比較好——」

臺詞就此打住。

接著零崎雙識再度，從西裝內側**迅速**取出『自殺志願』。

「——反正看樣子是沒有選擇的餘地了。」

淡淡一笑，從夏河靖道的屍體前轉身向後。

回頭便看見——**接二連三地**。

接二連三地——**接二連三地**。

人群正聚集過來。

因為夏河靖道的屍體引起注意造成騷動而聚集過來看熱鬧的閒雜圍觀者——**才不是咧**。

人數共有五位。

不對，還有一名——個頭矮小狀似小學生的女孩，隱藏在那五個人的身影後方。合計男女各三名總共六個人——全部都，帶著空洞虛無的眼神。即使除去小女孩其餘五人也，完全沒有整齊統一的感覺。中年男子加上金髮小夥子，以及運動風的青年。年輕ＯＬ旁邊則是中年家庭主婦。至少這六個人，並不像朋友的感覺，恐怕很難找出共通的興趣或話題吧。六人忽然一字排開，將零崎雙識團團包圍住。

「零崎一賊的人是嗎？」

全體異口同聲說道。

氣氛非常——詭異。

然後六人分別拿出了，日常生活當中難以想像的危險凶器，朝向零崎雙識。甚至連小學女生，也握著明顯超出法定規格的電擊槍。

「——唉呀傷腦筋，這真是無與倫比的傷腦筋啊。」雙識一副受不了的模樣，輕輕搖了搖頭。「怎麼回事——雖然我的確是希世罕見的美男子，但還不知道自己姿色好到男女老幼通吃的地步呢。這下可要重新改觀了。」

用來緩和氣氛的玩笑話也對那六人行不通。儘管笑話本身有點冷，但原因似乎並不僅止於此。

敵人一步步逼近，逐漸縮短距離。

零崎雙識對自己笑話冷場跟六人緩緩逼近的腳步，絲毫不以為意，繼續用手指轉動著剪刀。

「……嗯？這麼說來，那女孩或許也正被人追蹤著，這樣推測應該沒錯吧？」

喀擦一聲，刀刃發出聲響。

與方才相同，一副實在嫌麻煩的模樣——然而那種**嫌麻煩的姿態**，正忠實述說了『對零崎雙識而言這種事情迄今為止已經歷過數百回只須**輕鬆應付**就遊刃有餘』的事實。

「既然如此那麼，這回就放棄和平交涉了。趕緊來執行對你們的試驗吧，可悲的人偶們。」

逃跑。

逃離。

◆　◆

無桐伊織終於，回到自家所在的住宅大樓。從忘我意識中回過神時，已經通過了電子鎖的自動門來到電梯大廳，正喘著氣用力呼吸。膝蓋不停顫抖腦中一片空白，彷彿隨時會暈倒的模樣。抬起頭環顧四周，那個螳螂般的變態男子並沒有出現。看樣子那個變態似乎沒有追過來。

「好——」

這時候。

開始煩惱。

雖然能逃脫第二危機值得慶幸，可是第一個問題絲毫沒有解決。換言之，即使中途因為那個變態的出場而陷入混亂——但伊織『刺殺了』夏河靖道這個事實，卻怎麼也無法抹滅。儘管斬斷首級讓他斃命的是那個金線工藝品，但伊織**刺穿**夏河靖道喉嚨的事實，並不會因此而消失。

手中殘留的這股觸感也——不會消失。

簡直就像，可以一再重複相同的事情般。

伊織已經，清楚記住了那股手感。

「…………嗯，對啊。」

應該叫歸巢本能嗎，不知不覺就回到家裡來了——只是這件制服上沾染的血跡，究竟要怎麼對家人解釋呢？也無所謂怎麼解釋——畢竟除了誠實以對坦白說出真相以外，也別無他法了吧。

現在時刻是晚間七點剛過。

父親、母親、姊姊、哥哥，大家齊聚一堂看電視的時段（巨人對阪神之戰）。也許正聊到老么不知為何晚歸的話題，但並沒有特別放在心上吧。伊織在外遊蕩晚歸是常有的事，況且除非是什麼特殊家庭，否則不可能會想著『唔唔，小女兒這麼晚還沒回來，難道是跑去哪裡殺同學了！』，為這種荒唐無稽的事情而煩惱。

「啊……大家應該會嚇一跳吧——」

話雖如此——卻怎麼也，沒有緊張感。

缺乏緊張的感覺。

甚至可以說——伊織直到現在，仍舊對刺殺夏河靖道這件事情，幾乎沒有產生罪惡感。自己做出了非同小可的事情——就連這點感想也，沒有。

明明殺了人。

明明動手殺了人啊。

怎麼說呢——不禁覺得自己身上發生了**非比尋常**的事情。**殺人變成無關緊要的芝麻小事**，這種感覺正發生在自己跟自己的周圍。即使心裡明明清楚地知道，殺人不可能是**無關緊要**的小事。

然而卻——比起夏河靖道，內心更忍不住去在意那個金線工藝品。他的存在——讓殺人這件事，讓人的死，在伊織心中，變成了無關緊要的事情。

「呃——他好像說，自己叫什麼喪事還什麼的……？」

之後因為太過震驚記得不太清楚。

總之，又想起他所說的話。

『勸妳最好也放棄去找家人跟朋友，或是找學校老師之類的人商量。妳並不想殺死自己的家人或朋友吧？』

『因為伊織妳已經**踏出界線**了，如果見到人也只會滿腦子想著要把人殺死。』

不對不對，她立刻用力搖頭。

笨蛋，那種變態螳螂男說的話怎麼能當真呢。那個變態一臉若無其事地切斷了夏河靖道的脖子（……妳有資格講別人嗎？）。雖然手持那樣凶殘的利刃（……儘管造型有點呆？）使勁一揮或許輕而易舉就能做到那種程度的技術——但要將那樣簡單的技術完成得很簡單，應該非常困難。這就跟要理所當然地做出理所當然的事情也很困難是同樣的道理。好比說揮動球棒，是一件簡單的事情，任誰都做得到。但若眼前對著一顆人頭還能揮棒呢？這種事情也任誰都做得到嗎？

就物理上而言——是有可能的。

就心理上而言——是不可能的。

明明所做的事情——講起來全都一樣。

可能性與實現度絕對不會畫上等號。遵循或然率跟追隨期望值，結果終將大相逕庭。產生落差。

因此而，崩壞。

繼而造成——崩落。

即使擬出完全犯罪的計畫，要付諸實行也必須具備果決與勇氣和膽識。然而那個金線工藝品——既非出於果決或勇氣或膽識，甚至連計畫也沒有，當然也並非突發狀況，就只是理所當然般地，將一個活人的腦袋給切了下來。那跟伊織刺穿夏河靖道的喉嚨相比，是完全不同種類的殺人行為。

想必是個——可怕的人。

非常非常——可怕的人。

「…………」

話雖如此。

「在別人眼中看來——我和那個人，大概也——沒差多少吧。」

如果見到人也只會滿腦子想著要把人殺死。

太荒謬了。多麼荒謬無稽的話。

儘管如此——金線工藝品說得太過理所當然，卻使這番話對伊織而言，產生了奇妙的說服力。

「………嗯，對啊。」

但就算是這樣——現在也不能不回家吧。一方面想要見到家人好讓自己安下心來，一方面基於現實問題的考量，也想要將這身沾滿血跡的制服給換下來（既噁心又難聞而且引人側目）。雖然也考慮過要先偷偷溜回自己房間換衣服，但就大樓的結構來說根本不可能。打開玄關大門一進去直接就是客廳，之後沿著走廊有三間臥室，這是伊織家大樓的格局。換言之，不經過客廳就沒辦法走到自己房間（伊織的臥室在最裡面，而且還是跟姊姊同睡一間房）。

「……唉——」

即使再煩惱下去，事情也不會有所進展。

等到伊織終於下定決心，已經是又煩惱三十分鐘以後的事情了。仔細想想穿著染血的制服慌張失措地四處徘徊，才是最危險的選擇。到現在為止都沒有任何人出聲叫住她簡直不可思議。

「好了——好了好了上去吧。」

既然事已至此，也只有走一步算一步了。

不管最終會得到什麼樣的結論——要她從此再也見不到家人絕對免談。與其聽信那種變態說的話，不如相信家人對自己的愛，和自己對家人的愛吧。

「…………」

——愛。

這個字眼如此現實卻又冰冷地，彷彿與己無關般在腦中響起，對無桐伊織而言是前所未有的體驗。結果說到底，自己並沒有接受殺了人的事實，也許只是在逃避而已，她這麼想著。

也許是——希望被誰否定。

又或許是，希望受到肯定。

無論是哪一方。

希望能有誰來，斷定些什麼。

就像——剛才那個金線工藝品所做的一樣。

「……已經，玩完了吧。」

明明又不是死到臨頭——但迄今為止的人生卻猶如走馬燈在腦海中開始倒帶。極其普通，非常無聊的——有好事也有壞事的，那種人生，那樣的十七年。自己一邊想著哪裡也抵達不了——一路逃跑般度過的，十七年。

逃避。

避諱。

禁忌。

對於自己這樣的人生，伊織並不特別喜歡或討厭——然而一想到再也回不去了——也不是沒有，感慨的地方。

走進電梯搭乘，按下十樓的按鈕。轉眼間電梯來到目標樓層。幾乎沒有多餘的空開可以整頓心情，感覺時間飛快地流逝。

但——要怎麼開口呢？

即使主張正當防衛，即使給予致命一擊的人不是自己，伊織刺殺夏河靖道的事實終究沒有改變，而家人將會表現出什麼反應呢——爸爸應該會生氣，媽媽應該會哭吧。然後哥哥或姊姊——不知道。並非特別要好的兄弟姊妹，或許只會露骨地表示困擾也不一定。也或許會被痛罵一頓。在思考這些事情的同時，已經來到家門口。原本想要按電鈴，但又覺得似乎沒有意義便作罷了。

下定決心，插入鑰匙。

爸爸媽媽，我喜歡你們。

姊姊，雖然討厭但我喜歡妳。

哥哥，雖然討厭但請不要厭惡我。

轉動的感覺不太對——門沒有鎖。

「……嗯？」

鑰匙沒轉動？門沒有鎖？

奇怪——有股不對勁，不自然的感覺。就算大樓入口處有電子自動鎖，無桐家也沒有將玄關門開放不上鎖的習慣。是忘了鎖嗎——也不對。無論人在家裡還是外出，這扇門都不可能忘記要鎖的。這麼健忘的人，無桐家除了伊織以外不作第二人想。

悄悄將門打開。

默數鞋子的數量——父親、母親、姊姊、哥哥。

一如往常，沒有異樣。

雖然沒有異樣——

「…………！」

伊織一個箭步衝入室內，連脫鞋都嫌麻煩，直接飛奔衝進客廳。眼前展現著和平日相同的晚餐景象。餐桌上擺放著菜餚——正在用餐的人——對面是電視機——頻道正播放著巨人對阪神之戰。目前得分數零比零。現在是第五局上半，輪到阪神隊進攻。

如果要說和平常的晚餐有什麼不一樣的地方——那就是正在吃飯的只有一個人，而且還是伊織所不認識的陌生男子，就這兩點而已。然後，光憑這兩點，便已十分足夠，甚至十分過頭了。

感覺是名相當年輕的男子，卻有著難以界定年齡的奇妙氛圍。並且該怎麼說呢——是一名造型怪異的男子。呃，儘管自己家裡出現陌生男子理所當然地吃著晚餐已經是超乎界限的怪異了，但男子的穿著打扮更是超乎尋常凌駕其上的怪異。下半身是和式黑袴（褲裙），上半身是質料稍厚的武道服——整體而言，就像等一下要去練習劍道或合氣道之類的造型。女性化的容貌配上和風復古眼鏡，直長的黑髮用白色布條束起——至少是只在電視或漫畫當中見過的裝扮。

黑袴男子彷彿對伊織不感興趣似地——或者應該說根本沒注意到她似地，專注於觀賞巨人與阪神的對戰。

定睛一瞧忽然發現，男子身旁的座位，立著一支棍棒狀的長型物品斜靠在椅子上。不對，雖然形容成『棍棒狀』，但伊織瞬間已能判斷出那是什麼東西。只不過，即使沒有金線工藝品所持的大剪刀那樣誇張，卻是比劍道跟合氣道更加脫離伊織日常生活的東西，因此稍微花了點時間才作出最終判斷。

「…………………」

那是一把──薙刀。

而且是，稱為大薙刀的──

超乎尋常的，巨大款式。

出現在一般家庭客廳極不協調的物體。

「……嗯？嗯嗯？啊啊，歡迎回來。」

男子終於把臉轉向伊織，如此說道。

柔和的聲音，搭配優雅的微笑。

令人不由自主地，看到失神。

「……我說歡迎回來，怎麼沒反應呢？」

「啊，是，是的，我回來了。」

對方說到第二次時，伊織連忙回答，但隨即又覺得沒道理要向這名怪異的男子打招呼。一意識到這點，不小心低下的頭立刻又抬起來。

「什、什麼東西啊你！」

大聲怒喊道。

「居、居然這樣、隨便跑進人家家裡面……我爸跟我媽人呢！請不要擅自吃人家的晚餐！還有那副碗筷是我的！」

「知道啦，伊織小姐——呵呵呵。」

對尚未報上名字的伊織直呼其名，黑袴男子站起身來。個頭並不高，和伊織差不多，以男性而言算比較矮的吧。往他腳下一看，竟然大剌剌地穿著鞋子踩在地板上。而且還不是普通的鞋子，是紅色襪套加平底木屐。時代脫節得也太誇張了。

什麼跟什麼啊，伊織抱頭想著。

今天是日本全國變態日嗎？

只有自己不知道嗎？

「首先來個可愛的自我介紹……我的名字叫早蕨薙真。妳好，請多指教。」

「啊，是，你好。」

由於生性隨和，伊織不自覺做出反射動作低頭。隨即察覺不對，又恢復姿勢站正。

「——不，不對不對，可以的話我根本不想認識你……」

「唉呀呀，這話說得可真犀利！以貌取人是不行的喔。我並不是因為特殊興趣才穿這身衣服的，希望妳能諒解。」

「…………喔。」

如果不是出於興趣那是為什麼難道為了工作嗎。打扮成那樣就有薪水可以拿嗎真是輕鬆的打工啊太羨慕了——心裡雖然這麼想但沒有說出口的勇氣。

男子——早蕨薙真看見伊織的反應，「呵」地輕笑一聲。

「總之先坐下來好嗎？平心靜氣地談一談吧。我並不想在這裡上演全武行。」說著便率先坐回椅子上，然後指向對面的座位。「對了伊織，巨人跟阪神妳比較喜歡哪一邊呢？順帶一提我喜歡巨人隊。講到棒球果然還是要看巨人啊。」

「我討厭棒球……不管球也好球棒也好，盡是些可怕的東西。」

伊織一邊回答，一邊心不甘情不願地走向餐桌，跟薙真面對面坐下。可以的話真想逃離這種來歷不明時代脫節的傢伙。只可惜場面的主導權完全掌握在對方手中，況且，再怎麼說這裡都是伊織的家。憑什麼她要從自己家裡逃出去。

心不在焉地握住餐桌上的叉子，因為是無意識的行動，就連伊織本身，也沒發現自己正抓著叉子。所有意識全都——專注在對面的，早蕨薙真身上。

「——關於擅自闖進妳家這件事我向妳道歉。純粹只是想要加強印象而已，只是這樣，沒有別的意思。」

「沒有別的意思……？」

「因為我很重視第一印象，總是用心良苦，希望將早蕨薙真的美，以最淺顯易懂的方式表現出來啊。讓沒有眼光的人，也能夠理解到我的美，否則那些人太可憐了。彼此妥協是非常重要的。」

「……再不出去，我就叫警察了。」

「咦？唉呀唉呀，妳說這話可真奇怪呢！假如現在有警察先生進來這間屋子，要傷腦筋的人應該是伊織妳才對吧？」

早蕨薙真意有所指地微微一笑。與那彬彬有禮——甚至有禮過頭的態度完全相反，非常討人厭的笑容。除去一切瑣碎理由，直接發自生理上的厭惡。彷彿看見美麗的東西正醜陋地扭曲著——這樣的感覺。

「那身染血的水手服，妳打算怎麼隱瞞呢？伊織小姐，很傷腦筋吧。」

「雖然傷腦筋——但我已經，有所覺悟了。況且，要說傷腦筋的話你也一樣吧，早良先生。」

「是早蕨喔。又沒有很熟，請不要隨便竄改別人的姓氏。對我們而言姓氏應該是極端重要的對吧？好比闇口好比匂宮——又好比，零崎。」

「……零崎——」

零崎——啊啊，對了。

之前那個金線工藝品，就是這樣自稱的。

零崎——對，雙識。

他叫零崎雙識。

一想起這個名字，不知為何——感到心安。

不可思議。

然而伊織這種幾乎可說是狀況外的反應，對早蕨薙真而言似乎有些出乎意料，他略顯不悅地蹙起細長的眉毛。

「住在這種地方跟正常的家庭過著普通生活，照這情況看來『莫非』——剛才就在懷疑了，伊織小姐，妳……不是『零崎』嗎？」

「……咦，呃……」

見伊織一臉困惑，薙真不高興地咂嘴道：「什麼嘛……原來搞錯了啊——」

本來至少表面上還維持彬彬有禮的薙真——語氣完全變調了。

「搞什麼東西嘛……真煩人……煩死人了——真是夠了……夠了……真是夠了……！」

低沉的咕噥聲……喃喃叨念著。低著頭，**叨叨絮絮地**，喃喃自語。接著又**劈哩啪啦**地，傳來用木屐踢桌腳的聲音。由於低著頭，無法解讀他的表情。

「居然不是偽裝是真的……怎麼回事……這究竟怎麼回事啊？簡直莫名其妙……既然如此剛才直接找上自殺志願就好了嘛……可惡。那個該死的地獄渾蛋，該不會已經被『人偶』給幹掉了吧……」

早蕨薙真用驟然丕變的語調，持續自言自語著，一連串非常雜亂又粗暴的獨白。看來方才彬彬有禮的語氣，並非他的本性。

「呃，那個……」

「……啊啊，妳不用擔心，反正吃完這頓飯我就要回去了。不好意思打擾囉，看樣子好像是我弄錯了，造成困擾真是抱歉。唉呀——話說回來，這道菜還真好吃呢。菜名叫什麼，可以告訴我嗎？呵，呵呵呵。」雖然語氣已恢復正常，但動作卻依舊粗暴。

早蕨薙真一口氣狼吞虎嚥地掃光桌面上的料理，展現出與外型不相符的驚人食量。

「真是的……根本白跑一趟了嘛——總比白白喪命要來得好是嗎。用大哥的話來說，就是還不到『最壞』的情況吧——」

「等、等一下！」

面對薙真反反覆覆莫名其妙的態度，伊織終於忍不住拍桌怒吼。

「那道菜叫做炒腰花是我最喜歡的料理！不、不對，不是要講這個，重、重點是我的家人都到哪裡去了！這個時間應該是我家的人坐在這邊而不是你啊！」

「啥……？」

早蕨薙真不可思議地抬起臉來。接著彷彿打從心底將伊織當成笨蛋般，「哈」不懷好意地笑了一聲，用更加挑釁的語氣——

「那些傢伙會妨礙演出，所以都堆到那邊的房間裡面去了。」

如此——說道。

『**都堆到房間裡去了**』。

就算再怎麼遲鈍也不至於無法理解**這句話表達的意思**——無桐伊織還沒有遲鈍到那種地步。畢竟，就在不久前，自己的身體才剛經歷過與**這句話類似的體驗**——足以聯想到箇中含意。

染血的水手服。

手中殘留的觸感。

蝴蝶刀。

未曾浮現否定的念頭。

甚至覺得極其自然。

甚至覺得極其必然。

所有的一切，全都毫無遺漏地，得到解釋。

沒有別的意思，剛才早蕨薙真這麼說。

沒有別的意思。

沒有任何意思。

這個男的——無緣無故地。

無緣無故地——殺了我的家人。

殺了我的家人！

「——**喝啊啊啊啊啊啊啊啊啊啊啊啊啊啊啊啊啊！**」

她行動迅速，手中抓著**不知何時**緊握住的叉子，從座位上彈起，像要跨過桌面般，將尖端瞄準那個穿黑袴的變態的太陽穴——伸手用力一插。如同刺殺夏河靖道的時候一樣——甚至更加超越，還來不及思考，身體就行動了。

「咦？啊，嗚噢——！」

似乎直到前一刻都沒有察覺伊織的動作，或者應該說根本沒有預料到，早蕨薙真原本從容自若的表情驟變，毫不掩飾狼狽的模樣，連同整張椅子向後一翻，避開了攻擊。叉子掠過前額瀏海，他一把**箝住**伊織撲空的右手。

「好險好險……呵──呵呵。太吃驚了，嚇我一跳，這身手簡直判若兩人呢。不得了──」握住伊織的手加重力道。「幾乎沒有任何預備動作呢，就連我都差點死在叉子的攻擊之下。」

「──對不起，我手很痛。」

伊織自動鬆手，將叉子放開。

「抱歉，我不會再犯了，請放手。你看你看，我已經放棄抵抗了。」

「……還真是掃興。」薙真感到傻眼似地，放鬆了手的力道。儘管表情尚未恢復從容。「剛才的魄力呢？家人被殺害的憤怒跟恨意都到哪去了？」

「都無法取代手腕的疼痛。」她用另一隻手捧住臉頰陪笑道。「你看你看──很可愛吧──我可是高中女生耶──」

「……夠了妳。」

早蕨薙真把手鬆開。

同一時間伊織立刻從椅子上站起來，向後連退三步。揉了揉被握出淤青的手腕，然後才收起裝無辜求饒的姿態，狠狠地瞪向早蕨薙真。

「……真是……那種莫名其妙的作風，毫無疑問分明就是『零崎』嘛。」到這地步早蕨薙真似乎對伊織的眼神也已不甚在意，只聳了聳肩，將有些歪掉的眼鏡調整好位置。「雖然搞不清楚怎麼回事……不過換作大哥的話應該會如何判斷呢……嗯……也對，就這麼辦。不管怎樣照眼前的情況來看……為了慎重起見還是先殺掉以防萬一吧。」

彷彿在說雖然沒有下雨徵兆不過還是帶把摺疊傘出門以防萬一之類的，早蕨薙真用這樣的語氣說出這句臺詞。接著把手伸向旁邊座位拿起靠在椅子上的薙刀。不想在這裡上演全武行——看樣子即使撇開家人的事件不談，這句話仍舊是一大謊言。

可惡，說謊的人真討厭。

早蕨薙真輕鬆握住那把超過兩公尺的大薙刀，輕輕擺出中段攻擊的架勢——與無桐伊織正面相對。儘管中間隔著餐桌，卻不足以成為障礙物，有或沒有都一樣，這點連伊織都感覺得到。

至少不是個外行人——

應該，**不是簡單角色**。

可想而知，早在用叉子發動奇襲失敗的當下，伊織就已經沒有任何勝算了。即使只有一眨眼的功夫，卻是唯一的，也是最後的機會。

跟傍晚遇見那個金線工藝品屬於相同的類型。

那種能夠**輕易下手**將**事情簡單做出來**的人類。

非常——可怕的人。

非常非常——可怕的人。

非常非常——崩壞的人。

搞什麼東西嘛，伊織想。

自己根本從來也不曾碰過這種遭遇。雖然這短短十七年的人生並非品行端正到無懈可擊，也幹過各種不應該的惡作劇，不敢說沒有給別人添過麻煩——但像這樣陷入進退維谷動彈不得的狀態，真的連一次也沒發生過。

明明直到幾小時以前還過著正常的生活。

還活得好好地。

還一直很正常。

然而，為什麼。

曾幾何時，什麼也沒做就變成這種狀況了呢？

明明絲毫沒有要殺人的念頭——也完全沒有被追殺的印象。無論是遭受天譴，或者遭到天誅，能扯上關係的理由，明明連一個也沒有——

為什麼會，遇上這種事？

「搞什麼鬼啊——你說的**零崎**，到底是什麼東西嘛！我又不知道那是什麼！根本完全不知道啊！」

「『零崎』是什麼？哈哈，這個問題我才想知道咧。問我也沒用。對啊，『零崎』到底是什麼呢？大哥好像知道些什麼，可惜我大哥一向沉默寡言，一點也不肯對我透漏隻字片語。」一邊說話，一邊縮短距離逐漸逼近。模樣看似輕佻，對伊織的警戒卻絲毫沒有鬆懈。「總覺得——嗯，搞不太清楚怎麼回事。簡直**牛頭不對馬嘴**。也有一種可能——沒錯，莫非伊織小姐**才正要成為**『零崎』是嗎？」

「………？」

『正要成為』？

什麼意思？

這傢伙在講什麼東西？並非字義的問題，難道他是在講火星話嗎？已經沒辦法繼續交談了。夠了，已經夠了，這裡已經不是我家了。告訴你一個祕密其實我是無家可歸的小孩。所以趕快逃吧，開始去尋母三千里。可是逃得了嗎？這才是最現實的問題。伊織光為了回到這裡已經消耗掉相當多的體力，而且現在所站的位置，也已經進入那把薙刀的攻擊範圍內。只要稍有輕舉妄動，不到轉眼的功夫，早蕨薙真的薙刀就會朝這裡刺過來吧。她不認為自己可以躲過這一擊。

但是，非逃不可。

必須設法——逃走才行。

「……………」

是說，為何要用薙刀。

薙刀？薙刀……薙刀耶……

算了，無所謂。

話雖如此，這個人，居然穿著那樣另類的裝扮，毫不遮掩地拿著薙刀直接走到這棟大樓來嗎？能夠成功地辦到，真是比穿著染血水手服走回家有過之而無不及的奇蹟。還是說，在到達這裡之後才換衣服的嗎？雖然這樣做也很蠢。看來果真是注重演出效果的性格——但並不代表，她就可以忍受家人因為這種理由而被殺死。

爸爸，媽媽，姊姊，哥哥。

真的——都被殺害了嗎？早蕨薙真那句話——應該不是，惡作劇的威脅吧？就算為了讓伊織受到震撼，故意虛張聲勢也——

這時候——

彷彿抓準了伊織因緊張過度而恍神的瞬間破綻——薙真將薙刀的利刃朝向她，以略微往上傾斜的角度刺過來。刀鋒瞄準了喉嚨到下顎之間的部位，毫不手下留情。沒有無聊的威脅或任何多餘的累贅，真正一擊必殺，對準要害的攻擊。

雙眼捕捉到了。

儘管視線及時捕捉到——身體卻動彈不得。明知道只要向後跳開就能躲過，卻同時也知道憑自己的運動神經根本就不可能。想要逃過人生當中的第三個危機——看樣子，似乎是沒辦法了。

終點嗎？

終結了。

終結了？

終結什麼？

刀鋒一閃——

「——呀啊啊啊！」

傳來骨肉綻裂的聲音——伊織發出尖叫。

只不過，尖叫聲雖然來自伊織，但被割裂的骨肉卻並不屬於她。伊織的聲帶構造還沒奇特到喉嚨被割斷後還能發出尖叫聲，像夏河靖道那樣。

被割裂的骨肉——在伊織眼前綻裂的是，從早蕨薙真背後窗口**飛進來的**——被丟進來的，**人類的頭顱**。

一張小學年紀的女生臉孔。

臉部中心被薙真以薙刀貫穿，那顆頭成為盾牌——成為緩衝，讓伊織得以毫髮無傷——然而伊織的神經尚未大條到面對這種情況還會由衷喜悅的地步。

「什，啊，啊啊啊！哇啊啊啊！」

受到人頭的衝擊，伊織在驚嚇同時向後退一步，「——啥？」薙真也收回薙刀，轉頭看往背後的窗戶。窗口玻璃破開一個大洞，應該是人頭被丟進來時弄破的吧——正在判斷的時候，從那個破洞接二連三地，又有人頭陸續飛進客廳裡來。

「……咦噫！」「——啥啊？」

伊織陷入恐慌，薙真驚詫愕然。

數顆人頭在餐桌上發出咚隆咚隆的聲響，滾落地面。一、二、三、四——五個。

再加上最初的一個，總共是六個。合計有六顆人頭，從窗戶飛了進來。啊啊，可以的話請試著想像一下，人頭成群在空中飛舞的畫面，宛若夏夜百怪談的景象。

「——有濱夜子，北田倉彥，梶埜窗花，雅口紘章，上月真弓，池橋陸雪——」

緊接著最後，整片窗戶連框朝這邊飛過來。早蕨薙真手中的薙刀一揮，將窗框格開——面向陽臺保持架勢全力戒備。伊織也不由得受到吸引，注視著同一方向。

「——全員，『不合格』。」

原本空蕩蕩的陽臺上——出現一名指尖旋轉著詭異大剪，輪廓有如金線工藝品般的男子。

「唔呼呼——唔呼呼呼。」

零崎雙識。

零崎雙識他，正在笑著。

「…………！」

舞臺上。

舞臺上又多出一名，殺人者——稱之為殺人鬼也無庸置疑的殺人者登場了。非常非常可怕的人，又增加了一個——明明事情不過如此而已——明明乍看之下情況並沒有任何改變——甚至只能說變得更糟了——儘管如此。

伊織卻，忽然肩膀一鬆——

當場就，全身無力蹲了下去。

那並非出於恐懼——而是安心。

無以復加的，安全感。

喀擦，剪刀發出聲響。零崎雙識闔起剪刀，將刀尖朝向早蕨薙真的胸口。

「呼呼呼。唔呼唔呼——呼呼呼。看樣子是趕上殺戮時間了——喂，那邊那個十分可疑的變態小夥子。」

你有資格說別人嗎。

「不准對我妹妹動手。」

誰是你妹妹啦。

（有濱夜子——不合格）
（北田倉彥——不合格）
（梶埜窗花——不合格）
（雅口紘章——不合格）
（上月真弓——不合格）
（池橋陸雪——不合格）

（第二話——結束）

第二話 早蕨薙真（1）

薙刀。

一種前端裝設仿照日本刀形狀的利刃，具有長柄的武器。依據刀身長度區分為大薙刀和小薙刀，更依據形狀被分為靜型和巴型。（註6）

知名度方面雖然遠不及同樣以刀刃為武器的劍道（以及居合道、拔刀道等），然而世事可說一向如此，知名度與實力內涵往往沒有關係。

首先值得一提的是攻擊範圍之廣。或許因為這種武術女性使用者比較多的緣故，薙刀是以防禦為主流的格鬥技——雖然也容易被認定與合氣道或少林拳法相同，屬於以退為進以守為攻的護身術，但這只能說是一大誤解。實際上，薙刀有許多充滿攻擊性的技巧，跟長槍或長刀屬於相同系統的長柄武器，因此原本就能夠不讓敵人接近自己，從敵人武器搆不到的地方安全地發動攻擊。而且武器本身所擁有的威力也非同小可。利用槓桿原理和離心力做出斬殺，即使是力氣小的人來揮舞，也能輕易擊碎一些粗製濫造的太刀或鎧甲。

注重以一對多情況的技巧也有很多，算是實戰性極強的武術——話雖如此，現實當中面對薙刀手的機會應該少之又少。畢竟那把長柄太過醒目，攜帶也不夠方便。屬於非戰鬥時間就很難處理的武器——可以這麼說。

因此——

6　以平安時代兩位女性歷史人物「靜御前」和「巴御前」來命名，前者刀身窄弧度較小，後者刀身寬弧度較大。

即便身為『第二十人地獄』的『自殺志願』零崎雙識——與薙刀手正面交鋒，這也是頭一遭。

◆　◆

「伊織妹妹！大哥來救妳了喔！」

「拜託不要過來千萬不要！」伊織大叫著，一口氣連滾帶爬地逃到房間角落，跟早蕨薙真或零崎雙識都保持等距離。「啊啊，煩死了，我最討厭這種事情了！」

為什麼事情會變成這樣根本完全搞不清楚。到底出了什麼錯事情才變成這樣呢？差點被同班同學殺死結果不小心反過來殺了對方，正打算去自首隨即又出現奇怪的金線工藝品然後把其實還沒死的同學給擊斃，急忙逃回自己家中卻看見一個時代脫節的薙刀男正擅自吃著人家的晚餐還似乎把全家人都殺光了，眼看就要遭到那個薙刀男毒手的時候突然從陽臺飛進六顆人頭結果是一個變態跑來救她。

這是什麼狗屁不通的小說情節啦。

「重點是你、你為什麼會從陽臺冒出來！這裡是十樓耶！難道帶著六顆人頭攀岩上來的嗎！」

「嗯？」零崎雙識暫且停下手中俐落旋轉的剪刀。「啊啊。我從隔壁陽臺跨過來的，反正鄰居不在家嘛。」

非常務實的答案。

「那、那你，呃，那個——雙識先生，你怎麼會知道這裡是我家呢！」

「這就叫兄妹之愛的力量啊。為了可愛的妹妹，大哥沒有做不到的事情喔。」雙識嘴角一揚，帥氣地笑道。「具體地講就是在高架橋下拉扯時從妳制服口袋抽走了學生手冊。」

「那叫做單純的偷竊好不好！」

既是殺人凶手又是變態，而且還是個大騙子。

伊織站起來，想要跟那兩人拉開更大的距離，卻已經無路可退了。結果她選擇往接近薙真的方向移動，畢竟來歷不明的敵人和來歷不明的同伴相比，感覺後者性質比較惡劣。

「順帶一提，我是尾隨伊織小姐回來，趁她在大樓底下徘徊的時候搶先一步潛入的——」早蕨薙真如此說道。雖然薙刀的鋒刃依舊朝向零崎雙識，表情卻恢復了少許從容。「——不愧是Mind Render。區區六具『人偶』，根本沒辦法奈你何是嗎？」

語畢薙真咻地猛然揮舞薙刀，在那把大刀攻擊範圍內的所有家具、餐桌、椅子、沙發，以及電視等物品——加上散落地面的六顆頭顱，全都被擊碎一掃而光，在薙真周圍形成一塊寬廣的空間。剛才這招拿來大掃除的時候用應該很方便吧，伊織想著。當然，眼前不是討論方不方便的時候。薙真用眼角瞥了下四處飛散的人頭，「不過下手還真是毫不留情呢」說道：

「Mind Render——你應該知道吧？無論是電車上那個男的也好，或這六顆頭顱的主人也好——全部都只是『傀儡』而已，這點你應該早就心知肚明了吧？我不認為你會連這種程度的伎倆都沒辦法看穿，好歹你也是『零崎』嘛。」

「——…………」

零崎雙識對早蕨薙真所說的話以沉默回應，但伊織卻無法保持沉默。她鼓起最大的勇氣，不知向誰問道：「那、那是什麼……意思？」

因為，這麼一來——

包括對伊織拿刀相向的——

夏河靖道，應該也是一樣。

「簡單講就是，伊織——」回答她的是零崎雙識。「他們都很可憐地，被催眠術操縱了啊！」

「末班電車時間快到了我先告辭。」

伊織正要朝玄關走去，「啊啊，等一下等一下等一下等一下！」零崎雙識連忙叫住她。

「伊織妹妹，妳在說什麼啊，妳家不就在這裡嗎？是打算搭末班電車到哪裡去？」

「我要巧妙地利用ＪＲ線跟阪急線轉乘製造不在場證明。」

「現在不是做那種事情的時候吧。」

「這年頭講什麼催眠術根本毫無說服力可言啦。」伊織拚命搖頭。催眠暗示這種設定，就算放在十年前也沒人會相信的。「光是一堆人頭就已經夠不合理了……我好想哭。」

「如果催眠術這個說法不好，那換成洗腦就可以了。吶，伊織妹妹——」零崎雙識從陽臺一步跨進客廳裡來。「舉例來講，假如把一個人關在狹小的地下密室裡，整整一個月每天每天都施行調教——想必就可以任意改造那個人的價值觀跟道德觀吧？將人類改變成人偶並沒有那麼困難，只要舉新興宗教的巧妙手法為例應該就很容易理解了。」

「——………」

「世界上有很多奸詐狡猾的壞蛋，甚至連專門從事這類洗腦活動的團體也有喔——名叫『操想術』，坦白說，真不是個聽了會舒服的話題。因為企圖入侵到人類的人格內部，所以性質很惡劣，但性質惡劣也要有個限度啊。真的很可憐，我忍不住打從心底同情那些被操控的人偶們。」

「把那些人全殺光的你有資格說這些嗎？」早蕨薙真笑道：「況且要說惡劣——你們零崎一賊才真是出類拔萃吧。能夠超越你們的族名，就連在『殺之名』七名當中，也只有匂宮跟闇口而已。」

零崎——

又是這個東西。伊織疑惑地偏著頭。

所謂零崎，究竟是什麼。

「伊織，所謂的零崎呢——」彷彿捕捉到伊織的表情，零崎雙識開口說道：「——簡單講就是殺人鬼集團。不是有所謂山賊或海盜之類的組織嗎？基本上就類似那樣的感覺。用比較現代感的說法就是——對了，黑手黨家族吧。」

喀擦——手中剪刀俐落一響。

「然後我是零崎一賊的長男——零崎雙識。守護家族是長男的職責所以——年輕的薙刀小夥子，為了剛認的妹妹，『第二十人地獄』要和你敵對囉。」

「……是嗎。」

於是兩人各進一步，更縮短了距離。

「原來如此——現在總算瞭解了，Mind Render。意思就是您剛才，正在對這位小姑娘——伊織小姐**進行勸誘**當中對吧？」

「進行勸誘……？」

妹妹——之前他說的，就是這個意思嗎？伊織看向零崎雙識，但雙識已經沒在看著她了。雙方的距離已非常逼近——對零崎雙識的剪刀而言還完全搆不到邊，但對早蕨薙真的薙刀而言，零崎雙識的腳卻已在可碰觸到的範圍內。

「真是諷刺啊……這麼說來，那些『傀儡』的存在——反而幫助了『零崎』新成員的覺醒——變成這種結果嗎。零崎的覺醒——是比遇見海龜產卵還要，更加難能可貴的機緣。就算撇開這點不談，女性的『零崎』也是非常稀有的存在——」

「——唔。」

這時零崎雙識不知想到什麼，忽然又將剪刀收回西裝內側。早蕨薙真一臉狐疑地蹙起眉頭，並未解除中段備戰姿勢。相較之下，零崎雙識卻顯得泰然自若。不知是心理戰術還是天然呆，那種莫名悠閒的姿態，從方才到現在絲毫沒有動搖過。

「既然看樣子你應該不是人偶，薙刀小子，先問問貴姓大名好了，告訴我名字吧。」

「我叫——早蕨薙真……可別讓我失望啊，Mind Render。」薙真說：「如果提出什麼和平交涉的要求，我特地導演的這齣戲可就功虧一簣，我的魅力連一絲一毫都沒發揮到就結束了不是嗎？」

「和平交涉？我不會做那種事情。反正跟你交涉也毫無意義對吧——不過話說回來『早蕨』是嗎，嗯，這姓氏倒有點印象。」零崎雙識呼呼地笑著。「那麼薙真君，我這人學問淺薄，對那種武器——關於薙刀所知不多，但至少還清楚那並非室內狹窄空間使用的武器。雖然枉費你特地打掃淨空了有些過意不去，怎麼樣，為了讓彼此使出全力，要不要換個舞臺呢？」

「……我不明白你的意思。」

「我這人喜歡堂堂正正的對決。」雙識說：「比起不擇手段地拚勝負，我更偏好嚴守規則的公平競賽——或者應該說，就算我在這裡打敗你，也會留下不舒服的感覺。好像對你使用非常『卑鄙』的手段才取勝一樣，感覺勝之不武當之有愧。我最討厭的字眼前三名是：不誠實、無責任、沒人情——所以不管是和要殺的對象也好或互相廝殺的對象也好，總希望能保持友好關係。對了，伊織妹妹？」

「什、什麼事？」

「這棟大樓，屋頂有開放嗎？」

「咦，呃，有啊——應該吧。」

伊織結結巴巴地回答，完全搞不清楚狀況。這裡明明是她家，她卻徹底被邊緣化了。喂喂喂，莫非這兩個傢伙，打算馬上展開決鬥嗎？事情究竟怎麼演變到這一步的？已經完完全全——超出了伊織的理解範圍。

「屋、屋頂是開放的。所以我都會在天氣好的日子去那裡曬棉被。」

「真不錯，嗯，雖然跟本文絲毫沒有關係嚴重地離題，不過是非常令人會心一笑的題外話呢。那麼薙真君——」零崎雙識伸出食指比向天花板示意。「我們就在屋頂上決鬥，如何？這就叫所謂的頂尖對決。」

頂尖對決才不是這個意思。

「…………我——」

早蕨薙真暫且——卸下武器防備。然而絲毫沒有鬆懈的模樣，眼神犀利地緊盯著零崎雙識。

「當對手提出這種建議的時候——我都會去思考對方的企圖。不過——算了，零崎的腦子在想什麼，這種東西大概想破頭也不可能會知道吧。」

「——無妨，反正事到如今理不理解也沒差了。」

「——知道啦，那我先上去等你。」

手中薙刀又咻地一揮——將長柄擱在右肩上，朝陽臺走去。從零崎雙識身旁迅速通過，放低薙刀剛跨出陽臺時——薙真回頭看向伊織。

四目相接。

薙真的眼神，與伊織的眼神交會了。

伊織不自覺地端正姿勢——但薙真卻，什麼也沒說。只是單純地，勾起嘴角——微微一笑而已。不同於之前對伊織露出的那種，充滿挑釁的笑容，亦非從容自若的優越笑容，而是，該怎麼形容呢——

一種彷彿憐憫的笑容。

面對那張表情，伊織迷惑了。

為什麼……為什麼我會——

被那個男的，用那種宛如同情的眼神——那樣地注視著呢……？

忽然。

早蕨薙真當場縱身一躍，消失了蹤影。

「咦？呃，耶——？那、那個人，就這樣跳下去了？」

「不，是跳上去了。」

零崎雙識邊說邊朝伊織走近。伊織作勢要走近陽臺藉此逃開。雙識見狀聳聳肩，

「唉呀」地說：「既然身為文明人好好善用樓梯就可以了嘛，真是個急驚風。簡直就像奧田右京亮（註7）一樣，再加句『不要吵！』是吧。伊織妹妹，知道我在說什麼嗎？」

「我已經什麼都不知道了……」

「不知道嗎……那想不想聽具體的解說呢？伊織妹妹。」

本以為他說著便會轉過身來，結果零崎雙識背對著伊織向後一躍，直接移動到伊

7 《必殺仕事人》電影版第四集的反派角色，由真田廣之飾演。

織身旁。

無法逃脫了。

「解、解說什麼——」

「雖然我也並非完全理解，不過對眼前的情況還不至於到連大致說明都沒辦法掌握的地步。包括——」他環視凌亂的室內。「——那些人偶的事情在內。話說回來『早蕨』是嗎——『匂宮』的分支吶。差不多也到世代交替的時期了……印象中好像是三兄妹吧，嗯——」

零崎雙識用手指抵住額頭似乎正在回想。

「——長男是太刀手，次子是薙刀手，妹妹是弓箭手——應該沒錯吧。雖然記不太清楚，這樣看來剛才那個就是次子囉。」

「呃，不，那個人是什麼來歷與我無關——」伊織邊緩緩向後退邊問道：「那位早蕨先生，為什麼會出現在我家？不對，依照剛才的對話來推斷，我會差點被小靖殺掉應該也是——那個人幹的好事吧——感覺可以說，都是那個人的責任——」

「妳想要聽，具體的解說嗎？」

「——呃……」

對於這個問題——老實說，她有些迷惘。

眼前，此時此刻伊織所思考的事情——應該說，此時此刻伊織所期望的，只有一件事情而已。

不想被——扯上關係。

想逃離。想逃到別的地方去。

要決鬥也好要廝殺也好都請便隨你們高興，但前提是在與我不相干的地方。要用薙刀也好剪刀也好什麼都無所謂，只要在我視線看不到的地方——請隨心所欲地自由發揮。

拜託，請不要把我給扯進去。

「……可是——」

儘管如此——很遺憾地。

伊織現在——在現階段，並非無辜被捲入的第三者——不屬於這樣的立場。既不是莫名被捲入麻煩當中，也不是倒楣受到事件的餘波牽連。如果要說有誰屬於這樣的立場，那就是夏河靖道——以及爸爸跟媽媽還有哥哥跟姊姊。

很遺憾地。

這篇故事的主角——正是無桐伊織本人。

「——我想聽，具體的說明。」

「呼呼呼，很好的回答。而且很好的眼神，加上很好的覺悟。」零崎雙識——一臉愉悅地笑了。「唯有被一切捨棄的零崎，才正適合這樣的覺悟。」

「…………」

零崎雙識與無桐伊織，一時之間形成互相瞪視的狀態。

不——與其說互瞪，更像是互相凝視的狀態。

殺人鬼與殺人新手的面對面。

「那就轉過身背對著我，伊織妹妹。」

「……這樣嗎？」

「雙手放到背後併攏。」

「……這樣嗎？」

「我說，伊織妹妹──」

「是？」

「沒人說過妳腦筋不好嗎？」

就在同一瞬間，她感覺到自己的兩隻手腕被綁緊，肩膀被往後拉扯，稍微失去平衡，隨即又挨了零崎雙識一記掃腿，摔倒在早蕨薙真打掃乾淨的地板上。因為雙手被封住無法減緩衝擊，肩膀直接撞個正著。

「這不是手銬喔，是特製橡皮繩。雖說是橡皮，憑人類的力量卻沒辦法拉扯伸縮。」零崎雙識裝傻般攤開雙手道：「如果用我的『自殺志願』也不是不能切斷，只不過會損傷刀刃所以希望能盡量避免。總之想用普通方法解開的話，勸妳乖乖放棄才是明智之舉。」

「你、你在做什麼啊？」

「在把妹妹綁起來啊。」

「變態！變態！」

「請放心，我並不會強暴妳。那樣做就變成近親亂倫了。近親亂倫很糟糕吧，那可不妙。這條橡皮繩呢，只是短暫的應急措施，反正只要先綁起來妳就不會亂殺人了。我可不是在惡作劇喔，希望妳別誤會。」零崎雙識誇張地聳聳肩道。「畢竟妳那充滿爆發力的潛在特質連我看了都覺得有點危險，甚至有點恐怖，所以請見諒。嗯當然，即使撇開這點不談，在妳能夠成功駕馭自己以前，還是先把雙手封住比較好。就算是殺人鬼，一天到晚不停殺人也會造成極大的困擾吶。」

「什、什麼叫潛在特質！我只不過一時衝動失去理智才不小心刺傷他的耶！又不是故意的！」

「問題不在動手殺人這件事，也跟殺人手法沒有關係。無論有沒有殺人意念，都不是重點。問題在於妳——伊織妹妹，只有**妳會動手殺人**這件事實，才是問題所在。儘管剛才說要解釋給妳聽，其實我對妳也充滿了疑問。為什麼妳能夠埋沒在正常世界裡直到今天呢？就連我弟弟，也只能在那裡待到中學畢業為止而已啊。」

「你在講什麼東西我根本完全聽不懂！」

「我想也是。好的好的，接下來要冒犯一下妳的腳囉。放心放心，我不會偷看裙子底下的。」

零崎雙識像在哄小孩般如此說著，將倒在地板上呈跪伏姿勢的伊織兩隻腳踝抓住，用跟剛才束縛手腕同樣的橡皮繩捆綁起來。然後再拿出另一條橡皮繩，將手部的繩子跟腳部的繩子連結在一起。如此伊織便完全動彈不得了。

「那妳就先乖乖地待在這裡吧，伊織妹妹。我要去跟薙真君決鬥，很快就會回來了，沒事的不用擔心。」

「我這樣一點都不叫做沒事！麻煩認真為我擔心一下！」

「伊織妹妹──」

零崎雙識稍微壓低了嗓音。

眼鏡深處的雙眸，比以往瞇得更細，更加銳利地──注視著伊織。

「從今以後，如果妳想要活下去的話，就必須繼續殺人才行。在妳面前已經不可能會有『殺』或『不殺』兩個選項了，只剩下──『殺』而已。只剩下『殺』而已了喔，伊織。就好像滿腦子只想著『不殺』的人一樣不健康，已經完全無可救藥了。我就是這樣，我的弟弟也是。並非滿腦子只想著要殺人，而是殺人已經成為前提，是所謂的前提條件了啊。無論朋友也好戀人也罷，通通一視同仁。一但暴露出自己的本質，就再也沒辦法走回頭路了。一百公尺能夠用十秒鐘跑完的人，就只會是用十秒跑完一百公尺的人。只要起跑，就沒辦法花二十秒去跑一百公尺。考試得到一百分的人並非因為想拿滿分才拿到滿分，而是不知道拿別種分數的方法。考零分的人想要得到十分，並沒有那麼困難，但是考一百分的人想要拿九十分，根本就不可能。」

「…………」

「殺人鬼是很孤獨的喔。殺人者本質上都是孤獨的。實在太孤獨了。不能交朋友，也不會出現知己，更不能有戀人。甚至連好的對手也不敢奢望，沒人能理解自己的苦，也沒人能為自己指引方向。完全只有自己孑然一身，寂寞孤獨又悲慘。伊織妹妹，妳知道孤獨是怎樣一回事嗎？」

「…………」

伊織她——答不出來。

「所謂孤獨啊，就是在或不在都一樣。是對存在的否定，對存在方式的否定。那是——非常可悲的。一個人獨處跟一個人孤立是截然不同的事情。想要可以一起玩的朋友，想要可以陪伴的知己，想要可以愛自己的戀人。想要可以競爭的對手，想要可以理解自己的人，想要可以幫助自己的指引者。不想要，獨自一個人。」

「…………」

「所以**我們**才會成為一族——組成一個家族。這就是零崎一賊的原點，跟匂宮或闇口從本質上就不一樣。」

『零崎』——『一賊』。

兄、弟、妹——一族。

家族。

「妳一臉無法理解的表情呢。沒關係，我說這些並不是要妳捨棄希望，搞不好——我所講的完全錯誤，可能妳還來得及回頭也不一定。現階段妳還只是『一個出於正當防衛保護自身安全的善良百姓普通小市民』，畢竟殺死小靖的人是我，**站在客觀立場來看**，妳還有回去**那一邊**的餘地。正因如此，現在才要將妳束縛起來，好為妳的將來，保留幾絲希望——留下幾許選項。不管結果如何——不管最後投向哪一方……這都是為妳好吧。」

「為、為了我好——是嗎？」

「剛才也說過了——其實我不明白，妳能夠將這種本質一直壓抑到十七歲為止的理由。就算聽到妳過去曾經殺死一千個人我也不會驚訝，反而連一個人也沒殺過才叫極度異常。包括這次的事件——若不是遭到傀儡襲擊，妳也不會動手殺人吧。借用薙真君的話來講，或許很『諷刺』——但妳沒在這裡『覺醒』的可能性還比較高。這意味著什麼妳明白嗎？」

「不、不明白。」

「嗯，我也不明白。所以就在剛剛，我成立了一種假設。」零崎雙識以略微凝重的語氣說：「妳有著原本不會存在的可能性。相當特殊的可能性。成為不孤獨的殺人鬼的可能性——與其說可能性不如說是希望吧。妳還沒接受試驗，會得到零分或是滿分還不確定。今後妳將會如何改變還是未知數——正因如此才是希望。所以我要盡己之能輔佐妳——以零崎長兄的身分。放心吧，妳大哥是個可靠的男人。」

說完，零崎雙識轉身背對伊織，朝玄關大門走去。似乎並不打算演出從陽臺跳出去的誇張戲碼。

「……………」

當時——他曾經說過，『以為應該會有某個人出現，為自己的人生帶來轉機——這種想法未免太過傲慢又滑稽』。還說在人生陷入困境時能適時解救自己的英雄——根本不會出現。

然而。

此刻他所做的——不正是，那樣的事情嗎？儘管光聽片段的解說伊織仍舊無法理解現況——然而卻，想起最初和他相遇時的感受，以及零崎雙識從陽臺登場時英姿颯爽的剪影。

安心。

心——安定了下來。

就連剛才，不直接與早蕨薙真對決而提議要到外面去打——這些舉動，可以說完全都是為伊織著想也不為過吧？這次的事件，一如先前所想——果然，並非在遇見零崎雙識的時候才開始。事情或許，早在很久之前就開始了，零崎雙識是後來才出現的。甚至可以說，被捲入事件的是他才對。況且仔細想想，他也從未加害過伊織——反而還救了她兩次。

所以——

現在這個束縛或許正如他所說，是為了幫助伊織也不一定。

這麼想著。

這麼一想，便再也，無話可說了。

「啊啊，對了對了——」

才剛打開玄關大門，零崎雙識又回頭道：

「我個人認為在裙子底下穿安全褲是邪門歪道喔，伊織妹妹。」

「明明就看得一清二楚還說沒偷看！」

◆　◆

早蕨薙真並非不清楚零崎一賊的可怕——甚至已經切身領教過那種恐怖。更何況對手是『第二十人地獄』，斬首行刑者・零崎雙識——自己絕不會愚蠢到任意輕敵的地步。對零崎雙識當然不用說——就連對無桐伊織，薙真也絲毫沒有掉以輕心。無論輕佻也好輕浮也好，從容也好動搖也好，又或者在伊織面前瞬間顯露的焦躁模樣，在薙真看來都只不過是手中持有的一張牌而已，並非早蕨薙真本人，不等於他自己。

然後——

早蕨薙真最大的王牌，就是這把巨大的薙刀。

只要握有這項最得意的武器，即便對手是零崎雙識也足以相抗衡——薙真是這麼想的。除了自己哥哥以外，無論對手是任何人——都不可能入侵到自己的領域內，他如此認定。更何況，剛才看過零崎雙識的招牌武器——『自殺志願』，那把剪刀的攻擊範圍與刀子相同，甚或更小。就算零崎雙識的有效攻擊距離異於常人，也無法穿越薙刀碰到他的身體吧。如果直接在那樣狹窄的室內展開大混戰——或許確實會有些不利，但是在這樣寬敞的屋頂上，即使面對『第二十人地獄』也有確切的勝算。而且是——相當確信的勝算。對早蕨薙真而言，這把大薙刀便是如此絕對的存在。

那已經，可以稱之為信仰了。

薙真信賴自己的武器，更勝於他自己。

「搞不好——順利的話，可以在這裡就做個了斷喔，大哥——」

早蕨薙真喃喃低語著——

咻地，手中薙刀猛然一揮，將刀鋒朝向——屋頂入口處。同一時間門被開啟，從門後方迎面而來，宛如金線工藝品般，體型高瘦，尤其手腳特別修長的——

殺人鬼，現身了。

剪刀已握在手中，感覺已進入備戰狀態。

宛如妖怪——薙真心想。

從剛才開始就這樣，從剛才到現在一直都是。

始終都覺得——沒有跟人類面對面的氣息。當零崎雙識突然毫無預警地，從陽臺出現時也一樣——還有，先前當伊織拿著叉子刺向自己的時候也是一樣。

還有——

和妹妹兩個人，頭一遭與『零崎』對峙——

那時候也一樣。

完全沒有——跟人類面對面的感覺。

這種感覺——自己心知肚明。
沒錯，那些——並不是人類。
而是更加，無可救藥的東西。
非關什麼強或是弱的問題——而是真正無可救藥的東西。
與自己截然不同的種類。
不可能存在的東西——就出現在眼前。
不可能存在的東西，正與自己面對面。
這種感覺油然而生——無法克制。
「等很久了吧？薙真君。」
不屬於人類的東西——向他開口道。
絲毫沒有戒心，大大方方地朝這邊走過來。早蕨薙真握緊薙刀擺出中段架勢，零崎雙識這才停下腳步，「呼呼呼」地笑著。
「總覺得挺滑稽的哪——現在這樣。」
「……什麼意思？」
「唉呀呀……你想想看，兩個大男人在和平寧靜的鄉下小鎮，在平淡無奇的大樓屋頂上，才剛照過面就展開廝殺。而且還是——使用剪刀跟薙刀喔。如果我是御獄新陰流的劍客，這畫面也許就可以成為繪卷了。」
「很從容嘛，Mind Render。」

「對了話說回來，你為什麼要打扮成那麼奇特的造型呢？」對於薙真的臺詞零崎雙識連肩膀也沒動一下，伸手指著薙真的服裝說：「穿著那種衣服走來走去，就算什麼都沒做也很容易被逮補吧。不，我絕對沒有藐視和服的意思，只不過你何必要如此誇張地——穿黑袴配劍道服，戴和式眼鏡，頭髮用布條綁起來再加上平底木屐——而且武器還是薙刀。為何你非要脫離『平凡』跟『常理』到如此誇張的地步呢？」

「你到底在講什麼？」

「坦白說我非常憎惡你。即使撇開妹妹的事情不談——將我深切渴望求之不得的東西，像丟到水溝一樣輕易地捨棄——這種行徑，就算是毫無關係的外人我也會覺得惱火。」零崎雙識微微低下臉孔。「假如看見溺水的孩子，就算是非親非故的外人也會想要去救吧？這兩者是相同的情感。沒有成為『零崎』的你絕對無法理解吧。」

「……你應該不是來找我吵架的吧，Mind Render——快點開始啊，恐怕五分鐘就可以解決了。」

「還真是了不起的自信，與其說自信不如說已經是狂熱的信念了。嗯，真令人愉快。唔呼，呼呼呼，愉快真愉快。」零崎雙識如此說道，再度邁開腳步往這邊移動。「那我就陪你玩兩招吧。如果想逃的話隨時請便，沒什麼好可恥的，這樣一來我也可以不用弄髒『自殺志願』了。畢竟一天之內連續斬殺六七個人，即使是『自殺志願』大概也撐不過兩年吶。」

「——那樣說未免太小看『早蕨』了吧？Mind Render。」

對於那樣過度輕視——甚至已經帶著侮辱的說法，薙真不由得表情扭曲，一臉不悅地反駁。零崎雙識再差一步——只剩半步，就踏入他的攻擊範圍內。相較之下他與零崎雙識的『自殺志願』（Mind Render），還有十分充足的距離。具有壓倒性優勢的——應該是他這一方才對。

「會太小看了嗎——我倒覺得自己認知正確。難道有說錯什麼嗎？有的話我會毫不猶豫道歉。」

「……和你們『零崎』或咱們本家『匂宮』在內的『殺之名』七名相比，我們這些旁系分支也許知名度較低——但知名度跟實力可不能畫上等號。好比說，就像這把薙刀一樣。」

「我來為你糾正一個誤解吧。」

零崎雙識在距離攻擊範圍僅存一步的地方，再次停下腳步，似乎已經看穿了薙刀的攻擊距離。

「剛才你提到『殺之名』七名——其實就我個人意見，並不希望『零崎』的姓氏被並列在其中。『匂宮』是『殺手』，『闇口』是『暗殺者』。『薄野』是『善後者』而『墓森』是『虐殺師』，『天吹』是『掃除者』，至於『石凪』則是『死神』——這些傢伙全都是令人毛骨悚然不寒而慄的恐怖『惡』黨——可是呢，薙真君，我們零崎一賊並不屬於其中任何一種——我們是『殺人鬼』啊。從一開始就跟你們存在於不同的次元。被和你們這些看場合決定殺或不殺的傢伙相提並論實在很不愉快，想必你們也會不高興吧。對你們而言殺人大概只是工作——但對零崎而言殺人是生存方式。」

「————！」

「好了，那麼——」

零崎雙識說——

第二十人地獄說——

自殺志願說——

「開始零崎吧。」

面不改色地，踏入早蕨薙真的攻擊範圍內。

（早蕨薙真——試驗開始）

（第三話——結束）

第四話 早蕨薙真（2）

哥哥。
我——很悲傷。
我——很懊惱。
非常——痛恨。
對於無力。
對於脆弱。
對於不足。
對於柔弱。
我其實——很軟弱吧。
非常非常地軟弱對吧。
程度不及。
力有未逮。
一無是處。
只會給哥哥們扯後腿。
一直以來——只會成為哥哥們的阻礙。
就此結束——也稱得上是恰如其分。
正適合我這樣的，半吊子。
是最適合我的——下場吧。

可是，哥哥。
哥哥。
我感到——很悲傷。
對己身之脆弱極為悲傷。
我感到——很懊惱。
對己身之軟弱極為懊惱。
感到非常——痛恨。
對己身之虛幻極為痛恨。
明明深信不疑。
自始至終都相信著。
明明那樣真實。
原本一直以為——一切都是真實的。
卻遭到掠奪。
卻遭到虐殺。
喪失了一切。
多麼——輕盈。
多麼——輕盈的身軀。
我已經一無所有。

為什麼呢。

然而又——為什麼呢。

此刻的我——變得非常輕鬆自在。

彷彿得到解脫——非常輕鬆自在。

明明很悲傷。

明明很懊惱。

明明恨之入骨。

卻變得——非常輕鬆自在。

儘管迄今為止從未曾想過。

儘管迄今為止從未思考過。

也許我，一直以來都在逞強。

或許我——

明明很脆弱，卻故作堅強。

明明很軟弱，卻故作頑強。

明明很虛弱，卻故作豪爽。

對所有的事情，都在逞強。

只會給哥哥們，添麻煩。

沒有任何一件值得信賴的事情。

我什麼都不知道。
我什麼也不曾知道過。
可是，這樣剛好。
我什麼都不需要。
我什麼也不曾需要過。
只要，和哥哥們在一起。
只要能和哥哥們在一起——就夠了。
為此。
僅僅為此——才一路逞強到現在。
又或許——
明明很脆弱，卻故作堅強。
明明很軟弱，卻故作頑強。
明明很虛弱，卻故作豪爽。
對所有的事情，都在逞強。
所以——就這樣。
就這樣死去也——感覺挺好的。
我並不覺得悲傷。
我並不覺得懊惱。

我並不覺得痛恨。
對任何人——甚至對於自己。
對任何人都，可以原諒。
啊啊，對不起。
實在感到非常慚愧。
請不要原諒我。
無論如何請千萬不要原諒我。
因為我感到——非常幸福。
在這種時候感到幸福——真的很抱歉。
哥哥——
哥哥覺得很悲傷嗎？
哥哥覺得很懊惱嗎？
哥哥覺得很痛恨嗎？
哥哥，你會覺得悲傷嗎？
哥哥，你會覺得懊惱嗎？
哥哥，你會覺得痛恨嗎？
哥哥。

嘿，哥哥。

我們究竟，是什麼呢？

我們究竟——是怎樣的存在呢？

為什麼我們——為什麼哥哥們——

為何我們兄妹，會是這種樣子呢？

為什麼事情會演變成這樣子呢？

誰都沒讓我們選擇。

誰都沒讓我們學習。

死亡是怎樣一回事呢？

殺人又是——

怎麼樣的一回事呢？

◆　◆

「……………」

儘管剛才一度被說服，但心底深處仍舊依然絲毫完全徹頭徹尾地無法接受。雙手被綁在背後也就算了，腳踝被綁住也姑且原諒，寬宏大量不予計較。但是，將兩者用繩子連結在一起究竟怎麼回事？豈止全身動彈不得，連脊椎骨都在嘎吱作響了啊。以這種狀態根本連匍伏移動都辦不到。光是保持靜止，就已經十分痛苦了。

伊織滿腔怒火無處發洩。

用比較淺顯易懂的說法，就是非常火大。

「……先這樣做——這樣試試看——」

伊織使盡全力，試著將自己的身體翻轉向上。如此一來，至少背部稍微輕鬆了點，她終於可以稍喘口氣。然而眼前並非喘口氣稍作歇息的好時機，既然稍微輕鬆了點，就有稍微輕鬆之餘不得不思考的事情。

好比說——沒錯。

沒錯，以現在這種翻身的狀態，搞不好——在一定範圍內的距離，也許就有辦法移動過去，假使——有辦法達到某種程度的移動的話——

就可以到隔壁房間，去確認一下。

確認家人的屍體。

父親的。

母親的。

姊姊的。

哥哥的。

可以用自己的雙眼——去確認清楚。

「…………………」

話雖如此——最後伊織卻，放棄了這個念頭。

首先第一個理由是背很痛，但原因並不僅止於此——還因為她覺得這項行為沒有任何意義可言。撰寫日記這樣的行為也許具有某種意義，但即使回頭翻閱那些日記，也無法竄改過去。既然早蕨薙真宣稱已經收拾完畢，就不可能還存在任何的手下留情。並非找藉口，只要看看薙真那副眼神——就能理解到這個事實。**確實就是——這麼一回事。**

所以伊織根本，沒有前去確認的必要。

沒有必要。

「…………咦？」

必要？

沒有——必要？

什麼跟什麼啊。

這實在是相當——冷漠的想法不是嗎？

雖然在夏河靖道那時候也一樣——雖然那時候也都完全沒有緊張感，但這回不一樣。跟沒有特殊交情的班上同學不同，這明明就是自己家人的事情。對於自己的家人，會去思考必要或不必要之類的——無論怎麼說都未免太冷血了吧？

咦。

這究竟是——出了什麼差錯呢？

我是不是——哪裡，怪怪的呢？

我是不是——哪裡變得，不太對勁呢？

畢竟至少還有**萬分之**一的可能性，況且，就算真的已經遭到殺害，只要及時搶救或許還有存活的希望也不一定啊。

「可能性跟……希望嗎？」

雙識他——零崎雙識剛才，是這麼稱呼伊織的。

箇中含意——她完全不懂。

他究竟想要說什麼，她聽不懂。

他所說的話伊織幾乎完全無法理解。

至少看樣子應該不會是敵人。

應該姑且可以——算是夥伴。

看樣子應該是，來幫伊織的。

「可是他不是我哥哥啦……」

而且那種哥哥她才不要。

哥哥。

大哥。

兄長。

吾兄。

無論怎麼表現意思都相同。

「……嗚——」

只要維持仰躺狀態，確實可以減輕脊椎的負擔，但這樣的姿勢卻會讓疼痛逐漸轉移到腳來。往前彎曲九十度，往後彎曲十三度，是伊織身體柔軟度的極限。假如繼續保持這種姿勢下去，全身骨骼可能會產生金屬疲勞（？）而導致骨折。

「原本明明還有必須認真思考的事情……為什麼我非得被迫去想大腿很痛的事啊……」

就算唉聲嘆氣也於事無補。

伊織逼不得已只好將身體向旁邊用力一傾，讓重心轉移到上半身，以為如此一來應該多少可以減輕雙腳的負擔。只不過就結論而言，堪稱是一大失敗。

問題出在脖子。

脖子發出**喀啦**一聲。

非常噁心的聲音。

「**唔呃啊噢噢噢噢噢！**」

宛如阿基里斯腱被切斷的恐龍般，伊織驚叫哀嚎著，在客廳地板上滾來滾去不停打滾。想當然，以現在身體的姿勢根本不能做出『滾來滾去』的動作。雙手、雙腳、手掌跟腳掌，背部跟胸部，以及再度遭殃的脖子，接連發出**喀啦喀啦**——不對，是發出**匡啷匡啷**的聲響。據說世上有種惡趣味是把貓放在灼熱的鐵板上欣賞牠激烈跳動的模樣，此刻的伊織確實會令人聯想到那種畫面。

直到身體撞上牆壁，伊織才終於停止**滾動**。假如這種地獄再繼續個十秒，伊織肯定會骨折吧。那個金線工藝品，真的用了很過分的方式將她綑綁起來。是不是有什麼特殊技巧呢？或者這種橡皮繩本身就藏著祕密也不一定。

「呼——不管怎樣伊織小妹妹還真是千鈞一髮啊。」

就在此時——

剛從自己陷入的危機當中平安生還的伊織，抬頭看向自己背後撞上的牆壁——才剛抬起頭便愣住了。

那並不是一道牆壁。

伊織還位於客廳的中心點附近，距離牆壁還差得很遠。既然如此，那個拯救伊織免於骨折危機的物體又是什麼呢——家具之類的東西明明全部都被早蕨薙真用薙刀給掃光了——

那是一名男子。

「——咦？啊——」

幾時出現的。

還來不及思考。

甚至連對方的模樣都還來不及捕捉清楚——

男子手中握著一把武士刀。

伊織便失去了意識。

「很好，這下省事多了。」

◆　◆

金屬互相敲擊的聲音接連響起。

巨大薙刀的利刃，與巨大剪刀的利刃。

早蕨薙真與，零崎雙識。

殺手與——殺人鬼。

零崎雙識的『自殺志願』，兩片刀各自都是雙面刃，等於總共有四個攻擊部位。如果在防禦的時候，用這些部位來承受攻擊，會加快武器折損速度，所以必然要使用刀脊——或者把手部位來做防禦。當然，在最壞的情況下也沒辦法講究那麼多，只能直接以刀刃接招，陷入與對手比力氣的僵局。

最壞的，情況下。

然後——這已經是第十次最壞的情況了。

「——真驚人吶。」
零崎雙識縱身躍起，一口氣向後退五步，與早蕨薙真拉開距離，低聲說道。
「唉呀，實在不得了——這把大薙刀。」
才剛趁隙重新握好剪刀備戰，已經將薙刀擺出上段姿勢的薙真立刻追逼而來。從剛才到現在，一直在重複這樣的循環模式。只要雙識企圖切入攻擊範圍內，薙真就先下手為強，一但將雙識逼出攻擊半徑，自己又馬上追殺過來——就這樣反覆循環著。
「——總之，斬殺的速度相當快。」
用刀脊承接一擊。
響亮的金屬摩擦聲。
雖然零崎雙識身材特別削瘦，卻擁有與修長體格相符的強大力道，換作平常早就把對手整個人連同武器震飛出去了。然而，面對早蕨薙真這把巨大薙刀的斬擊，他光是接招便已費盡心力。
「——也就是說，不僅速度快出手又重。」
運用離心力與槓桿原理——加上使用者本身的腕力，將兩者合而為一，發揮出規模驚人的破壞力。儘管雙識盡可能巧妙地避開那股威力，盡量用武器擋開減輕力道，但手臂已開始逐漸麻痺了。
看見薙真將薙刀收回，旋即趁下一瞬間的空檔，迅速將『自殺志願』的刀尖朝薙真喉頭一劃——

「——只可惜，這招沒能命中。」

剪刀揮空了。

連迴避動作都稱不上，早蕨薙真只是稍微挪移身體，滑動半步左右而已。僅僅如此，雙識的刀刃，雙識的攻擊，對薙真而言便連承接的必要也沒有了。

相形之下，零崎雙識從方才到現在連一次都沒能躲過薙真的薙刀攻勢。如果相同的模式再這樣重複循環下去，薙刀的利刃大概遲早會砍進雙識的肉體吧。

「那麼，假如這時候不要閃躲，試著更加逼近的話——」

連擊。

將剪刀直接迴轉換成反手握住，憑藉著自豪的腿長優勢一鼓作氣入侵對手的領域。如此一來刀尖要攻擊到便綽綽有餘。而且對手的武器——薙刀的『刀刃』攻擊範圍不包含近距離在內。長柄武器的弱點——便是近距離戰——

這個想法，大錯特錯。

太過膚淺了。

早蕨薙真猛然將薙刀反轉，以長柄末端——稱為『石突』的部位朝零崎雙識的腹部戳過來。這招挾帶著旋轉一周的離心力，因此威力也非比尋常。只不過因為不是刀刃所以沒被砍傷。才受到衝擊剛後退一步，金屬製的刀柄又朝上半身橫掃爆發開來。對純粹身為歷史愛好者，在武術方面知識淺薄的零崎雙識而言，根本無從得知，其實薙刀或長槍、長刀之類長柄武器的使用者，往往都會同時精通棍術或棒法。因此長柄武器可攻擊的部位並不僅限於前端——而是全體。與雙識這把攻擊部位只有四處的剪刀相比，應用方式天差地遠。

「——所以結果就是——」

雙識被擊出有效距離的範圍內。

接著又是，重複上演的斬殺。

金屬聲響。

第十一次的，最壞情況。

「——等等暫停一下暫停一下！」

零崎雙識的聲音忍不住慌亂起來。

這怎麼得了。再繼續下去不光只是刀刃損傷而已，連『自殺志願』都會當場夭折嗚呼哀哉。這把愛刀是無可取代的，萬一折斷就玩完了。

面對雙識喊出這句『暫停』，早蕨薙真略顯遲疑，但終究還是停下了正要跨出的步伐。聽見雙識太過狼狽的聲音，似乎讓他鬥志稍減。

「……唉呀，抱歉抱歉，剛才那番話，我要鄭重地修正。之前完全輕視你了，不小心說出『陪你玩兩招』這麼丟臉的話來。真是慚愧，慚愧。」

「——假如不是使用那種搞笑的武器，應該可以更像樣地認真決鬥不是嗎？」薙真說出隱藏在心底已久的疑問。「雖然我的薙刀也算相當奇特——但不管怎麼說剪刀都太離譜了吧。那根本是小學生用的凶器嘛，我們才不會稱那種東西為凶器，那應該叫做文具才對。」

「文具是嗎——不過站在個人立場，對此我也有屬於自己的堅持。」

「少說什麼堅持不堅持的無聊廢話，如果換成這樣的薙刀——或者是武士刀跟短刀之類的東西，以你的身手應該也能運用自如吧，Mind Render。」

「剛才不是說過了嗎？對零崎而言殺人既非工作，也非興趣，是生存方式——若這種說法不好懂的話，對了，簡單講就是一種遊戲。任何事情若少了一份從容自在就會很無趣吧？」

「抱著遊戲心態的人，能夠贏過認真作戰的人——你原本是這樣以為的嗎？」

「哦，用過去式呢。不過這回就先別批評你驕傲自負得意忘形好了，畢竟我也不想再重蹈覆轍。」零崎雙識開玩笑似地搖搖頭道：「只是話說回來——雖然原先覺得這種事情不問也罷，但既然已經陷入苦戰了，就不禁想問個清楚。你們——『早蕨』的人，這次行動的目的究竟是什麼？」

言下之意，如果是可以輕易擊倒的對手，就沒必要詳細瞭解對方的目的。聽完這句話，早蕨薙真並未回答，依舊沒有卸除防備。「唔——」雙識望了他一眼，繼續說道：「本來就很令人納悶啊——『早蕨』的本家是『匂宮』沒錯吧？那些是『殺手』中的『殺手』，最純正的殺戮血脈，照理說不該會使用『傀儡』這種沒格調的手法才對。與洗腦統制主義的『時宮』處於對極的對極再對極定位的你們，應該沒有那樣的技術跟意識型態。」

「…………」

「為什麼不惜扭曲原則思想也要與零崎——與我們敵對呢？雖然無意模仿你先前的臺詞——但既然身為『早蕨』，想必非常清楚零崎一賊的恐怖吧。」

來歷不明的殺人鬼集團——零崎一賊。

一賊黨羽，無共通之特性，一賊黨羽，無應守之規定，一賊黨羽，無不破之禁忌——唯有一點可以斬釘截鐵地斷言。

與一賊為敵者殺無赦。

「——這句話反過來講，意思就是只要**對方**不先出手，我們也會盡可能地**忍耐**住。更何況還是身為和平主義者的我，更何況是把殺人界定為工作的你們，絕不會因為偶然遇見而被殺死。」

「——清不清楚都一樣。」

早蕨薙真發出咬牙切齒的聲音——回答道：

「知道也好不知道也罷，總之**我的妹妹被零崎一賊殺死了**。」

「——呃？」

果不其然——零崎雙識臉上浮現驚訝的表情。

「如果沒記錯你們好像是三兄妹吧——長男是太刀手，次子是薙刀手，然後妹妹是弓箭手。」

「沒錯，她的名字就叫做早蕨弓矢——對我而言是可愛的妹妹。是能讓我引以為傲的——妹妹。再加上大哥，我們三人的組合是所向無敵的。」

「近距離的太刀加上中距離的薙刀，以及遠距離的弓箭——是嗎。撇開時代脫節這點不談，要同時對付三人的確會是一場硬戰——」畢竟光是其中一人，負責中距離的薙真便已如此難應付，若三人聯手情況將會如何，連零崎雙識都無法想像。「……所以你意思是說，突破三兄妹聯手的人物就存在我們一賊當中嗎？」

「為了維護『早蕨』的名譽，如果容許我辯解的話，當時——只有我跟弓矢，兩個人而已。大哥缺席沒有參與行動。」

「即使只有兩人，也相當不得了囉。老實說，如果你的攻擊再加入弓箭，我就束手無策了。可不可以告訴我，那個殺了你妹妹的『零崎』——是個什麼樣的殺人鬼呢？」

「可惜我並不知道名字。在零崎當中最有名的，除了『自殺志願』（Mind Render）零崎雙識以外，就屬『寸鐵殺人』（Peril Point）和『愚神禮贊』（Seamless Bias），頂多再加上『少女趣味』（Boart Keep）吧。你們這些人，身分背景都太過神祕了啊——所以我們才逼不得已，只好使用這種拐彎抹角的，根本不想使用的手段……那只是一個連見都沒見過的陌生小鬼，要說特徵，臉上有塊刺青，勉強算得上是特徵吧。」

「——原來如此。」

零崎雙識臉色一變，表情認真起來。不——與其說認真，更像是一臉不悅的，困惑的表情。

小鬼而且——臉上刺青。

再加上是個殺人鬼。

以『早蕨』的次子跟么女為對手展開一場大混戰，結果還能將之擊破，擁有此等能力的『零崎』——

光聽這些描述，對雙識而言已十分足夠了。

也就是說——原來如此嗎。

這是弟弟留下的爛攤子嗎。

「……那個臭小子，居然讓敵人留下活口嗎。」

多麼——天真。

究竟是一時興起改變主意，或者沒辦法全部殺光，還是單純放過對方一馬，他不得而知——儘管就雙識所知以弟弟的性格來推斷，第一種假設的可能性最高——但不管發生什麼，與兩人為敵卻只殺掉其中一人，身為零崎一賊的成員簡直愚蠢至極。只將敵對者殺掉還不夠，那樣會留下怨恨及憎惡，會留下憤怒或憤慨，懊惱或悲傷。

唯有趕盡殺絕——

才會開始，產生畏懼和戰慄。

殺人者除了殺人別無生存之道。

與兩人為敵時要誅殺二十人——才是零崎一賊。

那個笨弟弟——

明明再三告誡過他了。

「……我瞭解了，所以說動機是復仇嗎？」

「還真古典——你是不是這麼想？」

早蕨薙真滑步進逼，縮短與零崎雙識之間的距離。似乎準備視對方如何回答，隨時以迅雷不急掩耳的速度重新出擊斬殺。

「這年頭還會為這種理由來殺人——更何況是你口中所謂的『工作者』竟然要與零崎一賊為敵——覺得很滑稽嗎？」

「——不，我完全支持。」

這句話既非雙識擅長的裝傻敷衍，也並非帶著諷刺。而是真真切切地，發自心底深處的認同。不，不光只有認同而已，那是一種更加積極的情感。眼前這名直到剛才還在彼此廝殺的青年，屬於令人厭惡的『匂宮』的分家，『早蕨』的次子——卻忽然覺得彷彿相識十年的友人般。

為了妹妹而——復仇。

為了妹妹。

為了家人。

不惜冒著與零崎一賊為敵的危險，捨棄自己的原則，甚至情願使用『傀儡』來搜索目標——只為了，要替妹妹報仇。

太出色了。

實在，非常出色。

無比美麗。

「…………」

當然——

話雖如此，並不代表會因此就不殺他或因此自願被殺。這是兩回事，是完全不同次元的問題。

「薙真君，請再讓我問最後一個問題——是哪一方先動手的呢？」

「啊？」

「……呃，不，失禮了，這種事情，終究還是無關緊要吧。無論哪一方先出手，無論發生過什麼事情，你妹妹被我弟弟殺死這件事實都不會改變，結果都一樣。弟弟留下的爛攤子就是哥哥該收拾的爛攤子——不開玩笑了，遊戲到此結束，認真地跟你對決吧。」

說完零崎雙識便將連結『自殺志願』中心點的螺絲轉開——**喀鏘**一聲，分解成兩片刀刃。

然後一把握在右手，另一把握在左手。

雙手握住雙刀備戰。

「——呵。」

早蕨薙真——笑了。

「呵——呵呵。至少看起來比較像武器了不是嗎——Mind Render。只不過管它一把也好兩把也罷，那種短刀，無論怎麼攻擊都碰不到我的項上人頭啊。」

「說什麼傻話，方法還是有的喔，右京亮君。」

零崎雙識揚起嘴角詭笑著，向前邁進一步。

「我就這樣直接踏入你的攻擊領域內——**首先**是面對你的斬擊，如果從右邊來就以左手接招，從左邊來就以右手接招。**接下來**再用剩餘的另一把刀——瞄準你的喉嚨**投擲過去**。」

「……投擲？」

「你妹妹的事情給了我提示。只要換成會飛的道具，就什麼距離問題都不存在了吧。當然投出的飛刀最後可能會被你的棍法給彈開，但如果使用交叉反擊（counter）——就沒有這層顧慮了。」

所謂刀子並非僅限於斬殺或刺殺之類的用法而已，投擲專用的飛刀也所在多有——譬如經過拆解形狀由剪刀解體的『自殺志願』，便足以充當此用途。

假如說有什麼問題需要克服，那就是必須以單邊的刀脊……以**單手承受**薙真的斬擊——而且是，必須用先前已經因戰鬥而逐漸麻痺的手臂去承受才行。雙識本身對此已有充分的覺悟——不用說，薙真也看得出來吧。

「你認為那個『首先』的部分有可能做到嗎？交叉攻擊……這主意確實不錯。先採取攻擊時防守方面必然會有隙可趁，符合一般世俗的說法。只不過——同樣的道理，也適用在對手身上。一邊攻擊一邊防禦的難度有多高，你不會不明白吧？Mind

Render。」

更何況是要應付我這把薙刀——薙真這麼說。

無所謂啊，零崎雙識挪動腳步更加逼近。

「那種事根本無所謂啊，什麼可能不可能的，現階段已經無須討論了，早蕨薙真君。剛才之所以把策略說出口，是為了表達零崎雙識對你的敬意，或者你也可以當作是誠意——只要這麼想就好。從現在開始已經不需要言語，你就盡情地斬殺我，我也會盡情地殺死你。」

這就是——最後的對話。

零崎雙識一口氣入侵到薙真的領域內，彷彿在引誘對方攻擊，實則不然。倘若此刻薙真稍有遲疑，兩把刀便會同時貫穿喉嚨跟心臟，雙識已經握緊刀子處於備戰狀態——直接一舉躍入薙真的攻擊範圍內。

「唔……嗚！」

早蕨薙真不知該後退還是該硬擋，瞬間因猶豫而渾身發顫——但隨即又「噢噢噢噢噢噢噢噢噢噢噢噢噢噢！」大聲咆哮著下定決心，猛力使出薙刀。

只不過並非斬擊。

而是——突刺。

右腳向前跨出。

將刀尖對準零崎雙識的心臟。

斬擊會有所謂的軌道，而像薙刀這種將重點放在威力與速度的武器，要中途變換軌道非常困難——因此攻擊軌道很容易被看穿，因此也很容易防守。或許要完全閃避有些困難，但每一擊個別防禦並非不可能的事情。然而這稱不上是弱點——因為連同防禦一並擊碎，正是薙刀這種武器的特徵。

雖說是以斬擊為主體的武器，先前在屋裡對付伊織時，顯示出薙刀也存在著突刺技巧。加上薙真不僅擅長棍術與棒法，乃至槍術亦十分拿手。對付已經習慣斬擊的敵人是最適合出其不意攻其不備的招數。在劍道當中也一樣——對『突刺』這種招數並沒有相對應的防禦技巧。如果換成棍棒或拳頭，還有『擋』的手段可以用，但面對刀劍利刃時這麼做卻超乎想像地危險。防禦時的接觸點太小了。更何況薙真的突刺並非短刀之類就可以輕易阻擋的威力——

「**果然刺過來了嗎——**」

緊接著——零崎雙識說：

「**——那麼只要避開就行囉。**」

雙識巧妙地旋身，**躲過**大薙刀的刀鋒——一瞬間，與早蕨薙真拉近距離，縮短到自己的攻擊範圍內。

「——咦？」

薙真的聲音充滿錯愕。

這也難怪，迄今為止零崎雙識連一次也沒躲開過薙真的斬擊。在速度上薙真佔有壓倒性的優勢。況且又以直線距離發動出其不意的攻擊，即使有辦法能擋住也不見得能躲過——照理說應該不可能會發生才對。

然而薙真的這項認知一半正確一半錯誤。雙識直到剛才為止都沒辦法躲避攻擊並非演戲是真實的——但那正是因為大薙刀特有的離心力。如果連槓桿原理都沒登場只是**單純的突刺**——然後如果又沒有出乎意料而是**早在預想之中的刺殺**，對雙識而言那就不算無法閃避的速度了。

再加上還有一點。

所謂『突刺』這種攻擊——與之前的斬擊並不相同，攻擊手在做出攻擊之後會呈現上半身極端向前傾的姿勢。因為右腳或左腳其中之一，必須極端踏入對手的領域內，否則突刺動作無法發揮十足的威力。所以——

「**只要從你踏出的另一側切入——棍術的近距離防禦就會慢一拍，措手不及。**」

零崎雙識的目標並非交叉反擊（counter）。

零崎雙識的目標是——聲東擊西（feint）。

逼對手使出連續攻擊困難度高的『突刺』——才是零崎雙識真正的目的。

「——嗚！」

早蕨薙真一邊收回單腳一邊試圖重新握好薙刀應戰。只可惜這些動作比零崎雙識重新組合好『自殺志願』還要晚了一步。

「早蕨薙真——」

雙識用極為冷酷的聲音說：

「你『合格』了——壓倒性地正確，真正堪稱是『正義』的化身。所以就在心底懷抱著那份正義，被我殺死吧。」

『自殺志願』的其中一把刀刃，對準剛面向這裡擺出架勢的早蕨薙真，朝他的胸口——深深地刺了進去。

◆　◆

「——唷。」

市區裡的電玩遊樂場。

在正好玩到GAME OVER的時候，柘植慈恩背後傳來打招呼的聲音。

此刻的慈恩心情嚴重地不爽——他一直以來偷偷暗戀的班上女同學（頭戴紅色針織帽，有點傻氣的可愛女生），居然被其他男同學（擺出一副運動健將的姿態，令人生氣的傢伙）約走，放學時一起離開的畫面被他目擊到了。基於這種非常個人的理由——他心情嚴重地不爽。

因為顧著生悶氣，即使天黑了也還不回家，連打工都蹺班了，賴在遊樂場裡鬼混消磨時間。這種時候被不認識的傢伙出聲叫住，對慈恩而言無異是非常煩悶的事情。

然而當他一回過頭立刻轉為驚訝。那是——一張他認識的面孔。不，並非直接認識

——但卻是曾經聽說過的面孔。而且還是，昨天才剛聽說過的面孔。

個子不太高，染色的長髮綁在腦後，露出的耳朵戴著三圈耳環，掛著手機吊飾之類的飾品。除此之外最引人側目的，是隱藏在前衛的墨鏡後方，那張臉上描繪著——不祥的刺青。

「——剛才那聲唷，是我在向你打招呼。」

「啊，啊啊——」慈恩掩飾內心的動搖，勉強回應道：「幹、幹麼？你是誰啊。」

「我？我是——對了，嗯，就叫人間失格吧？」

臉頰刺青的少年說出這句莫名其妙的話，又聳聳肩說道。

「之所以叫住你是因為——該怎麼說呢，只是想問個路——不過可不是要請你指點什麼人生方向喔，啊哈哈。」

臉頰刺青的少年說完很無聊的話（呃，真的非常無聊），便一個人笑了起來。十分純真無邪，充滿親切感的笑容。柘植慈恩正困惑著不知該如何反應，臉頰刺青的少年隨即又切換成認真的表情，說「其實我正在找我大哥」。

「特徵是像個呆子應該很顯眼吧。看起來像個呆子似的高個子，像個呆子似地手腳修長，像個呆子似地梳著西裝頭，像個呆子似地穿著不適合的西裝，像個呆子似地戴著復古銀框眼鏡。而且還像個呆子似地帶著一把危險的剪刀。」

「——啊，呃——那樣的傢伙，昨天——我有見到過喔。」雖然略感遲疑，慈恩仍照實回答。「他說自己正在這附近，尋找下落不明的弟弟——」

「……是嗎是嗎，他說正在尋找弟弟嗎。那還真是相當地——傑作啊。」

啊哈哈，臉頰刺青的少年又朝他笑了笑。

「你知道他人在哪裡嗎？」

「呃，不，這我就不清楚了……」

「這樣啊，好，那我就在這附近多溜達一陣子看看吧。謝啦，這是，給你的謝禮。」

噹地一聲，臉頰刺青的少年將一枚硬幣彈起，朝他拋過來。還以為是遊樂場的代幣，結果居然只是十圓硬幣而已。甚至比一枚代幣還要廉價。

「……十圓？」

「笨蛋，看清楚了，這可不是普通的十圓硬幣，是絕版的舊式紋刻銀幣，很驚訝吧？」

「…………謝謝。」

「沒什麼沒什麼，不用擔心，別看我這樣，呃或者應該說如你所見，我可是以慷慨大方跟帥氣著稱的喔。」

那再見啦，臉頰刺青的少年語畢輕輕揮了揮手，便轉過身去背對著慈恩。

就在——同一瞬間。

慈恩接住十圓硬幣的右手——其下一吋的手腕**忽然綻裂開來**，緊接著深紅色的鮮血如泉湧般汩汩流出。

「**咦，噫，噫噫噫噫噫噫**？」

「嗯？」

聽見哀嚎聲，臉頰刺青的少年回頭看過來。

「……啊，唉呀，不好意思，把你殺掉了。」

在這句話說出的同時。

不僅手腕，全身上下都同一時間迸裂開來。多到令人不禁懷疑究竟囤積在什麼地方的血量，從柘植慈恩全身各處汩汩湧出。

深紅色。

一切都被，染成了深紅色。

呼吸也是，光線也是，痛覺也是，哀嚎也是——

全部都被，染上了鮮血。

多麼地——

鮮紅。

「啊，啊啊啊啊啊啊啊啊啊啊啊啊！」

「大概是戴太多叮叮噹噹的金屬飾品才會這樣吧～？真的很危險，以後小心點喔？啊——……差不多該走了，我還有急事，掰掰啦～」

臉頰刺青的少年笑容爽朗地說完這句話，便若無其事地轉身離去。那道矮小的背影，隨即消失在慈恩的視野當中。不，並非如此，純粹只是因為連眼球都裂開了，視線被黑暗所包圍而已。

柘植慈恩當場——像要撞飛椅子跟遊戲機般，伏身倒下——

「——啊，啊——啊——」

然後在最終的意識裡思考著。

啊啊……原來如此。

那就是——剛才這就是——

一但遇上必『死』無疑——

只要扯上關係便意味著『死』。

所謂『惡』的，概念嗎。

（早蕨薙真——合格）

（第四話——結束）

第五話

早蕨刃渡（1）

關於弟弟——零崎人識，一賊成員的統一見解是——**異常捉摸不定，令人猜不透的孩子**——大致都這麼認為，而零崎雙識雖然在形式上持反對意見，總會故意唱反調，但心裡其實覺得這個說法形容得真是貼切。聚集了奇人異士的零崎一賊，全員或多或少都受到外界另眼相看，容易被下類似的注解——即便如此，連在**內部成員**眼中都被這樣認定的弟弟——果然還是，屬於異常的吧。表現方式不一而足——總而言之就是，直到剛剛都以為他要往東，一轉眼忽然又變成往西，還在忙著確認他視線投注的方向，結果他視線已經移往南邊去了。等注意到的時候，才發現他正帶著一抹玩味的笑容，瞧著你東張西望的慌亂模樣。諸如此類**『令人猜不透』**的特質，零崎人識全都具備了。即使在零崎一賊當中最另類的異端——好比說『自殺志願』（Mind Render）；即使現階段恐怕是一賊當中最有名的殺人鬼——好比說『寸鐵殺人』（Peril Point）；即使在令人畏懼的一賊當中最凶狠殘暴最不手下留情，在一賊史上以殺過最多人而聞名的——好比說『愚神禮贊』（Seamless Bias）；抑或是，一賊當中僅此一人，秉持堅定意志限定要殺對象的條件，格外厭惡無差別殺人的『少女趣味』（Boart Keep）——姑且不論性質，至少單就**性格**這一點，在零崎人識面前大概全都會變得模糊不清相形失色吧。能夠和零崎人識**匹敵**的存在——在零崎一賊不算長的歷史當中——除了人識的『雙親』以外，別無他人。雖然那兩人都早已死亡，再怎麼說也成為過去式了。

零崎中的零崎。

所以人識才會，在一賊當中被如此稱呼。
要說是孩子——卻又不是個孩子。
只不過，雙識沒辦法放任弟弟隨心所欲率性而為。
只要沒有經常把他帶在身邊——就會感到不放心。
那種人物的存在——
那種人物存在於『零崎』當中的事一但被知道——
肯定會出現一些不善罷甘休的傢伙。

包括這次的事件——看樣子也是，類似的情況。
沒錯——
零崎人識。
零崎中的零崎。
弟弟是——這世上唯一僅有，**附帶血統保證書的『零崎』**——正因如此，也無可避免地象徵著零崎一賊的破滅。
所以——零崎人識。
他的存在，即使在一賊內部，也是種禁忌。
有著某種不可觸碰的，近似於忌諱的性質。

然而，弟弟本身不知是否對此有所自覺，無論何時總一副超脫世俗的模樣，完全搞不清楚他想做什麼。雙識將人識帶回零崎一賊——招入家族之後，那傢伙仍繼續去上中學，他本身好像還有要升學上高中的意思。假如正常生活沒有崩裂的話，想必早就實現了吧。畢業以後——從滿十五歲那年起直到現在，零崎人識的歷史可以說，就等於和哥哥零崎雙識玩兄弟捉迷藏的歷史也不為過。

Hide and Seek。

身為異常捉摸不定，令人猜不透的存在，關於零崎人識唯有兩件事情可以正確地斷言，其中之一便是——他有著超乎尋常的，無可救藥的流浪癖。

至於流浪的理由，不得而知。

「並沒有想要去哪裡啊——」

「我最討厭走路了。」

「我根本沒有想去的地方啦。」

假如被追問，人識就會這樣敷衍地回答。

「只不過——」

「我啊，有個非常想見到的傢伙。」

「雖然壓根不知道那個人是誰——」

「但我必須見那傢伙，非去不可。」

「那樣一來——」

「某些事情，自然就會有所了結。」

當零崎雙識聽到這裡——聽完這些話的時候。
在數年前的那個當下。
他就放棄去理解弟弟——零崎人識了。
並非覺得無法理解。
而是放棄去理解了。
彷彿隨口說說的那番話。
彷彿避重就輕的那番話。
結果到頭來——那些回答就是，弟弟的真心話。
這傢伙甚至，連真心話都是，一堆謊言。
就連真實的事情，對這傢伙來說都是謊言。
對這傢伙而言根本沒有任何真實的事情存在。
所以才，無法理解。
根本沒辦法去理解。
也根本不想去理解。
因此，雙識已經放棄去理解——

只是單純地，選擇了全盤接受。

這就是——所謂的家族。

只不過，人識方面對於哥哥——對於零崎雙識，究竟抱持著什麼樣的情感，坦白說，完全不得而知。無論流浪到什麼地方，一但被找到，他都不會激烈反抗，就乖乖服從雙識的指示。儘管從人識相當年幼，還真正是個孩子的時候就認識他了——卻覺得那傢伙似乎未曾有過反抗期。但那彷彿只是，**純粹地為服從而服從**——會有這種感覺。雙識對於弟弟為什麼要乖乖地服從自己，完全無法解讀。

無法解讀他的情緒。

令人——猜不透。

終究還是，猜不透。

只不過，關於零崎人識僅有的兩件可以斷言的事情，另外一項——基於這點，姑且不論零崎人識對雙識究竟有何想法，至少對於哥哥長年以來使用的凶器——『自殺志願』，他展現出超乎尋常的興趣。

零崎人識——非常喜歡尖銳的物品。

尖銳的物品。

並不一定要是刀械。

也不一定要是凶器。

玻璃碎片也好，銳利的線也好，或者紙張切面也好——只要是尖銳鋒利的東西，零崎人識都愛。

那可以，說是偏執也不為過。

從幼兒時期開始，諸如此類一碰就可能會被割到的**閃閃發亮**的物品——人識都很喜歡，一直在收集。不用說，所有屬於零崎一賊的成員們，全部都是『殺人鬼』，全身上下不留餘地，纏繞背負著這個稱號。唯獨這點，全員一致地——從『自殺志願』到『少女趣味』，全體成員都一致，毫無差別。包含零崎雙識本身在內，一賊當中各個『殺人鬼』，雖然都各別擁有屬於自己的人生觀、思想哲學、界線條件——但唯獨這點，才正是與其他『殺之名』劃清界線的地方。

然而。

零崎人識卻不一樣。

零崎人識的情況並非如此。

零崎人識一直在收集『尖銳物品』——直到現在仍持續著——並非為了拿來當作殺人工具。相反地，就這層意義而言，甚至可以說，沒有比零崎人識更淡泊於殺人的殺人鬼了。

沒錯——簡單講就是，一本初衷。

如果給一賊的成員一把美工刀，通常會被拿來切斷『人類』的頸動脈，或者是，刺進『人類』的眼睛，抑或是，攻擊『人類』的手腕。若是『少女趣味』，也許會瞄準內臟襲擊，換成零崎雙識，可能會改拿『自殺志願』吧。

然而。

零崎人識不一樣。

人識會用它來——削鉛筆。

仔細地，仔細地，削鉛筆。

再用那支鉛筆去，刺殺人。

簡直就像在，確認筆夠不夠尖似地。

然後會嘀咕著『還早得很咧』之類的吧。

不斷追求——尖銳的存在。

不斷製造——尖銳的物體。

彷彿那已經是，一種天性。

彷彿那已經是，一種缺陷。

不斷收集各種尖銳的物品。

「吶，大哥——」

人識經常這麼說。

一再一再地重複。

說到令人厭煩的地步。

「那東西——你還不肯放手嗎？」
「給我啦。」
「我想要那玩意兒。」
那副模樣，就像在吵著要玩具似地，彷彿只是個耍賴的孩子。每當此時雙識總會苦笑著說「這個不能給你啦」。
「這個對我而言，是非常重要的東西——知道嗎，我可不像你那麼花心，無論對女人也好或對武器也好，都是個專一的男人喔。」
「呵——」
弟弟笑了。
不，弟弟無論何時總是在笑著。
不笑的弟弟，雙識從來沒看過。
「——那就這麼辦吧。如果大哥死了，我就接收那把呆子剪刀——怎樣。」
「所謂的睹物思人嗎？」
「這叫做廢物回收啦。」
「唔——算了，隨你高興。畢竟再喜愛的凶器，也沒辦法帶進地獄裡去吶——」
身為地獄本人還在講什麼東西啊——人識吐槽說。
「——哈哈，那就——這樣吧。我直接殺掉大哥，硬把剪刀給搶過來——這樣也行得通啊。」

「嗯……要說行得通也是行得通啦。」

「很從容嘛，是認為憑我這種程度殺不死你嗎？像我這種等級的對手隨時要殺都殺得死，你是這樣想的嗎？」

「天曉得，很難講啊。」

「呿——」

弟弟不滿似地咂了下嘴。

儘管臉上的表情，依舊在笑。

幾乎可說是——純真無邪也不為過。

「不管怎樣，我絲毫沒有要跟你互相殘殺的打算。那種問題，從一開始問題本身就無效了。」

「那麼，假設——也就是說單純的幻想啦——假如我跟大哥兩人彼此廝殺的話，誰會存活下來？」

對於弟弟的提問——哥哥如此回答：

「如果光問誰會活下來，那毫無疑問肯定是我吧——但如果要問誰會真的殺傷對方，那毫無疑問絕對是你吧。」

「哦~，那又是為什麼呢？」

「因為就算這世上有會殺哥哥的弟弟存在，也不會有殺害弟弟的哥哥存在。」

「沒那回事吧。在這樣的世界裡，要找殺害弟弟的哥哥，應該隨處都可能會有吧。」

「殺害弟弟的哥哥，那種東西即使存在也已經不配稱為哥哥了。那種傢伙早就不是人，也已經不是鬼了。只是個禽獸——或是怪物。」

「哈——禽獸或怪物嗎。」

那還真是——傑作啊。

沒錯——

記得當時，那傢伙是，這麼說的。

如此說道，然後又，笑得更深了。

雙識他——記得很清楚。

雖然記得很清楚——但是。

想到自己現在的狀況，想到自己此刻的模樣——即使不確定真偽，就算只是假設——若問以弟弟為對手能否存活下來，甚至連能否點頭回應，都是個疑問。

「…………」

在大樓開放的屋頂上，零崎雙識一個人——正用右手俐落地旋轉著大剪刀，呈大字形橫躺在地上。西裝袖口略微地，被紅色鮮血沾汙了。那血跡是，直到剛才還在現場進行殊死戰的對手——薙刀手・早蕨薙真所留下的。

而薙真的身影，如今已消失無蹤了。

「——一天當中接連兩次，讓捕捉到的目標獵物逃走——表示『第二十人地獄』也已大不如前了，是嗎。」

帶點自虐地低喃道。

不過——眼前的事態著實令人詫異。對零崎雙識而言，這個現況有些難以置信，是需要時間慢慢理解的類型。

他明明毫無疑問地確實將剪刀的尖刃刺向了早蕨薙真的胸口——明明只要再深入個一公分左右，就會造成無可挽救的致命傷才對——

怎會，在那種時候還有情勢逆轉的可能。

怎會，到那種地步還有情勢逆轉的可能——這種事情，連想都沒想過。

「應該說……假使胸口被刀刃刺入，一般人都會就此放棄。即使如此仍未喪失鬥志，更試圖掙脫——真是個了不起的傢伙啊，薙真君。」

不過想當然——原因並非僅此而已。

光憑『求生意志』或『戰鬥決心』之類精神理論上的東西就能僥倖存活下來——作為『敵人』零崎雙識可沒那麼容易應付。早蕨薙真能從雙識手裡成功脫逃，最大的原因便是——

他在使出突刺之際，**用右腳踏了過來**。

可想而知，雙識為了閃避攻擊，自己就必須從薙真的左側切入——『自殺志願』的攻擊動作也必然要以右手來進行。

右手。

右邊的手。

正是傍晚時分——**被伊織抓傷的，那一隻手**。儘管沒什麼大礙，只是一點小傷而已——但這沒啥大礙的、一點小小的差異，卻正好拖累了雙識，救了薙真一命。結果最後薙真躲過致命傷，從大樓屋頂一躍而下，成功地從零崎雙識手中逃走。

「呼呼呼——雖然嘴上說想逃也沒關係，但我可絲毫沒有要放他逃走的意思哪——」

省察結束——零崎雙識那宛如金線工藝品般的身軀，彷彿彈簧裝置般跳起，從原本平躺的姿勢一口氣站了起來。大剪刀俐落一轉甩去血漬，收進西裝內側。

「真是傷腦筋啊。那種類型的對零崎雙識來說實在很棘手，棘手到了極點。就算實力較差資質較低也不受影響，能夠**九死一生**如英雄般**咬牙存活**下來的『戰士』（Berserk）——那種東西既已接近『活屍』（Living Dead）的概念。零崎雙識是殺人鬼，又豈能殺得了屍體呢。」

這種狀況，換成那個腦漿不足的弟弟，大概又會說出『真是傑作』之類的評語吧，可惜雙識並沒有興趣苦中作樂。既然己方的功夫本領已經曝光到某種程度，現在早蕨薙真——以及他的『大哥』——便成為極具威脅性的『敵人』，必須徹底警戒才行。

「『妹妹』被殺死了——剛才他是這麼說的。有時間的話，或許先將這部分的事實真相調查清楚比較好……喔對了，在那之前，現在先要處理的是伊織。如果繼續把她丟著不管，脊椎骨可能會批哩啪拉地斷個痛快吧。」

彷彿忽然想起似地說完這句話，雙識轉身往回走。打開頂樓的門回到大樓裡面，走下階梯。雖然表面上狀似輕鬆地吹著口哨，但說穿了只是虛張聲勢而已，其實腦中正高速運轉著，忙於思考今後的對策。

——總之。

只要一度交鋒，只要交手過了，早蕨薙真就是『敵人』。並非零崎雙識個人的『敵人』，而是零崎一賊全體的『敵人』——必須排除萬難卯足全力徹底剷除才行。就算背後有何前因後果也——格殺勿論。

——然後。

同時還有伊織的問題也尚待解決——以問題來看這部分還要更加麻煩。與『零崎』集團以外的『零崎』當對手，繼弟弟之後這是第二次——而她的情況，姑且不論概念上，至少單就存在來說，既然尚未殺過任何一個人，就稱不上是『殺人鬼』。雖然弟弟當時的情形，要說特殊也算特殊——特殊到除了特殊別無表現方式，但至少弟弟在與雙識相遇的時候，已經是名『殺人者』了。

然而——伊織情況不同。

「嗯話說回來，一但跟我——或跟其他的『零崎』接觸過，基於共振作用大概都會造成潛在『特質』急遽加速『進展』吧——正所謂近朱者赤還什麼的。要使用『可能性』或『希望』之類的字眼，終究還是不太可靠。」

然後再加上——雙識最初的目的。

關於尋找弟弟方面，現階段完全是停擺的狀態。

這下子總共有三項課題要解決了。

既然零崎雙識只有一個身體，不得不考慮什麼該優先處理，何者該挪後，勢必得將其中之一暫且擱下——

「——也許不要勉強適度地找來幫手會比較輕鬆有效率——不過兩度讓對手逃脫這種恥辱，身為零崎一賊的長男希望能避免事情曝光吶。」

一邊喃喃自語著，一邊打開剛才留下伊織在裡面的無桐家玄關大門。一進去立刻看見被綑綁的伊織倒在客廳地板昏迷不醒——照理說應該是這樣才對。

但客廳裡卻空無一人。

一個人，也沒有。

「…………………嗯嗯？」

雙識偏著頭，連鞋也沒脫就直接踏進客廳。由於早蕨薙真先前才掃除淨空過，並沒有可供躲藏的地方。為了以防萬一連各個角落都仔細確認過，仍舊一個人影也沒有。一點人的氣息也沒有——但是，在寬敞冷清的室內，白色牆壁上——

——刻著『早蕨』兩字。

似乎是用刀刃刻出來的粗暴文字。

光憑這點就——十分足夠了。

「長兄是太刀手——對嗎？唉呀呀傷腦筋。」

零崎雙識並未顯露出任何驚慌的模樣，只聳了聳肩道。

「莫非這傢伙打著那種算盤？伊織妹妹被綁架了——雙識哥哥必須去救她才行，現在是這種情況嗎？」

還真是應接不暇啊。

連休息的時間也沒有。

那個薙刀手——難怪會當機立斷爽快地逃走。如果有把握能贏的話當場做個了斷也可以，但也沒必要急於分出勝負是嗎。

「這麼說先將伊織的手腳束縛起來倒也是個好主意——只要不做無謂的抵抗，應該就不用受到多餘的傷害吧。」

是否安然無恙——尚不得而知，但這部分大概也只能期望早蕨的長兄不會下手了。話雖如此，既然他們的目標並非雙識個人，而是零崎一賊全體——伊織想必也算目標之一。儘管她現在正處於人類和『殺人鬼』之間的界線上——對方並不會考慮那麼多吧。所以，期望她完好無缺或許是太過奢求了。

「無妨，再糟頂多也只是遭到拷問被**弄斷**一隻手或一隻腳之類的程度而已——畢竟所謂的人質如果不保住性命就失去意義了啊。」若無其事地喃喃說出危險的話來，雙識轉身離開客廳。「不過話說回來——居然會如此正式地與零崎一賊為敵——真是精采絕倫的『正義』——讓我也開始想要不顧一切單槍匹馬地，親自用這雙手跟這把刀直接收拾掉對方。」

接著，雙識來到走廊上，以流暢的動作，毫無畏怯毫不遲疑地，拉開隔壁房間的門。隨即從房間當中，迎面飄來一陣惡臭。

是血跟——肉的腥味。

房間裡面有四具屍體。

毫無可能性或希望——

只是四具屍體。

只是四團肉塊。

「是伊織的爸爸——媽媽——姊姊——這個是弟弟嗎？還是哥哥呢？看不太出來。」

零崎雙識一具具地，仔細檢查屍體。

「全員都被一擊斃命嗎……嗯，畢竟那種薙刀術，外行人根本完全招架不住吧。」

確認作業結束，重新與四具屍體拉開距離——零崎雙識朝他們雙手合十，彷彿默禱般，就這樣持續了一分鐘左右的寂靜——隨後以不協調的微妙神情，開口說道：

「或許正因為在你們這樣的家人包圍之下——她才能夠健全地活著，直到現在。想必對她而言——在她今後的日子裡，曾經與你們共度的十七年，將會是無可取代的——燦爛耀眼的寶石，有著任何東西都無法替代的珍貴價值吧。能夠一路『守護』著她直到現在，實在非常感謝——」

雙識轉身背對四人。

無桐伊織——戴紅色針織帽的女孩。

她的生活，就在今天，轉變了。

她的生活，就在今天，顛覆了。

她的生活，就在今天，倒塌了。

她的生活，就在今天，崩壞了。

那已經——不是任何人的責任。

並非早蕨兄弟的緣故，亦非對方口中所說的原因，既非雙識的弟弟所造成，當然也非雙識所造成——而且。

甚至，也不是她自己造成的錯。

並不是任何人的錯——話雖如此。

她——無桐伊織作為無桐伊織，能夠生活在正常世界裡直到今天——毫無疑問，絕對是這四人的功勞。唯獨這點，絕對無庸置疑。肯定，不會有錯。

「你們可以為此感到驕傲——我向此致敬。你們毫無疑問是以滿分『合格』了——所以從現在起，請交給我吧。你們重要的『家人』——我的妹妹，就由我來守護。」

雙識回到客廳，拿起掛在牆上的電話，迅速按下二十四位數的號碼，線路接通要聯絡的對象。

「——啊啊，好像稍微有點麻煩……事情變棘手了。接下來將要在這座小鎮上正式行動——後續的『處理』就萬事拜託囉。包含昨天在電車上的那起事件也一樣。都是非人異類間的廝殺，無須顧忌什麼。反正不管誰死都同樣是減少一個，對你們來說都算好消息吧。況且運氣好的話兩敗俱傷同歸於盡還會變成減二呢。你們只要默默地操弄情報就行了——那就拜託你囉，氏神先生。」

通話結束放回聽筒，雙識再用同一隻手接著拿出『自殺志願』。這意味著此刻他已經進入備戰狀態——恐怕也意味著，直到將伊織平安救出，將早蕨兄弟趕盡殺絕以前，這種備戰狀態都不會解除。

零崎一但開始，不將敵人徹底殲滅絕不會結束。

◆　◆

「——唔唔唔嗚嗚唔唔。」

無桐伊織正在——呻吟。

「……嗚啊——」

沒有任何意義，只是除了呻吟以外無事可做而已。當然，如果她想的話要大叫或怒吼應該也是可以，不過那會很累所以她不幹。節約能源的概念是非常重要的，必須愛惜有限的體力。

剛才清醒過來的時候——恢復意識的時候，發現原本連結雙手跟雙腳的第三條橡皮繩已經被解開，和之前比起來姿勢變得輕鬆多了。但那充其量也只是基於比較的說法，情況本身實在很難稱為有所改善。現狀仍舊維持現狀，依然慘不忍睹。

現狀是——

被橡皮繩綑綁的雙手，被人用繩索之類的東西由天花板垂吊下來——腳踝呈完全懸空的狀態，伊織正被束縛著。頭上戴的針織帽被往前拉低，連眼睛都被遮住。

「……緊、『緊縛女子高中生』！」

卯足全身力氣講出來的笑話，也因為沒有聽眾而冷場，空虛地迴響著。

「……嗚啊——」

單純從客觀角度來判斷——自己似乎是遭到綁架了。即使眼睛被遮住，也知道這裡並非自家所住的大樓，並非家裡的客廳——記憶裡殘存的最後意識當中，出現的既非零崎雙識也非早蕨薙真，而是第四名登場人物，這點她非常清楚地確定。自己大概被那名男子——應該是男的沒錯——用某種方式弄昏，再帶到這裡（呃，是哪裡啊？）——事情的經過應該就這樣吧。所以，將第三條橡皮繩給切斷的，也是那名男子囉？

「……至少這點還算值得感謝對吧。」

只不過，眼前的現況。

雙手被懸吊在天花板，兩腳不能著地的狀態，仍舊十分殘酷。儘管以身高比例來說伊織屬於體重比較輕的類型，但也覺得手腕好像快要被扯斷了。

真是夠了……

現在到底，怎麼回事啊。

已經連煩惱都顯得很荒謬。

話雖如此，若要勉強成立假設的話——那名男子……應該就是，那個和服薙刀手早蕨薙真的同夥吧。記得雙識曾經喃喃自語地說過，有個長兄是太刀手之類的。伊織僅憑模糊的記憶，回想那個綁架她的男人，手中正是拿著一把武士刀。
零崎與——早蕨。
是類似對抗的——情形嗎？
雖然感覺意思不太一樣——但仔細想想，其實很容易理解。儘管不明就裡，但伊織似乎是被歸類為『零崎』這一方的樣子——果真如此眼前的情況就變得非常危險。既然落入『敵人』手中，處境就好比砧板上的魚肉。
「…………」
即便如此。
面臨這種境地——
伊織仍然，缺乏危機意識。
並未感到緊張。
並沒有完全地——認真起來。
儘管要說不認真也還不至於……
倒不如說，在伊織心中某個角落，有個部分明確地——感到心安。就好比，『無論遇到任何狀況，那個人一定都會來救我的，所以別擔心——』類似這樣的，一種安全感。
換言之——零崎雙識。
正是那個金線工藝品。
為什麼呢？

曾幾何時——我對那個人，居然信賴到這種地步了呢？照理說那種機緣應該連一次也沒有過才對。第一印象除了『變態』以外什麼也不是，而之後的印象也都大同小異。雖然他從陽臺上冒出來救我，結果卻沒有幫到忙，還演變成這種狀況。搞不好現在已經在那棟大樓的屋頂上，被早蕨薙真殺死了也不一定。就連彼此交談過的對話也少之又少，且其中有一大半都意義不明，等於絲毫沒有足以產生信賴的機緣。

然而。

伊織卻是如此地——相信著他。

伊織卻是如此地——倚賴著他。

信賴著他一定會——來救自己。

「……………」

簡直就像家人般。

即使什麼也沒做——沒有任何原因——無須任何理由——甚至恰好相反地——彷彿理所當然般，堅信不移。

回想起來也許從一開始就是這樣了。

包括在刺殺夏河靖道時缺乏現實感。

包括對迄今為止的人生缺乏現實感。

原因或許——都是同樣的。

果真如此的話，實在太驚人了。

伊織她——早從相遇以前，就已經信賴著零崎雙識。
「——該怎麼形容呢——這樣的心情。」
呵——伊織不由得失笑。
「這叫什麼呢……並非『滑稽』——對了，應該是——『傑作』吧。」
就在此時——
吱——地一聲，傳來金屬摩擦的聲音。
好像是門板合葉的摩擦聲——有誰進到這個房間裡面來了嗎？不，那也要先假設這裡是房間的話吧。伊織被吊起的這處場所不一定在室內，也有可能這裡才是室外，然後有誰從某間屋子走了出來。雖然由空氣的停滯感來判斷應該屬於前者才對，但雙眼被遮住的伊織無法自信地斷定。
出現在她面前的是——那名提著武士刀的男人。
戴著印有骷髏圖案的棒球帽，深紫色的墨鏡。領子高高豎起遮住口部的寬鬆運動上衣，搭配同樣尺寸過大的褐色五分褲。再加上花俏的厚底籃球鞋——以及點綴全身上下更加五花八門的各種裝飾品。這一切的一切，都跟左手握著的武士刀不協調到令人傻眼的地步。
當然，伊織看不見對方的模樣。
嘎吱聲再度響起，門似乎被關上了。可以感覺到腳步聲直接朝她走近——然後在靠近伊織的前方，又停了下來。

「——相當從容不迫的表情。」
那道冰冷的聲音——令伊織心生膽怯。
手持武士刀的男子不以為意，又繼續說道：
「原來如此——這就是零崎一賊。真壯烈的氣魄——只不過沒有什麼東西是比殺人鬼互相信賴還要更加汙穢的存在了。實在是——醜惡至極。」
「……………？」
對於一團混亂的伊織——手持武士刀的男子主動報上姓名。
「我叫早蕨刃渡——敵人通常都會稱呼我為『染血混濁』。」
「……啊，喔——」
光聽那個危險的稱號——伊織就覺得接下來的發展，已經可以預見一片黑暗了。
「呃，那個，就是啊——」
即使腦中仍一團混亂，但不管怎樣先開口再說。總之一直保持沉默不太妙，必須打破沉默才行。如果一直保持沉默，話題就會往對手有利的方向被牽著走。這一點，她已經從零崎雙識和早蕨薙真身上深刻領教過了。
「請、請問，能不能先把我放下來呢？誠如外表所見，我只是一名纖細瘦弱的少女。非常弱不禁風，其實還體弱多病，咳，咳。」
「……………」
結果對方一陣沉默。

不要洩氣啊，加油。

「咳，咳咳……Gogh（梵谷）！『向日葵』！」

臉上立刻展現向日葵般的笑容。

毫無反應。

「…………………」

「…………………」

「…………………」

「…………………」

「妳是誘餌。」

過一會終於，男子——早蕨刃渡，彷彿什麼事也沒發生般說道。

「為了引出『第二十人地獄』而設下的誘餌——既然是餌，不先用繩子吊起來就失去意義了。」

「什麼嘛……又不是在釣鱸魚……」

「話說回來還真是難得一見的機緣。『零崎』是一種先天的潛質而非先天的產物，這件事實雖然我早就知道了，但能有此機會親眼目睹『變異』的過程——真是連想都沒想過。」

「請不要把別人講得像保育類動物一樣好嗎……」伊織拚命搖頭道。「倒是呃——早蕨……刃渡，刃渡先生。那個，有一位名叫薙真——早蕨薙真的人，據說是你弟弟

——沒錯吧？」

「沒錯。正是在下的弟弟——」早蕨刃渡以冰冷的聲音說：「恐怕再不久便會回到這裡來了。雖然沒有輕視弟弟能力的意思，不過以『地獄』為對手應該無法取勝吧。」

「…………」

「弟弟他——未免太天真了。」

果然是——兄弟嗎？這樣講起來，確實嗓音十分相似。然而兩者的態度卻完全相反，那個薙真輕佻浮誇的部分，在這個男人身上絲毫感受不到。儘管聲音相同——聲音的溫度卻截然不同。薙真的聲調並沒有冰冷到這種地步。

不，應該說。

伊織迄今為止從未聽過如此冰冷的聲音。絕對不可能存在於『日常生活』當中，絕對無法在正常生活當中獲取，縱使想要擁有也沒辦法擁有的，那種溫度——

『染血混濁』。

「……所謂『地獄』指的是，那、那一位，雙識——先生，對吧？」

「沒錯。正是妳的『大哥』。」

「…………」

零崎雙識是伊織的哥哥這件事情，似乎已經變成大家默認的事實了。似乎只剩下伊織一個人還抵死不肯承認而已——不，現在看來就連伊織本身，好像也已經有一半默認了吧。

一半。

至少，自己已經有所改變了。

產生了某種變異。

產生了某部分的變異。

假如換成昨天以前的自己，一醒來發現被吊在半空中，肯定會不顧顏面地嚎啕大哭吧。

這當中——到底發生了什麼變化呢？

不會哭泣。

所以表示變強了嗎？

又或者是變弱了呢？

一半。

果真如此若另外一半再繼續『變異』下去的話——

到時候，自己將會變成什麼樣子呢？

「為什麼——為何要針對雙識先生呢？」

「現在可不是擔心別人的時候。我們並非針對零崎雙識，我們的目標是零崎一賊，是整個『零崎』。說起來妳也在範圍內——別以為能夠活著被鬆綁——想都不用想。」

「……啊、啊哈哈，欸那個、那句臺詞，好像也可以解釋成『遲早會把伊織給殺掉』的意思耶。」

「除此之外如果還能解釋成別的意思，那閣下的日文能力也真夠了不起。」相對於伊織牽強的僵笑，早蕨刃渡卻連嘴角都沒動一下。「零崎一賊是個總數僅有二十四人的小集團——就算加上妳也才二十五人。要殲滅全員並非什麼困難的事情。」

「……………」

儘管二十四人的殺人鬼集團感覺只是個模糊的數字，但眼前這位揚言說要將之全滅的早蕨刃渡，也實在是非比尋常。

「撇除幾個底細不明的人物，零崎一賊當中，實力數一數二的名字就屬零崎雙識——『第二十人地獄』•自殺志願（Mind Render）。反過來講，如果有辦法殺死那傢伙，要讓零崎一賊全滅也不無可能。」

「為、為什麼要做那種事情呢……又不是漫畫，幹麼打打殺殺的，太誇張了。」

「……………」

為何要做這種事情呢——對於伊織的疑問，早蕨刃渡並未回答。不同於先前的沉默，而是一種可以感受到頑強拒絕的沉默。

為什麼呢？

難道，他不是沒回答——

而是，不願回答嗎……？

不管怎樣——一直保持沉默可不太妙。

「呃，那個……那就，換個話題吧——那——呃，請問這裡是，什麼地方呢？」

「這種事情，妳以為我會告訴妳嗎？」

「可、可是，就算綁架了我，如果雙識先生不知道地點的話，也沒辦法來救人不是嗎？我說得沒錯吧？」

伊織意識到自己言談中彷彿已經將雙識『會來救人』當成前提，又繼續說道。

「所以囉，至少也要知道大概的位置……」

「這點用不著擔心。零崎一賊既是同志也是同類，會彼此產生『共鳴』——不，應該叫『共振』是嗎。大致的地點不需要我特地出面告知，就算放著不管對方也會主動找上門來。所以，這裡是哪裡，妳也……沒必要知道。」

「………」

「雖然這可以說是『零崎』全體成員的共通點，不過Mind Render是個相當有自信的人。那傢伙應該會不找任何幫手單槍匹馬前來吧——到時才是真正的『地獄』，最惡終焉的時刻。」

「……你自己才是個超級有自信的人吧？」

『難道不是嗎~(↑)』，伊織刻意用挑釁的語氣對早蕨刃渡這麼說。總之情況越來越棘手，感覺早蕨刃渡隨時準備要結束對話離開現場的樣子。而被綁住吊起的伊織，現在能夠做的就只有這樣對話了……既然如此必須盡可能地，從刃渡口中打聽出情報才行。首先必須粉碎早蕨刃渡那種機警伶俐、沉著冷靜的態度——設法擊潰這個男人冷酷的根基。視情況而定也許會是危險的行動，但要說危險，如今在伊織面前，也許已經沒有所謂不危險的選項存在了。

「就連你的弟弟薙真，搞不好都已經被殺掉了也很難說。況且你也不一定就能打得贏零崎雙識吧？即使拿我當人質，究竟又會有多少效果呢？」

「…………」

哦，沒有回應。

難道是策略奏效了嗎？

那就趁勝追擊，進行和平談判吧。

「畢竟雙識先生，是你口中所稱的『最惡』對吧？想要戰勝最惡根本就不可能嘛，完全不可能的，不可能不可能啦。畢竟所謂的最惡，終究還是最惡啊。」

「…………」

「好了，所以現在馬上解開這些繩子，跟我重新和解吧～那樣的話我就會原諒你。不要緊，我心胸非常寬大的，畢竟是女主角嘛。」

「…………」

這時候應該要被吐槽一句『身心都是嗎？』，然後在無言以對中劃下句點，才符合伊織預期的腳本。只可惜好像徹底失敗了，早蕨刃渡除了沉默以外沒有任何反應。

「……這點也用不著擔心。」

沙——轉身往回走的聲音。

啊啊——似乎準備要離開了。

希望至少能讓她腳尖著地啊。
「即使是我也深知『零崎』的恐怖。所以不會愚蠢到沒有任何策略就貿然對戰。」
「……那你的意思是，已經有對付雙識先生的計策了嗎？」
「至少，有兩個。」
「……其中之一，就是我嗎？」
「不——」
早蕨刃渡說：
「——妳只不過是一種保障而已，實在稱不上什麼計策……而且妳不光是用來對付自殺志願的人質，也是對付零崎一賊全體的人質。毫無戰鬥力的妳正適合這樣，待在這裡持續引來『零崎』就是妳的角色任務。」
「……哇，簡直是最惡嘛。」
「——不要隨便使用最惡這個字眼。令人作嘔，聽了就不舒服。」
對於伊織半開玩笑的臺詞，刃渡略微加強語氣這麼說道。看樣子他對於『最惡』這個字眼，似乎有種莫名的堅持。
「那，第二個計策又是什麼呢？」
「沒理由要告訴妳吧。」
他理所當然地回答道（也對，這是當然的），隨後便吱——地，傳來門被關上的聲音。
「…………」

伊織被留下了。

手腕仍舊在痛，對狀況仍舊一頭霧水。

真是，一點都不像女主角的狼狽模樣。

「……The、『The Hanged Man』（吊人）！」

可想而知，沒有任何回應。

況且在圖形上還是逆位。

……牌義是，『無意義的犧牲』。

◆　◆

早蕨弓矢——弓箭手。

早蕨薙真——薙刀手。

早蕨刃渡——太刀手。

每一個人各自有著長處與短處，只會使用各自偏重的武術，屬於各有專長的『早蕨』，但只要三人聯手，便能發揮出接近無敵的實力。此時就算和『早蕨』的本家——殺戮奇術集團『匂宮』相抗衡也毫不遜色。

原本便建立在**三人一體的概念上**——包括刃渡和薙真和弓矢，都是這樣被創造出來的。雖然基本上由長兄刃渡負責指揮——其實三人之間並沒有特別明確的排序。三人各自發揮各自採取行動——最後往往會獲得最佳的結果。沒錯——只要三人聯手，就連『第二十人地獄』也不足為懼，早蕨刃渡如此想著。那樣的話根本用不著使出這種粗暴的手法、沒格調的手段——也能夠輕易除掉零崎雙識吧。

然而。

如今鐵三角缺了一塊。

我方——並非完整的。

或許薙真會否認——但零崎一賊的成員可沒那麼好惹，一對一很難取勝。不光是指零崎雙識個體，沒錯，包括那個戴針織帽的小姑娘——好像叫無桐伊織是嗎——就連她也一樣。即使屈居於『匂宮』跟『闇口』之下，『零崎』在『殺之名』當中仍然成為最令人恐懼與忌諱的對象，理由便在此。

因此——

正因如此才，必須要有計策——

「…………………！」

剛從監禁『零崎』那小姑娘的小屋走出來——早蕨刃渡立刻察覺到**『那東西』**的存在而停下腳步。他隨即要拔出太刀——但又及時打消念頭，將刀收回刀鞘。

「……已經——大駕光臨了嗎。」

用低沉又——極為冰冷的聲音向**『那東西』**問道。

『那東西』以一種——難以辨認是否存在的模糊存在感，於一片昏暗中隱約形成人類的輪廓。不知何時出現在那裡，帶著不確定感，彷彿正窺視著刃渡般——站在那裡。朦朦朧朧地，看不清楚形貌——只能勉強看出，身上所穿的衣服是紅色。除此之外全都恍恍惚惚，一切都曖昧不明。

紅色已——完全地，封閉了自身的存在。

「坦白說，對於妳會站在這一方，我原先並沒有抱著太大的期望——」

早蕨刃渡若無其事地繼續說著話——卻並未放鬆警戒。不但保持隨時準備拔刀的姿態，更毫不掩飾地散發出殺氣。與其說心懷算計不如說是情緒問題——如果不這麼做，他就無法與**『那東西』**面對面。

對於這樣的早蕨刃渡，紅色輪廓『哈！』地輕笑一聲，聳了聳肩。即使面對早蕨刃渡所散發的殺氣，也完全無關緊要般，只差沒說怎樣都無所謂地，絲毫沒有畏怯之意。

「我跟零崎一賊有一份個人的『帳』還沒算呢——況且照現在這種情勢發展下去，是壓倒性地『不公平』吧。以決勝負（story）而言未免太乏味了。」

紅色輪廓彷彿挑釁般——或者應該說只是單純以嘲諷的語氣說道。

「不公平就必須要糾正才行。鋤強扶弱——這是我的信念。畢竟如今少了么妹的『早蕨』，一下子要跟自殺志願為敵也會有困難吧。」

「妳願意——助一臂之力嗎？」

「當然——**只要能接受委託**，無論什麼難題都願意承包，這也是我的信念。和**你們**不一樣，本小姐基本上是無黨無派立場超然的，不管復仇或任何事情……只要有趣就怎樣都無所謂囉——只要有趣就行。越有趣越好，也會越覺得怎樣都無所謂。」

「——那就好，勢在必行了。」

早蕨刃渡點點頭，紅色輪廓隨即嘲諷地『冷冷一笑』，倏然消失無蹤。完完全全，沒有任何聲音或氣息。連一開始到底存不存在都令人懷疑，有種彷彿看到幻覺的感受。

早蕨刃渡解除防備，鬆了一口氣。

「沒錯。與之為敵雖然恐怖至極——與之為伍也是個非常可怕的女人啊……不過確實——」

他意興闌珊地低喃道：

「『最惡』的對手除了『最強』以外就不存在了吧。」

（無桐博文——合格）

（無桐美春——合格）

（無桐羽燕——合格）

（無桐劍午——合格）

（第五話——結束）

第六話 死色真紅（1）

紅色。

在為數眾多的顏色當中，人類最容易意識到最搶眼的色彩。譬如鬥牛士在鬥牛場上揮舞的紅布，比起刺激鬥牛，用來使觀眾情緒沸騰的意圖更加強烈。又譬如信號燈上的警戒色，這類例子想必不勝枚舉吧。

紅色。

大抵說來這個顏色暗示著『熱情』、『勝利』、『優勢』、『祝福』、『愛情』、『熱血』——以及最重要的——

『強者』——的象徵。

◆　◆

「——就好像用眼藥水來漱口的感覺啊。」

右半邊臉上有著刺青的少年，正如同字面所述，以一副打從心底無法理解的表情，檢視著斬首屍體。

地點在，某處人煙罕至的高架橋下。

現場除了臉頰刺青的少年此刻正在查看的學生服斬首屍體以外，還有六具男女老幼參雜的屍體，擁擠地倒在地上。那些屍體也都同樣被斬斷首級，但卻只有這具身穿學生服的屍體，旁邊掉落著應該屬於他本人的頭顱。

「學生制服呢——真是懷念的東西。從長相來看應該不是中學生而是高中生吧——好像沒有看到名牌。」臉頰刺青的少年在屍體旁邊蹲下，進行更詳細的檢查。「這種純熟俐落到誇張的手法——毫無疑問肯定是大哥的傑作……只不過，少了六顆人頭究竟怎麼回事？」

臉頰刺青的少年偏頭尋思。

「也就是說——大哥可能帶著『六顆人頭』移動到『某處』去了……不過假設是這樣的話，那個『某處』又是哪裡呢？而且有『什麼理由』要這麼做呢……又不是少女趣味哥哥，大哥應該不會無緣無故地做這種事情……嗯？」

說到一半似乎察覺到什麼，單手抓起頭顱，試著跟軀體上的切口接合比對。原本一體的東西被分割開來，想當然耳兩邊的切口會毫無縫隙地完全吻合——照理說應該要這樣才對。

然而卻有一處，接縫不齊的地方。

喉嚨的位置**彷彿被挖洞般**缺了一角。

「……這是用西式刀械造成的傷口。完全不符合大哥的喜好——所以意思是那樣嗎？表示除了大哥和這些傢伙以外還有『第三者』在現場囉？」

臉頰刺青的少年一邊喃喃自語一邊搜尋周圍地面，發現疑似凶器的蝴蝶刀。刀刃上有破損，看樣子已經不堪使用了吧。

「能夠用這種破銅爛鐵造成致命傷，那傢伙也很不簡單啊。不過相形之下手法顯得有些外行……真矛盾。感覺那傢伙就像是個『外行的殺人鬼』……唔——這種時候，換作那個不良製品，會導出什麼樣的『解答』呢——」

少年再度蹲下身子，重新觀察屍體。

「在大哥斬下首級以前這道傷口就先刺穿了……倒不如說，好像是為了掩蓋最初的傷口——以『消除』為目的，故意瞄準脖子同部位斬下首級的感覺。換言之……嗯，首先是『第三者』想要殺死這位穿制服的小兄弟——然後大哥又助了一臂之力，是嗎？唔——助一臂之力嗎。說起那個變態傢伙會出手幫忙的對象——」

少年嘀嘀咕咕地低語著，繼續觀察現場。

在少年背後，出現一道緩緩逼近的黑影。即使隔著衣服也能清楚看見肌肉線條的壯碩男人，雙手正握著類似鐵條的東西，眼神空洞，表情呆滯。他來到渾然未覺有人接近的少年背後，在僅剩一步的地方停下腳步——隨即開口說：

「零崎一賊的人——**咳呃啊！**」

……就這樣，再也沒有闔上嘴巴。

嗯？少年回過頭來。

眼前是臉孔缺了上半部，紅色鮮血如噴泉般從切面汩汩湧出的，巨漢的身影。

「……哎呀，不好意思，把你殺掉了啊。」

接著少年若無其事地站起身來。

「總之——唯一可以確定的是有什麼很傑作的事情發生了。真沒辦法……我也不是該做這種事情的時候。」

口中嫌麻煩似地說著，卻浮現似笑非笑的冷酷表情，臉頰刺青的少年將七具——不對，剛才已經增加為八具的屍體留在身後，離開了現場。

◆　◆

距離無桐伊織與家人同住的大樓約十公里左右的地點——這個位置是一片森林地帶。雖名為森林但面積並沒有那麼大的規模，要稱為森林稍嫌不足，要稱為樹林又顯得過深。儘管因為背後靠山而看起來較壯觀，實際上卻沒有那麼廣闊，若是孩童或許會有遇難的危險，若是大人的話根本連迷路都不可能，這座森林原本就只有這樣的程度。

原本說起來。

原本說起來——只有這種程度。

在當地被視為自然公園，形成居民們休憩的場所——話雖如此，實際上會踏進這座森林的人幾乎等於零。儘管等於零——此處依舊被認定為『休憩場所』。被這樣子，認定著。在不知不覺當中——就這麼認定了。**明明每個人都確實認知到它的存在，然而不知道為什麼，卻都將它排除在意識之外**——沉澱在意識底下。此處就是那樣的一隅空間。

那樣一處——既透明又不透明的空間。

「唔呼——原來如此，『結界』是嗎？」

站在這片森林地帶的入口前方——零崎雙識正俐落地旋轉著大剪刀，臉上浮現一抹玩味的淺笑。

「而且——不像是這兩天才新設置的『結界』。唔呼呼，看樣子這裡就是『正解』囉——原以為要費一番心力進行地毯式的搜索，看樣子對方似乎也沒有刻意躲藏或隱身的打算。」

在那之後——已經過了十二個小時。

太陽早已高高升起，從萬里無雲的天空降下強烈的日光。與接下來即將要展開的，一如字面所述的殺伐行動未免太不搭調，過於健康的天氣。

十二小時。

一路找到這裡來，比原本的期望值花了較多時間，但又比預定會花的時間還短。零崎雙識藉由尋找同類的本能，彷彿熟知蛇群出沒路徑的大蛇般，能夠憑直覺約略判斷伊織所在的地點——但之所以能夠如此迅速地找出位置，原因當然不僅止於此。在十二小時當中四處收集情報，並在抵達這座森林以前歷經三次『猜錯』，再加上還有多起來自『傀儡』的妨礙。所以嚴格說來，也並非得來全不費工夫——話雖如此，倘若『早蕨』真有心隱藏，存心要讓雙識找不到的話——也絕不可能會這麼容易就找到。

換言之這裡並非他們的根據地（agitating point）。

而是他們選擇的——決戰場所（killing field）。

「『匂宮』那一派還是老樣子，仍舊偏好復古的作風哪——關於這點，要比『闇口』之流讓人有好感多了。」

那麼。

對於眼前這道『結界』究竟該如何處理呢？雙識花了三分十二秒思考對策，結果得出的結論是『既然是從外側就能一目瞭然的程度，應該不用在意也無妨吧』。原本只是個純粹殺人鬼的零崎雙識，有關這些咒術系統的知識一向淺薄，因此會導出這種結論要說無可奈何也的確是無可奈何。假使他能稍微再謹慎一點的話，應該就不會如此輕率地入侵這道『結界』了吧。

結果——

這個讓他在零崎一賊當中尚屬異類的理由——卻將他逼入更窮途末路的困境。

「好，那就前進吧。」

才一腳踏入僅能勉強辨識道路的森林裡，能見度立刻變差。茂密的樹叢遮蔽了太陽的光線，宛如極相林（climax forest）的狀態，但這種位於近郊的森林公園，樹木絕不可能生長到如此茂密的地步。果然並非普通的森林公園——所以應該判斷為有陷阱嗎。『陷阱』。設下天羅地網等待敵人上鉤並非殺戮奇術集團・匂宮雜技團的作風，甚至可以說恰好相反——然而對方是既已捨棄原則作風使用了『傀儡』的『早蕨』，至少應該要具備最低限度的戒心吧。

「——只不過，為了妹妹被殺的事情，居然使出這麼激烈的手段——實在匪夷所思吶。」零崎雙識一邊撥開樹枝，一邊選擇路徑，向前邁步。沒有確定的目的地，只是茫然地遵循直覺。這座森林裡面應該有幾處供休息用的小屋，照常理推斷只要先把目標鎖定在那些小屋就可以了，話雖如此，也不保證伊織就一定是被囚禁在那裡面，所以別粗率地設定範圍比較妥當，這是雙識的想法。與其說想法，倒不如說是經驗累積而成的處世之道，或許更為貼切。「雖然不清楚薙真君是怎樣的性格——但他哥哥早蕨刃渡，據說並不是個感情用事的人。」

那是在過去十二個小時裡，收集情報的過程當中所獲取的知識。

太刀手——

『染血混濁』，早蕨刃渡。

據說三兄妹當中只有他——早在世代交替之前便已擔任『職位』，開始執行『任務』。儘管『早蕨』向來是以三人一體的存在廣為所知——但就存在感而言，長兄的存在卻明顯地特立卓絕。現在『早蕨』的指揮權，可以說實質上都掌握在刃渡手中也不為過吧。

只是——無論怎麼想都覺得，身為組織領導者，作出與零崎一賊為敵的判斷，實在有失正當性。縱使有獲勝的希望，付出的犧牲未免也太大了——實在不覺得有必要刻意破壞『殺之名』七名之間的平衡。

僅僅為了妹妹一個人。

「——嗯嗯，不過話說回來，把家族之愛視為『零崎』的特權，或許也太狂妄了點——雖然真要講的話，所謂故事大多數都是充滿機會主義又任意妄為的。」

腦中邊思索邊往前走著，周圍景象漸漸地——逐漸地改變，道路越來越模糊，已經連野獸通行的山徑都稱不上了。然而眼前這副景象，比起自然生長的結果，更有種人工造作的味道。

「原來如此——原來如此，唔呼呼。這裡的確適合當作非人異類的決戰場所。只不過，薙真君的大薙刀可能會不太容易施展吶。」

豈止薙刀，以眼前的狀況恐怕連日本刀都不易使用吧。這種密林狀態甚至反而對雙識的『自殺志願』有利，幾乎可說是獨擅場。超近身戰的激烈搏鬥，才是零崎雙識展現真功夫的舞臺。至少這點『早蕨』應該也心知肚明才對，為何卻偏要選擇這種地方作為決戰場所呢？除非是笨蛋，否則想必是準備了滿懷自信的『陷阱』——或『計策』之類的吧。

「『計策』是嗎——如果能像當年那個可愛的『軍師』小姐一樣的話，連我都覺得有敗北的價值呢——」

——才能或特質云云——未免太過戲言。

——可能性也好希望也罷——終歸流於空談。

——會仰賴這些東西——正是三流的證據。

印象中——**那個女孩子**，曾經說過這樣的話。

在當時。

兩年前那時候——當匂宮雜技團與零崎一賊，史無前例地，可說是破天荒偶發性地站在同一陣線聯手作戰之際——立於敵人那一方，有著一頭絕美長髮的女孩——曾經對零崎雙識，說過這樣的話。

才能也好特質亦然——那種東西毫無意義可言。

真奇妙的少女，如今回想起來。

那是一段令人難以忘懷的回憶。

同時也是一段相當不愉快的回憶。

然而即便如此，不知為什麼，每當雙識憶起那個女孩的時候——總會自然而然地，泛起微笑。

年齡上應該和伊織差不多歲數——但卻讓人感覺，無法放在同一境界相提並論。不，即便是身經百戰的零崎雙識，迄今為止也從未遇過任何一個，能和那女孩相提並論的人物。

其實說穿了，那女孩什麼也沒做——而當時被耍得團團轉的，充其量也只有匂宮雜技團的『斷片集』六人，與零崎一賊的『自殺志願』和『愚神禮贊』兩人而已，剩下都是些不值一提的小角色——那女孩根本，什麼也沒做。但眾人卻完完全全、徹徹底底被玩弄於股掌之間。不，當時狼狽的情形，與其說被玩弄於股掌之間——應該說淪為對方手中的棋子吧。究竟誰勝誰敗，究竟發生什麼事情都還一頭霧水不清不楚地，局勢便在混亂與混沌當中迎向終點，一切都被封印在模糊曖昧之中——結果到頭來，能夠捕捉到那名隱身黑幕之後的軍師廬山真面目的，僅有零崎雙識一人而已。

當時卻也——束手無策。

完完全全、徹徹底底——淪為對方手中的棋子。

無法站上，相同的舞臺。

當時她曾說過的話。

那是——對雙識想法的，一種否定。

——你一直——弄錯了。

——才能或特質云云——未免太過戲言。

——可能性也好希望也罷——終歸流於空談。

——會仰賴這些東西——正是三流的證據。

——你們這群人全都——愚昧又滑稽。

——……簡直俗不可耐。

——實在是，令人惱火。

——甚至想要徹底摧毀——再重新塑造。

——你們就是——錯得這麼離譜。

——請認清錯誤，要有自知之明。

雖然絲毫沒有要接受那些否定言論的打算——但可以確定的是，她並非零崎一賊的敵人。唯有這點能夠，清楚地理解。

那女孩——並不與任何人為敵。

不敵視任何存在——也不將任何存在視為妨礙。

那女孩並未，立於那樣的舞臺上。

大概——對她而言什麼都不存在吧。

對什麼也沒做的她而言，什麼也都不存在。

才能也好——特質也罷。

可能性也好——希望也罷。

既沒有相信的事物，也沒有依賴的東西——

甚至連所有物都空無一物——

或許就連自己本身，也都不存在。

「啊啊，是嗎——這麼說來——」

事到如今才發覺。

就只有一個人——不是嗎。

能夠與那女孩，相提並論的人物。

與那女孩位在，相同境界的傢伙。

僅此一人——而且，近在身邊。

縱使近在身邊——卻完全無法捉摸。

異常地捉摸不定，令人猜不透。

「人識嗎……」

搞不好──弟弟之所以會有流浪癖的原因，那傢伙說要『尋找』的存在，也許出乎意料地就是那個有著美麗長髮的女孩──雙識懷著感性的想法。果真如此，那兩人究竟會不會相遇呢？倘若相遇了──

究竟會產生，什麼樣的對話呢？

不僅出於興趣──更感到好奇。

「……………唔呼呼。」

若真能相遇就好了。

他如是想。

「……………嗯嗯？」

正當此時。

在進入森林以後步行了三十分鐘左右的地方──雙識發現某樣奇特的物品。前方聳立著一棵，感覺樹齡相當可觀的巨木──樹幹上被人用釘子掛了一塊紅布，正輕輕地隨風搖曳。

莫非是什麼陷阱？他心懷警戒，但只是一塊布而已，應該沒有任何陷阱或計謀可言。難道布的另一面還會通往異次元空間不成。悄悄觀察周圍的情況，除了昆蟲之類下等生物蠕動的氣息以外什麼也感受不到。至少單就『現在』、『這個地方』，似乎並沒有任何的陰謀。

「唔呼——怎麼回事呢。」

向前趨近，伸手將那塊布取下細看。結果什麼也沒發生，完整無缺毫無異樣，只是普通的棉布而已。看不出任何怪異之處。

「嗯嗯……？搞不懂耶——這是幹麼。難道是一種什麼比喻嗎？」

要說會感到在意的——頂多也只有顏色吧。

紅色的布。

紅。

紅色。

而且，這種紅是——

「唔……這叫『死色真紅』嗎——」

此時忽然——**『砰』**地。

被人從**背後**拍了下肩膀。

以理所當然的輕快動作，拍了一下。

「……**呃？**」

剛剛才確認過——已經確認過沒有任何異樣的氣息了。

既然如此——又為什麼。

還有誰會來拍零崎雙識的肩膀？

除非是空氣——否則哪來拍他肩膀的東西。

雙識迅速回頭——

「　　」

驕傲。

零崎雙識雖然從未說出口，但在潛意識裡無意識中卻有件一直感到『驕傲』的事情。那就是無論遇到怎樣的對手，無論身陷多嚴酷的處境，面對這些狀況他都不曾臨陣脫逃。即便對手是『匂宮』、『闇口』、『薄野』、『墓森』、『天吹』、『石凪』，抑或是，那個有著美麗長髮的女孩也一樣，儘管有過幾次敗北的經驗，也全都是『有名譽的敗北』、『有意義的敗北』。打從心底認輸的念頭連一次也沒有過，內心屈服的念頭連一次也沒有過。縱然有過為了作戰策略而撤退的經驗，但真正因恐懼而從敵人面前『逃跑』，卻連一次也沒發生過——對於自己的『強』，他一直感到『驕傲』。

驕傲。

而現在，零崎雙識他——

將那份驕傲給，捨棄了。

「唔、嗚哇啊啊！」

發出不顧顏面的慘叫聲，他拔腿狂奔。

奔跑著，奔跑著，

奔跑著，奔跑著，

奔跑著，奔跑著瘋狂地——

發狂似地逃跑了。

有沒有路都無關緊要。

連眼前橫生交錯的樹枝也忘了要揮開，連身體被刮傷刺中也毫不在意，總而言之，不管方向如何或方位對錯，只專注於用純然的速度疾奔。

「啊、啊、啊啊啊啊，啊啊啊啊、噫、嗚——」

舌頭打結說不出話來。

誰管那麼多。

喉嚨堵塞沒辦法呼吸。

那又怎麼樣。

樹叢擋路頭髮散亂著。

全都無所謂。

忽然察覺眼鏡不見了。

也沒差，反正只是裝飾品。

現在——

現在。現在。

現在。現在。現在。

現在，唯獨現在，就是現在，非逃不可——

「嗚，哇啊！」

被地面盤繞的樹根絆了一跤，身體失去平衡，然而不愧為零崎雙識，並沒有臉部朝地跌得很難看，而是直接來個前空翻用屁股著地。但表情卻一點也不從容，正顫顫巍巍地哆嗦著，怎麼看都不像還保持鎮靜的模樣。他繼續以翻滾的方式，移動到附近的樹蔭底下，背靠著樹幹隱身躲藏。

「怎、怎麼會——」

把手伸進西裝，從收放『自殺志願』的另一側暗袋，取出香菸盒與 Zippo 打火機。用顫抖的手拿出一根煙，叼在嘴裡。

「——為什麼為什麼為什麼——」

喀擦。喀擦。喀擦。

轉動打火機。

然而不知是否因為手抖的關係，火一直點不著。

「——為什麼為什麼為什麼——」

喀擦。喀擦。喀擦。

火一直點不著。

火點不著。

火點不著。

「——為什麼會點不著啊！打火機不就是用來點火的工具嗎唉唷噢噢噢噢噢噢噢！」

聲音激動地——怒吼。

失去理智，情緒混亂。

即使如此雙識依然繼續點火。

喀擦——**一聲**。

火終於點燃了。

紅紅的火焰，熾烈地燃燒著。

然後——

然後，在那團紅色火焰的前方。

「眼鏡——掉了喔。」

更加紅艷的——死色真紅現身了。

◆　◆

吱——傳來開門的聲音。

接著是——沉靜的腳步聲。

來了——伊織嚴陣以待。

到目前為止，那個自稱名叫早蕨刃渡的男子已經進來過這裡（屋內？屋外？）三次，每次都問兩三個問題之後又離去。據觀察，早蕨刃渡似乎懷疑伊織有什麼企圖而始終提防著。當然伊織並沒有那種頭腦可以想出什麼逃離此處的計策，但對方若還要心懷緊戒也只能隨便他了。伊織反倒將之視為和平談判的機會，一直積極地發言東聊西扯，可惜對方大部分都予以無視。看樣子早蕨刃渡在溝通能力上有重大的缺陷，伊織如此判定。不過話說回來，現在也已經不是可以氣定神閒地聊天的時候了。雖然不清楚到底過了多久的時間，但被懸吊的手腕幾乎失去知覺，讓人懷疑該不會神經早已壞死了吧。而更切實且更直接的問題，還有肚子餓加上口乾舌燥，想洗澡又想上廁所。換言之各種女孩子會在意的問題全都相繼浮現在腦海當中。這樣不人道的人質對待方式，是絕不可能被南極條約（註8）認可的。

腳步聲停止了。

8　出自鋼彈的虛構條約，內容禁止對俘虜的不人道對待，以及生化兵器、核武的使用。

好，伊織下定決心。

這回就一針見血地，把話講明。

「喂你——」

咻——彷彿疾風流動般的聲音傳來，緊接著冷不防地——什麼都還來不及思考——什麼都還來不及感受——伊織就受到重力吸引被往下一拉。

講得淺白一點，就是摔下來了。

「咦、噫呀！」

才剛發出慘叫聲，伊織立刻由腳至頭撲向地面，全身撞得狼狽不堪。懸吊的位置似乎沒有多高，衝擊本身並不算大，但因為被蒙住眼睛，恐怖程度是平常的三倍。

「哇、哇哇哇——」

急忙伸出雙手支撐。那條用來吊起自己的繩索似乎被切斷了——同時綁住雙手的橡皮繩似乎也被解開了，兩隻手可以左右張開。雖然腦中一團混亂，伊織仍四處摸索著，反射性抓住地上的『某樣東西』，然後再用另外一隻手，將遮住眼睛的針織帽拉回正常位置。很好，這樣就能放心了。

「………………」

看樣子——這裡好像是在一棟簡單的組合式小屋當中。周圍一片昏暗，即使是直到剛才還被蒙住眼睛的伊織，視力也能迅速適應沒有問題，並且很無趣地，裡面除了椅子之外什麼也沒有，室內空間並不寬敞。雖然有疑似窗戶的東西，但卻被人從內側用木板釘死，達成完美的密室效果。唉呀呀，難怪會又悶又熱。抬頭望向天花板，排列著數根看起來很堅固的橫樑，伊織剛才大概就是被吊在那上面。

「——果然還是，這樣沒錯。」

突如其來的臺詞。

伊織嚇了一跳朝聲音來源看過去——

眼前是早蕨薙真站在那裡。

全身包裹在時代脫節的和服底下，手臂夾著大薙刀——是早蕨刃渡的弟弟。正用異常冰冷的眼神，睥睨地看著伊織。不，與其說眼神冰冷更像是——沒錯，和那時候相同的——

憐憫的眼神。

「……你、你你、你是——」

邊說邊緩緩向後退。

這才發現兩隻腳踝的束縛也被解開了。換言之，是薙真用那把巨大薙刀為她解開的——這個意思嗎？那個叫做刃渡的男人怎麼了？不對，更重要的是，早蕨薙真出現在此，那零崎雙識呢？那個——那個變態金線工藝品，到底怎麼樣了？

「Mind Render 安然無恙。」

說完薙真便用力扯開衣襟露出上半身。胸前有道光用看的就不寒而慄，很深很深的傷口存在著。儘管血流已止住，但要客套地說應該會不留痕跡地癒合恐怕很難，就算基於安慰她也說不出口。況且正因為薙真外形端正，更顯得傷口醜陋到令人不忍卒睹。

「——只不過，『此時此刻』，現在這個時間點是否仍安然無恙，我就沒辦法保證了。畢竟他此刻——正在面對一位非同小可的對手。」

薙真的聲音——相當冷淡。

與其說冷淡，不如說是冰冷。

與哥哥刃渡同樣地——冰冷。

冰冷而又，沉靜。

「呃，那個——」伊織用顫抖的雙腳搖搖晃晃地站起來，由於長時間被吊著，身體有些行動困難。「薙、薙真先生——」

「被『敵人』稱呼為**先生**，感覺也很奇怪呢。」早蕨薙真表情僵硬地勉強苦笑道。

「更何況——站在妳眼前的，可是殺害妳家人的凶手。」

彷彿窺探。

彷彿質疑。

薙真眼神銳利地注視著伊織。

冰冷的——眼眸。

冷酷的眼眸。

「…………」

「——**原來如此**嗎，果然妳也是，**同樣**的啊。」

看見伊織一臉茫然的反應，薙真理解似地點點頭。然而伊織本身卻完全無法理解。

「請、請問，為什麼你會，幫我解開這些繩子——」

正想要舉起繫在手腕的橡皮繩，伊織立刻陷入更大的混亂當中。不知何時自己右手居然握著一把危險的利刃，通稱為匕首的和式短刀。

為什麼。

為什麼這種東西，會在我手中。

「這是實驗，只是做個實驗而已。」

早蕨薙真索然無味地說：

「至於實驗的結果實在乏善可陳——妳**在拉開遮住眼睛的帽子以前，在確認清楚狀況以前，先將掉落在地上的刀子握入手中**。這已經是出於本能的行動，除此之外沒有別的表現方式可以形容——」

「…………」

如果見到人——也只會滿腦子想著要把人殺死。

比起自身的生命安全，更優先思考殺人的方法。

不對。

甚至連『殺人』都不須去想。
甚至連『殺人方法』都不須思考。
「妳現在是——『零崎』伊織，妳就算殺了人，也已經不會懷著『罪惡感』或『罪責感』了。即使殺死自己家人的男子就站在眼前——妳也已經，不會感覺到『殺意』。那是因為，『殺意』無時無刻都，跟隨在妳身旁——」
「才、才不是這樣！」
伊織不禁高聲大喊，否定薙真的說法。
「請、請你們不要再隨便亂講了！也請聽聽我說的話！我並不是那樣的人喔！我只是一個隨處可見的普通女孩子而已！」
不是那樣的人——儘管嘴上否認。
卻無法放開手中的匕首。
非但如此——
不知不覺間，還將刀刃朝向薙真備戰。
這樣的普通女孩子，哪裡會有呢？
薙真他——看見伊織這副模樣，嘆了口氣。
絲毫不見在大樓裡相遇時那種輕佻的姿態——與哥哥早蕨刃渡同樣地冷漠——然而現在這個氣質陰沉的他，或許才是除去裝飾後，真正的早蕨薙真也不一定。
「我問妳——那是什麼感覺？某天突然發現，自己不由分說地變成了無可救藥的

『殺人鬼』。」

「……唔，唔嗚——」

「雖然不是卡夫卡的《變身》……不過早上一覺醒來忽然變成了『殺人鬼』，這種衝擊應該就跟『早上一起床發現已經是晚上了』差不多吧——要稱為『才能』或『特質』都隨便，雖然我也不知道其中有何差別。」

「才、才沒有那種事——」

「不管做什麼事情，所謂天生的『天才』都會無可避免地存在著，並且到處都可能會有對吧——真真正正確確實實不由分說地。」

「………」

「人無法——選擇自己的才能。就連紫式部，也並非想寫『源式物語』就寫出來的吧。如果她的名字注定只能和源式物語共存的話——她的人生，她的存在，簡直就像一部自動書寫裝置不是嗎？」

「裝、裝置——」

「如果不用裝置這個說法的話——在名為歷史的舞臺上所扮演的角色，可以這麼說吧。只不過，假如要像我們這樣被迫扮演不正常的角色，情願沒有存在意識還比較好，妳不覺得嗎？還不如混進那些，沒有任何目的任何思想任何意識，只是作為布景渾渾噩噩活著的『普通』傢伙——要來得好多了，妳難道不覺得嗎？」

「………」

什麼跟什麼——伊織感到困惑。

早蕨薙真究竟在想什麼，為何要問她那種問題呢？向伊織提出那種問題的理由——對伊織說出那些話的理由，她完全搞不懂。莫非——在跟雙識對決的時候，發生了什麼事情嗎？果真如此的話——究竟他打算從自己身上打聽出什麼呢？

「伊織小姐，『殺人者』與『殺人鬼』和『殺手』之間的差別妳知道嗎？」

「咦，嗯呃……？那、那種事情——」

「妳應該不知道吧。我也不知道。那種事情，就像可倫坡和哥倫布、阿卡特和阿爾卡特（註9）、食人魔和漢尼拔之間的差異，我是這麼認為的。」

「就、就好像戀跟愛的差別，對吧。」

雖然無法揣測薙真的心思，仍試著附和話題，結果他說「那根本是越前龍馬跟越前康介（註10）的差距」，馬上遭到否定了。

「總之——若追根究柢去思考箇中含意，『殺人者』也好『殺人鬼』也好『殺手』也好，全部都是一樣的——我這麼認為。無論何者，都是殺人的存在……不過，據自殺志願說，當中似乎有著決定性的差異……至於我呢，『零崎』伊織小姐——」

薙真咻——地旋轉薙刀。

「我是**『那樣子』**被創造出來的。從懂事以前，就有計畫地**『那樣子』**被塑造出

9　兩者皆源於Alucard的音譯，最早出自電影當中吸血鬼德古拉之子，即Dracula的逆向拼字。

10　前者是漫畫《網球王子》的主角。後者為電玩《死亡火槍》（DEATH CRIMSON）的主角。

來。大概——早在誕生到這世上以前，就已經決定好了。我自己既沒有選擇的餘地也沒有任何決定權——只為了變成**『那樣子』**而活到現在。不光是我，包括大哥和弓矢也都一樣——」說到這裡，薙真呵地微微一笑。「雖然號稱『三兄妹』，其實以前人數還要更多喔。候補者——光是候補人選，就相當可觀了。只不過最終——真正達成**『那樣子』**的，只有我們三人而已。」

「………………」

「然而……據說『零崎』卻是，原本就『這樣子』誕生出來的。套用大哥的說法就是**『先天的潛質而非先天的產物』**——對嗎。儘管同樣沒有選擇的餘地也沒有決定權——但從最初就是**『那樣子』**的人，跟被塑造成**『那樣子』**的人，兩者截然不同吧。我可以將之歸咎為『命運』的責任——但你們『零崎』卻不存在可以推卸責任的對象。就連身為『死神』的『石凪』，也能夠將自己的所作所為推托成『神』的責任——『零崎』卻連自己的責任都稱不上。因為那連『與生俱來』都不算，甚至連『生來俱有的』都稱不上。」

「………………」

「殺人的惡鬼——殺人鬼，這個字眼確實正適合你們對吧——」

沒有動機沒有道理沒有理由沒有利益沒有目的沒有默想沒有原因沒有幻想沒有因緣沒有印象沒有清算沒有正當沒有瘋狂沒有趣味沒有命題沒有解釋沒有俠義沒有疑問沒有獲得沒有確實沒有暴走沒有謀略沒有尊嚴沒有損失沒有崇拜沒有挫折沒有執迷沒

有蒙昧沒有缺陷沒有結論沒有懊惱沒有應變沒有益處沒有約定沒有正解沒有成功沒有執著沒有終焉沒有根據沒有困惑沒有負荷沒有風韻沒有訣別沒有潔癖沒有超越沒有凋零沒有顧慮沒有演技沒有努力沒有度量沒有歸結沒有基礎沒有消散沒有矛盾沒有獨善沒有毒謀沒有傾向沒有敬愛沒有打算沒有妥協沒有煩悶沒有反省沒有誠實沒有肅靜沒有瞠目沒有衝突沒有極端沒有曲解沒有偏見沒有異常沒有安心沒有黯淡沒有哀樂沒有曖昧沒有商量沒有騷動沒有喝采沒有糾葛沒有構想沒有考察沒有徹底沒有撤退沒有計算沒有契約沒有懊悔沒有夢幻沒有寬容沒有童心沒有資料沒有試煉沒有寂寞沒有責任沒有誹謗沒有疲勞沒有體裁沒有抵抗沒有究極沒有煩憂沒有技倆沒有欺瞞沒有渴望沒有樣式沒有揀選沒有先例沒有檢查沒有險惡沒有題材沒有替代沒有混沌沒有懇願沒有禁忌沒有緊迫沒有倦怠沒有權限沒有氣息沒有造作沒有躊躇沒有中庸沒有敷衍沒有不安沒有解說沒有迴避沒有規則沒有企劃沒有凌辱沒有良知沒有虛榮沒有拒絕沒有防備沒有忘卻沒有承襲沒有到達沒有娛樂沒有誤解沒有惰性沒有墮落沒有謾罵沒有失落沒有嫌惡沒有見解沒有感情沒有躁鬱沒有意見沒有威嚴沒有境地沒有恐懼沒有作為沒有策略沒有嗜好沒有思想。

只憑著純樸又豐沛的殺意。

將人殺死。

殺人鬼。

零崎——一賊。

並非血緣的連繫，而是流血的羈絆。

「——不對，不是那樣。」

伊織她——緩緩地，搖了搖頭。

這次是平靜地。

否定了薙真的言論。

確實。

我明明殺死了同班同學，卻絲毫沒有罪惡感。明明家人都被殺害了，卻完全感覺不到悲傷。殺死家人的凶手就在眼前，卻一點也不憤怒。

這並非——遇見雙識以後，才**變得不太正常**。也並非因為有生以來頭一次殺人——或者差點被殺死，而導致某種——『才能』或『特質』之類的東西覺醒了——不是這麼回事。

並不是變得不正常，而是原本就不正常。

之所以變得不正常，是因為原本就不正常。

只不過，原本就不正常的部分浮現到表層而已。

早在很久以前——不知從何時起，一直以來——

伊織就是『那樣子』的。

徹頭徹尾，從最初到最後——

伊織人生的主角，就是伊織。

哪裡也抵達不了。
一種被追逐的，印象。
不斷逃離的，畫面。
沒有終點的馬拉松。
沒有結束的旅程。
伊織——無桐伊織她，一直都在逃避。
然後一路逃避的結果，就是這副慘狀。
並非昨天突然遭到夏河靖道襲擊時，不小心反擊回去才產生了『某種』變化——伊織自始至終都是一貫的本質，並非驟然變成『那樣子』。只是將支付時間不斷地延期再延期，持續延展的結果，讓利息累積到極限，簡單講就像借錢一樣。
又或許——是因為害怕嗎。
伊織這個人，到底是『什麼樣』的。
害怕去知道。
所以才——不敢認真面對。
對任何事情都不肯好好面對。
彷彿逃跑般——存活到現在。
聽見家人被殺死——便拿起叉子刺向眼前的薙真，當時的情緒解讀為『憤怒』是正確的嗎？連家人的死活都沒有去確認——現在，還像這樣，與殺親之仇不共戴天的早蕨薙真平靜對話的自己，會有那種崇高的情感嗎？
那純粹只是，『殺意』的表露而已不是嗎？
殺意。
不帶任何理性或情感，是一種潛在本質。
總有一天會失敗——曾經陰錯陽差造成的結果。
原來如此——那還真是天大的悲劇。
『錯誤的天性』。
薙真所言，幾乎可以說是正解也不為過——她認為非常正確。
然而——話雖如此——
「……**事情並不是，你講的那樣。**」
我真的——很喜歡爸爸跟媽媽跟姊姊跟哥哥——根本沒有想過要殺人。不管誰怎麼說——不管零崎雙識怎麼說或早蕨薙真怎麼說，不論無桐伊織的本性是『什麼樣子』——唯有這點，她絕不會讓步。
絕對，不會讓步。
絕對，不會原諒。
「或許——比起雙識先生，薙真先生你的說法更接近正解……在本質上，就本質上而言，零崎雙識和早蕨薙真，我想並沒有太大的差別吧。」
「哦？」薙真勾起嘴角。「既然妳說沒有太大的差別——那麼言下之意，究竟有何不同呢？請告訴我吧。」

「這……我不知道。雖然不知道……但是，無論我或雙識或薙真……每一個人，都是不同的個體，是活生生的人。有性格，也有人格。並不是什麼裝置——也不可能成為裝置。」

就算再怎麼，憧憬也一樣。

即使心裡明白，如果能變成那樣會有多幸福。

「所以，那些……『殺人鬼』或『殺手』之類的——應該不能那樣子一概而論。用那種說法混為一談——是不行的。」

「還真是——了不起的回答啊。妳討厭分類嗎？實在令人佩服呢。」彷彿嘲弄般——薙真回應伊織說的話。「討厭分類……哈！那妳還能有什麼！除了殺人以外一無所有不是嗎！我們除此之外什麼也沒有了吧！除了殺人以外一無所知，一無所有，除此之外根本沒有可以相信的東西了不是嗎！妳也一樣我也一樣自殺志願也一樣大哥也一樣——喂！」

早蕨薙真忽然情緒激昂地大聲咆哮，接著將薙刀對準伊織擺出上段架勢。伊織也立刻握緊匕首備戰，然而畢竟是個外行人，姿勢顯得有些滑稽。

「——伊織小姐。」

薙真保持戒備——恢復冷淡的聲音道：

「真要說起來，妳『現階段』既非『殺人鬼』也非『殺手』——嚴格說來只是個普通的『殺人者』而已。尚未完全變成『零崎』。」
正要成為『零崎』。
『變異』的過程。
之前好像被誰這樣說過。
「所以——我讓妳選擇吧。不是對『零崎』，而是對無桐伊織——給予選擇的餘地和決定權。趁現在——趁現階段，妳還能以人類的身分死去。」
「…………」
「正確來講現階段尚未致任何人於死地的妳——既非『鬼』也非『異類』而是『人』——趁現在，還能以這樣的身分死去喔。」
「……是叫我立刻選擇，看要跟你戰鬥或不跟你戰鬥的意思嗎……？」
她一邊後退，一邊反問道。
但很快就撞上背後的牆壁。
無路可逃。
無法——逃跑。
已經無法逃脫。
已經無法逃脫。
已經——沒辦法逃脫了。
「我才不要，做那種選擇——」

「不對。」

薙真迅速移動——

讓伊織的身體，進入大薙刀的攻擊範圍內。

「是**要被我殺死或自己去死**——看妳喜歡哪個方式都行，請選擇。」

「…………」

不要啦。

（早蕨薙真——追加試驗開始）

（第六話——結束）

第七話 死色真紅（2）

大約十年多以前。

若將事情用最簡單具體的方式描述——其實就只是，一個『他』，和一個『她』，彼此衝突對立，『大吵一架』——事情不過如此而已。

不過如此而已。

僅此而已的事情——卻將大統合全一學研究所，通稱ER2系統（現・ER3系統），以及背後有四神一鏡當靠山的神理樂組織，再加上以玖渚機構為中心的一大集團，還有『匂宮』、『闇口』、『零崎』、『薄野』、『墓森』、『天吹』、『石凪』等『殺之名』七名，甚至與其成對極的『時宮』、『罪口』、『奇野』、『拭森』、『死吹』、『咎凪』等『咒之名』六名——全部捲入事件當中。

重申一次。

並非『他』和『她』攜手合作同心協力，進攻**上述那些組織**——『他』和『她』除了彼此之外根本不把別的人事物放在眼中。反過來講，除了彼此之外其他東西怎樣都無所謂，怎樣都無關緊要，所以說到底，**上述那些**『他』和『她』之外的一切，終歸只是出現在那裡，只是存在於那裡，只是僅此而已——

只不過是被捲入而已。

明明只是被捲入而已——但**那些組織**卻，幾乎可說是完全陷入毀滅狀態。即使在那之後已經過了十年以上——尚無法恢復原貌。一切都，扭曲地變形了。僅僅兩人——僅僅兩人的爭執，差點讓整個世界都遭到驅逐。

能夠講述當時情況的人幾乎都不在了。

能夠知道詳情的局內人幾乎都喪失了性命——就算是僥倖存活下來的人，也不敢隨便開口洩漏，頑強地守口如瓶，恐怕到死為止都不會提起吧。好不容易保住的性命——應該沒有誰會白白糟蹋吧。又或許——純粹只是不願去回想而已呢？如此強烈地——

『他』和『她』成為一種禁忌。

禁忌的存在。禁忌的傳說。

禁忌的神話。禁忌的奇蹟。

不想去碰觸。

即便是玩笑——也不想去碰觸。

因此，那場微小又極大的戰爭，那場『世界大戰』的勝利者是『她』這件事情——知情者也幾乎都不在了。

被譽為究極之紅的『她』。

『她』——被稱為『死色真紅』。

◆　◆

——最初的突兀感，是那塊紅色的布。

「——咕，哈、哈、哈、哈，啊哈哈哈哈哈哈哈哈哈哈哈哈哈哈哈哈哈哈哈哈——」

一道身影在樹林間死命地奔跑。

那修長的手腳和過度高挑的身型，在狹窄的叢林裡縱橫穿梭，以立體交叉方式移動。期間仍不忘要適時地破壞樹木，利用一點小技巧提高追蹤困難度。那是萬無一失的『逃跑行為』，然而，即使正在進行如此完美的逃跑行動，這名體格宛如金線工藝品的男子，表情卻依舊不見一絲從容。非但如此，臉上表情還彷彿痙攣般，充滿了非常難看的僵笑。

「哈，哈哈，哈哈，啊哈哈哈哈哈——！」

然後就真正，大聲笑出來。

實在是——

真的，只能乾笑了。

零崎雙識自嘲地想。

殺人『鬼』玩捉迷藏被鬼追著跑，還有比這更蠢的冷笑話嗎？

在究極的恐怖當中，雙識這樣想著。

「——真是莫名其妙，事情為什麼會變成這樣啊……而且，這裡到底是哪裡啦！」

從剛才到現在究竟連續逃了多久，自己也難以想像。感覺好像將剩餘的人生全都耗費在逃跑上了，其實大概才一小時左右的時間吧。不過——憑這一小時的時間，照理說應該已經十分足夠了。從那個地點，無論逃往東西南北哪個方向，應該都足以逃出這座森林才對。

「可惡，是之前那個『結界』嗎——」

似乎一直——在相同的地方不停繞圈子。

周圍的景色，完全沒有改變。

明明正在移動，卻絲毫沒有移動。

這時候雙識終於領悟到設立『結界』的理由。那並不是為了封鎖零崎雙識的『入侵』，而是用來封鎖他的『逃脫』。說起來還真是陷入了非常古典的陷阱，然後結果就是——

「——所能想像到，最壞的情況吶。」

悄悄回過頭去，向後張望。

即使壓根沒有多餘的時間可以浪費在這些動作上，卻又不得不這麼做。因為——這樣的光景，難得一見。

那裡有著，傳說。

那裡有著，神話。

那裡有著，奇蹟。

那裡有著，『她』的存在——

而且『她』正從零崎雙識身後緊追上來。

並非——用跑的。

『她』不會做出那種不優雅的舉動。

反而是悠閒自在地，猶如在森林公園裡享受著遠足般，以輕鬆的步伐——緊緊跟上雙識的腳步。

一方是全力奔跑的零崎雙識。

一方是悠閒漫步的『她』。

用最單純的角度去思考，照理說零崎雙識應該早就逃脫了才對，但這個邏輯之所以被顛覆——是因為相對於雙識的立體交叉式奔跑，『她』則是筆直地，一直線朝著雙識邁步前進。

障礙物——之類的東西沿路都有。

又或者，是遮蔽物之類的。

在這種場合，就是指構成森林的樹木。

雙識利用這些障礙物，偶爾當作隱形簑衣（註11），偶爾當成移動手段，偶爾又當作障眼法，將障礙變換為『手段』。

但是。

對『她』而言——樹木之類的原本就不構成任何障礙。能夠阻擋『她』的東西，根

11　日本民間傳說當中天狗或鬼怪身上的法寶。

本不可能存在於這個世界上。

像要揮開蟲子般隨手一劈。

僅僅是這樣。

僅僅用粗魯的手勢，輕輕一劈。

僅僅如此——樹木便從『她』面前消失。偶爾會發出**啪拉啪拉**的聲音，偶爾會發出**嘎吱嘎吱**的聲音，偶爾則什麼聲音也沒有，將障礙變換成『無為』。

「道理很簡單——『沒有卡車會因為撞上空氣而發生事故』——」雙識始終持續著立體式逃跑，這是勉強能跟『她』保持距離的唯一方法。「話說回來，別開玩笑了——那豈止是『鷹』，根本就是『熊』嘛——！」

即使零崎雙識繼續死命地逃跑——然而仔細想想，這可以說是非常愚蠢的行為。只要『她』稍微認真起來——此刻兩者之間保有的距離，在轉瞬間就能縮短逼近。換言之這是『她』的遊戲。

遊戲——興致。

『她』正享受著玩捉迷藏的樂趣。

原來如此，儘管雙識曾經對早蕨薙真說『任何事情若少了一份從容自在就會很無趣』，但站在**被玩弄**的立場，實在是不怎麼舒服的感覺。然而就連對這種『不舒服』——此刻的零崎雙識也沒有那種閒功夫感到不快。

絕對。壓倒。強大。霸烈。

——紅色。

多麼——美麗。

「『早蕨』——你們還真是雇來不得了的幫手吶。這下非但應接不暇，還相當地難纏——」

話雖如此，零崎雙識並未一直沉溺在混亂當中，到這階段，終於也開始逐漸恢復平常心。儘管很難稱為非常冷靜，不過也已經恢復足以掌握『現況』的判斷力了。

「——管它是『鷹』也好是『熊』也罷——只要與一賊為敵，對我而言就是『敵人』。雖然不清楚紅色為了什麼理由與『早蕨』為伍——也只能動手別無選擇了吧。」

一邊在樹枝間跳躍移動，邊將右手伸入西裝內側，取出『自殺志願』。只不過，現階段零崎雙識絲毫沒有要和『她』正面交鋒的念頭。他既非『殺手』也非『戰士』，就算能找到勝利或達成目標的意義，戰鬥本身卻找不出任何意義或趣味。自始至終他所想的都是『逃跑』，盡量避免和『她』發生無謂的戰爭。即使撇開雙識自稱的和平主義不談，光憑對手是『紅色』這點，任憑零崎一賊也不得不做出這種判斷——

『她』就是如此絕對的最強。

「早蕨是在充分理解這點的情況下才雇用『她』的嗎……？可是好歹也身為『匂宮』的分家，那種行徑不會稍嫌欠缺尊嚴嗎……？」

難道就如此地——執著於為妹妹報仇嗎？

早蕨弓矢。

「你這傢伙可真是造孽啊，人識——」
為了盡量和『她』拉開距離，在樹枝間不停向上再向上跳躍，雙識邊移動邊用非常不爽的口氣說出弟弟的名字，就在此時——
後方追趕的，腳步聲不見了。
到目前為止，即使被**劈倒樹木**的聲音所掩蓋，雙識的聽覺仍可以確實捕捉到率性的腳步聲——卻倏然停止了。
接著聽見——一句話。
「我膩了，玩什麼捉迷藏。」
傳來這樣的聲音。
極為——粗魯的語調。
不由得回過頭看——眼前卻已空無一人。
緊接著——
『她』，出現在旁邊。
連助跑的腳步聲也沒有——連跳躍的足音也沒有——一口氣飛身而上的『她』，來到雙識的上方——位在半空中。沒有任何事前的預備動作——『她』就跳躍了，十公尺的距離。
「——咿——」
還來不及發出慘叫聲。

『她』所做的事情非常簡單明瞭，只要身體具備一定的柔軟度，任誰都能辦到。

右手**猛然**向後舉高——

「……『地球爆裂』（註12）——」

——向下一揮。

「咕……呃啊啊啊！」

千鈞一髮之際——用拿『自殺志願』的反方向，伸出左手防禦。不，這很難稱為防禦成功，只不過是，用左手護住了臉部，只能達到這樣的效果而已。

聽見手臂傳來碎裂的聲音。

視線急遽翻轉，以超越平常十五倍以上的重力被摔向地面。基於反作用力被彈起兩公尺，然後又再度，摔到相同的位置上。沒撞出坑洞簡直不可思議的墜落速度，體驗宛若隕石般的衝擊。

「咳，喝，啊，啊啊啊——」

左手，以及左邊的肋骨，一整排全部，斷得亂七八糟。左腳也是——雖然沒有摔斷，大概也受了重傷。

『她』在哪裡？

急忙確認。

定睛一看，『她』正以，『她』那紅色的身影，從方才雙識攀住的粗樹枝，飛身躍

12　漫畫《怪博士與機器娃娃》當中主角阿拉蕾的特技之一，能用怪力直接將地球劈成兩半。

下。距離此刻雙識所在的地點，大約五公尺左右——確認清楚這項事實——

零崎雙識隨即——**抿嘴一笑**。

「——右半身完全沒事……『自殺志願』也沒有離手，而且——看樣子『她』果真，『名不虛傳』吶。」

握住剪刀的右手，暗施力道。

「……正因『最強』所以『從容』——這意思就等同於『大意』。既然如此——就代表**有機可乘**。」

原本——憑剛才的一擊已能決定勝負。

不，不僅如此，早在一開始遇見的時候——照理說應該就勝負已定了。明明能輕易接近雙識的背後，當下卻什麼也沒做——又像存心戲弄般，悠閒地玩起捉迷藏——這些舉動，只能說是失策。

「那份『**善變**』——正可以拿來利用。」

雙識他——並未放棄生存。

不要緊，只要內臟沒事就沒問題。雖然突破『這關』之後還必須跟早蕨的長兄對決感覺很鬱悶——但這所有的一切，都是為了自己的新妹妹——是為了家族。既然是為了家族，零崎雙識就絕對不會放棄，絕不。儘管被仰慕已久的『她』直接殺死，作為自己的死法也是個不壞的選擇——但現在死還太早了點，時候未到。

「喂喂喂，怎麼啦？本小姐可是特地手下留情饒你一命，該不會這樣就死了吧～？」

『她』邊說邊走過來。還差——太遠了。以這種距離沒辦法做到『必殺』，更何況目標是——非要達到『一擊必殺』才行。此刻的零崎雙識，幾乎可說完全沒得保留餘力，根本不可能還有餘力。儘管如此——

「哈，好弱啊。實在很弱，真是太弱了。有夠弱有夠弱有夠弱弱到讓人受不了。想像中還以為號稱『第二十人地獄』應該是個更頑強的傢伙——結果居然這麼虛弱。」

「…………」

他屏息以待。

目標瞄準——脖子一點。

並且是無須準備動作便能出招的一擊，在劍道上稱為『突刺』。那是早蕨薙真對雙識所使用的招數——同時也是伊織對夏河靖道所使用的手法。

最原始，也最有效。

即便是『她』——實存的具象仍然是人體，這點不會改變。所以利刃不可能會刺不穿。只要瞄準肌肉最薄的頸動脈部位——應該就有勝算。至少，最低限度也有設法脫離現場的勝算。

「……………」

其實，原本就連這樣沒面子的『勝算』也不可能存在。畢竟負傷的野獸有多難纏，只要活在這個世界上的人任誰都知道。給予致命一擊的瞬間必須保持最高警戒，這是理所當然無須贅言的事情。

然而『她』卻——

毫無顧忌地縮短距離，不帶任何戒心地直接來到雙識面前，停下腳步，更離譜地蹲下身子，把臉孔朝雙識湊近。

「嗯——？哎呀，真的死翹翹了嗎——」

「——**喝啊！**」

剎那間。

將『自殺志願』的單片刀鋒刺向喉嚨。

身體扭轉般彈起，以最快速度，施以最大重力，瞄準唯一的勝算揮出亮晃晃的『自殺志願』。假如這一擊沒有就此決勝就玩完了——如果『她』躲過攻擊就玩完了。即使是『她』，也不會對零崎雙識再一次掉以輕心。

無路可退的乾坤一擲，真正一次突破，對兩者而言都是一擊必殺！

「…………………」

「…………………」

單從結論來說。

『她』並未躲開攻擊，身體連動也沒動一下。零崎雙識使盡渾身解數刺出的『自殺志願』，刀鋒不偏不倚，漂亮地擊中『她』的喉嚨。儘管如此——

『她』卻安然無恙。

毫髮，無傷。

刀尖——連皮膚都沒刺破，就停住了。

「…………哈，哈哈哈哈哈，啊哈哈哈哈哈哈。」

已經——這下真的，只能大笑了。

已經——做什麼都，無能為力了。

已經——什麼都沒有了。

「哈哈哈——哈哈，啊哈，啊哈哈——」

在現實當中遇上刀槍不入的對手要怎麼作戰呢？不，豈止刀槍不入，就算現場拿出最新型的機關槍，那些子彈『她』也連閃都不用閃。不對不對，機關槍根本算不上什麼，就算成群的核子彈如滂沱大雨般從天而降，『她』也能優哉游哉地哼著歌存活下來吧。不對應該說，或許還會高興於景觀變華麗了也不一定。就算地球本身消失了，『她』想必也會毫不在乎面不改色地移居到火星去。

什麼從容，什麼大意。

才不是這種等級的問題，這些東西根本，完全不相干。那種低層次的話題——只不過是自己在妄加揣測罷了。

「哈，哈哈哈哈哈哈哈，啊哈哈哈哈——」

可惡。

沒想到——居然會在這種地方喪命。

既沒能殺死一賊的敵人——也沒能救出『妹妹』——不，問題不僅如此，如果自己——自殺志願就此倒下的話，零崎一賊將會對作為『仇敵』的『她』展開行動。一賊黨羽勢必將全員奮不顧身挑起一場，毫無勝算充滿絕望的戰鬥——賭上自己存在的理由，將『敵人』徹底擊潰直到無法再成為『敵人』——因為這就是零崎一賊。

即使最後等待著他們的結果是絕滅。

一但開始就不會結束。

只要出現任何一名犧牲者——

便已經，不是『無意義的戰鬥』了。

「——**唯獨這件事情**——」

唯獨這件事情——非避免不可。

唯獨這種殺也殺不死的存在——零崎雙識絕對不能死在對方手裡。

因為家族。

家族必須，由我來守護。

快想想辦法。

快想想辦法，快想，快想，快想啊。

用盡全心全力去思考。

應該有什麼辦法，應該會有什麼辦法。

應該會有辦法的。

「哈。真是無聊透頂啊～幹麼悶不吭聲地，一副要死不活慘兮兮的模樣，底牌已經亮完沒有絕招可用了嗎？讓我多開心一下吧，Mind Render。」

「…………」

「本小姐只想多點樂趣除此之外都不需要懂嗎？嗯？」

對『她』所發出的最後通牒充耳不聞——零崎雙識絞盡腦汁思考，難道沒什麼對自己有利的現實條件嗎——他重新思考到目前為止的發展。任何一點蛛絲馬跡也好，近乎奇蹟的機率也無妨，任何的，可能性——

難道一點希望也沒有嗎？

首先是，最初的景象。

紅色的布。

那塊，染上死色真紅的，布料。

那塊——布。

紅色。

「哼——」

喀——地一聲，腦袋被『她』用力抓起。

「真受不了——『早蕨』那些傢伙也一樣身為『零崎』的你也一樣——老是『妹妹』長『妹妹』短的，為這種愚蠢又無聊的理由拚命啊——既然如此——」

隨即感受到難以置信的壓力掐住頸部。

「你就遵循這個理由，死在這裡吧。」

◆　◆

早蕨薙真正在——回想。

自己所無法企及——無可救藥的東西，那樣的存在——存在於這世上，當他頭一次體認到這點的時候。

當時他——一直堅信著。

自己的力量。

自己的可能性。

自己的希望。

大哥——和妹妹——加上自己——只要三人齊聚在一起，同心協力——就連天空都觸手可及，連星星都能摘下——這樣淡然的幻想，他始終堅信不移。

然而——脆弱虛無的幻想卻被打碎了。

而將它打碎的——正是本家的『殺手』。

沒錯——當時也一樣。

當時也是一樣，薙真手無寸鐵，並且只有和妹妹兩個人在一起。大哥刃渡已經比薙真和弓矢早一步先接手『任務』，加上又位於三人組的指揮官立場，不可免地增加了單獨行動的次數，尤其那陣子特別頻繁。只是，武器不在手邊，大哥不在身邊，應該也構不成任何藉口吧。即便如此他和弓矢還有兩個人——而對手，那名本家的『殺手』只有一個人，更何況，對方的雙手——還被束縛衣給封住。

「喀哈——」

敗北。

體無完膚徹頭徹尾地敗北了。

對手確實——只用了雙腳而已。

「喀哈哈哈哈哈哈！」

那個笑聲——烙印在腦海當中。

本家與分家的差距——根本不算什麼。

現任與見習的差距——根本不算什麼。

完全，是個怪物。

完全，無能為力。

那個身材矮小的，穿著束縛衣的惡魔——

是個無可救藥的怪物。

首先是妹妹倒下了，接著薙真也倒下了。

對手卻，毫髮無傷。

已經不行了，他想。

會被殺死——

「——喀哈哈。」

正當薙真為了保護失去意識的弓矢，蔽覆在她身體上掩護時——那怪物笑了。

「——一小時，到了。」

「…………？」

「我的殺戮時間是每天固定一小時喔——哎呀哎呀，今天玩得真開心，大哥哥大姊姊，多謝囉。沒想到會撐過一個小時，如果你有使用薙刀的話可能就不妙了，嗯不過，我也封住了雙手，所以彼此彼此——就這樣啦。」

「——唔，嗚嗚嗚——」

無法——出言回應。

眼前的東西正在使用與自己相同的語言，簡直難以置信。說什麼也沒用，自己所說的話不可能和對方溝通得來，只有這點他清楚地確信。

「感覺真不錯呢，大哥哥……別用那種恐怖的眼神瞪著我嘛。不必擔心，我不會再做出什麼舉動了。無論是對你——或對那位大姊姊都一樣。喀哈哈，那是你妹妹吧？臉蛋長得很漂亮嘛。」

「…………」

「我也有個妹妹——**就在這裡喔**。」無可救藥的怪物，比著自己的太陽穴，向薙真示意。「但我的情況跟你們不一樣，並非合作關係而是表裡關係——老實說，我還比較羨慕你們。」

「羨、羨慕……？」

「你們可以一起追逐共同的目標對吧？能夠共有一樣東西對吧？那對我來說可是非常令人羨慕的事情。因為我——總是隱身在暗處。」

無可救藥的怪物，用微妙的自嘲口吻說道。

「你也要——好好珍惜妹妹啊。」

然後——

那個無可救藥的怪物，就這麼離去了。

之後，便再也沒見過面。

事情結束不久，從刃渡口中聽說，那傢伙被稱為『食人魔』，一**人等於兩人**之匂宮兄妹，是殺戮奇術集團匂宮雜技團的最高**失敗作**。據兄長所言，幸好薙真跟弓矢的實力沒有達到讓對方必須解開束縛衣的程度——堪稱僥倖。

失敗作，乍聽之下，竟奇妙地感到認同。

對啊——沒有『殺手』是那樣子的。

那根本不是『殺手』。

而是別種更另類的東西。

與自己有著決定性的差異，是更另類的——無可救藥的東西。大失敗的作品。假如不是某處發生失敗，絕不可能會產生那樣的東西。

……從那之後，也經過了漫長的時間。

如今——只要使出大薙刀，就算對方用雙手戰鬥——他也不認為毫無勝算。現在的薙真心目中認為『可能無法匹敵』的對象，只有早蕨刃渡，僅此一人而已。那次體無完膚的敗仗，以結果來看確實成為助力。搞不好，那個『殺手』的目的本身，就是要達到這樣的作用也不一定，至少薙真和弓矢都得到成長了。包括薙真，弓矢，以及『早蕨』，在世代交替之後——確實成為了，史上最強的『早蕨』。

如今想起來，那是段苦澀的回憶。

任誰都曾有過的，挫折的經驗。

常見的——心理創傷。

儘管如此——薙真卻認為。

無可救藥——無可奈何。

即使變得再強——功夫磨練得再精。

就算再戰一次，並且獲勝了。

就算能徹底殺死對方。

那傢伙依然還是——無可救藥。

無可救藥的怪物。

無可奈何地，與自己截然不同的東西。

無法企及，難以捉摸。

非關強或弱。
非關殺或死。
不是這種問題。
境界不同。
異常的，異樣的，異形。
無論如何，都無法變成那樣。
那是不可能存在的。
那是不可能成為的。
次元不同。
存在不同。
完全不同。
那種感受，不想再體驗第二次了。
——哥哥。
——死亡是怎樣一回事呢？
——殺人又是——怎麼樣的一回事呢？
回想起來——弓矢會向薙真提出那種疑問，也是從那時候開始。那種，根本無法回答的問題——妹妹不斷向兩名兄長提起。
——我們究竟，是什麼呢？

——我們究竟是怎樣的存在呢？

——為何我們兄妹，會是這種樣子呢？

——為什麼事情會演變成這樣子呢？

刃渡對於這些疑問，完全予以無視。

原本就是個，沉默寡言的兄長。

所以回答的任務，必然會輪到薙真身上。

——死亡是怎樣一回事呢？

——殺人又是——怎麼樣的一回事呢？

那種事情，我才不知道。

結果到最後，薙真便這樣回答。

並非經過思考的答案。

甚至可以說，根本算不上解答。

話雖如此——除了我不知道，也無話可說。

不願回想起——那場戰鬥。

不願去深思——那個疑問。

因為光是回想，光是思考，就很不愉快。

然而，如今回想起來——

當初應該，回答妹妹的疑問。

應該要，回憶起戰鬥的創傷。
應該要，先想好問題的答案。
如此一來——
那個時候，或許就有辦法應付了。
弓矢或許就可以——不用被殺死。
無可救藥的東西。
完全相同的感受——再次體驗到。
非常熟悉——記憶深刻的，那種感受。
非人的怪物。
不屬於這世界的東西。
無可救藥，無可奈何。
無可救藥的——東西。
然後——這種感受。
在與『第二十人地獄』交鋒的時候也一樣。
在和他——交談的時候也一樣。
並且現在也一樣。
直到現在，此時此刻，仍舊持續著。
那確實是，真真正正，無可救藥的——

零崎一賊。

沒錯。

結果，說到底——就這麼回事。

與自己截然不同，自己無法理解的東西。

決定性地，注定好的。

零崎一賊，勢必毫無例外地，像那個匂宮雜技團製作的世紀大失敗作一樣，明確地屬於相同的存在，擁有著相同的特性——

「——啊。」

用長刀的前端把匕首擋飛。

被擋飛的匕首刺進天花板的梁上。

長刀順勢轉了一圈，回到持刀人肩上。早蕨薙真顧不得重新擺好架勢，就以這樣的姿勢——

「這就是現實喔。」

對『零崎』的伊織這樣說道。

而伊織則是赤手空拳。刃渡在綁住伊織的時候（雖然這麼說，其實本來就是被綁著的），認真地做了身體檢查，已經確認了她沒有攜帶其他武器。

「即使妳是『殺人』的『天才』——即使妳是『這樣子』的——即使妳『強的無可救

藥』——現在這一刻妳是外行人，而我是職業的。這段經驗差是不能以才能來彌補的。

「嗚，嗚——」

伊織呻吟著，雙眼瞪著薙真。然而被她瞪著的薙真就好像完全不在意似地要求道，「好嗎，快點選擇吧。」

「要被我殺死或自己去死——請選擇。啊，不……」說了一半，像是突然想到什麼一樣停了下來。「說得更清楚，正確的話就是……對了，從妳個人的角度來看，被我殺掉當然更『輕鬆』。況且我也不認為妳會懂得自盡的禮儀——所以如果選擇被我殺掉的話，我會一瞬間砍飛妳的腦袋，讓妳感受不到疼痛。但是——那種情況下妳就不再是『普通』的了。不再是『普通的女孩』。我們沒有殺過正常人，也就是說，妳便成了**這邊**的人。就決定了妳是『無可救藥』的人。但是——」

「自己死的話就是**那邊**的人，對吧。」

伊織悶悶不樂地說道。

薙真點了點頭，「正是如此。」。

「其實妳也知道吧？妳如果是『普通』人——妳的家人就不用死，或者那個同班同學——也不用丟掉性命。對了——還有 Mind Render。現在，正為了救妳而來到森林中的 Mind Render 也差不多快死了吧。」

畢竟——對手不是哥哥刃渡。對手是一個不管是身為朋友還是敵人都令人戰慄的女人——殘活的希望等於零。薙真如果站在雙識的立場上，肯定會選擇自盡了吧。跟那種女人對抗還不如去死算了。然後，如果薙真站在伊織的立場上——回答也是一樣的。是身為一個正常人死去吧。

還是身為一個非正常人死去。

這種問題——根本不用考慮了吧……？

然而——伊織似乎完全沒去思考該選擇哪一方，「哎……雙識先生，已經到這邊來了嗎。」

把話題轉向別的方向。

「是的——已經，馬上就到那邊了喔。不管怎麼說都是沒有意義的。太沒意義了。我不能理解這麼做的原因。」

「——呼。」

說到這裡——伊織一副令人討厭的樣子笑了。

那笑容就好像零崎雙識一樣。

接著她擺好了架勢。

「——雖然剛才在想就這樣裝酷死去也不錯……不過聽了那個，又感覺不能那樣做了。」

「……」

「我可不是『病弱怯懦』的類型——而是『好勝且任性』，『冰雪聰明又愛搞怪、不聽話』的小惡魔的類型喔。**對方**不管遇到什麼事，都應該來救**我**是『理所當然』的，但是就這樣『順理成章』地等人家來救，我才不要哩！」

「妳在說些什麼。」

「當然是在說『妹妹』的事嘍。」

伊織剛怒吼完便朝薙真沖去。

不由分說地朝薙真直奔過去。

薙真不明白這個行動的意義。

不明白這個行動的真意。

沒有任何武器——沒有任何勝算，朝自己衝過來的理由——不，到底是根據什麼？這個舉動到底有什麼意義。手持匕首的話還姑且不論——現在的伊織是徹徹底底的赤手空拳。而且，根本就沒有攻擊的手段嘛，連一絲希望也不存在。壓倒性的實力差，她也不會沒有注意到。不，不計算這些就是『零崎』的作風嗎？

——不。

不對，『零崎』就連『草率』也沒有。

這些傢伙是無可救藥的。

既然像現在這樣衝過來——有的就只是『必殺』而已。也就是說，一定有某種意義，也就是說，一定有某種理由，也就是說，一定有某種根據——一定有某種殺人手段。

但是與在那幢公寓的時候不同，現在她連叉子都沒有。還有別的能當成武器用的嗎？綁她的繩子——橡皮繩——這些薙真都切斷了。那些已經沒辦法當鞭子使用，連用來勒脖子也不行。

那麼……到底是什麼呢？

不明不白地握著長刀，因為不知道對方的打算，連反應也稍稍變慢了。不能信心十足地行動。伊織已經踏入了範圍內。這個距離，要揮刀已經太近了。把長刀反過來，暫時，先用石突——

「……啊。」

想起來了。

一開始。

那個高架橋下，雙識和伊織接觸的時候。

那個時候——伊織擊退了零崎雙識。令人吃驚的事實，一個女子高中生——把『第二十人地獄』的 Mind Render 擊退了。

以她手上那——尖銳的指甲。

「——可惡。」

憑著一瞬間的判斷放下大長刀，用手把已經伸到自己面前的伊織的左手腕抓住。同時勉強來得及抓住了另一側的手腕。那尖銳的手指甲——左邊已經到了薙真的頸動脈前，右邊已經快碰到了眼球。

「……失策。」

如果那時把長刀揮過去的話——不管往哪邊揮，與其相反方向的指甲都會刺中薙真吧。不管是右邊還是左邊——都是致命傷。足夠，確實地能讓人死去。

「……真是令人討厭。」

這就是——才能。

這就是——零崎。

強的無可救藥的人。

「——請放開我。」

伊織利用雙手被緊緊抓住這一點，把身體浮到半空中，以手腕為支點，雙腳併攏朝薙真腹部踢去。儘管身體很輕，但是加上全部體重的攻擊應該不可能沒有效果——

然而，外行人和職業畢竟有很大差異。

肌肉的鍛鍊程度不同。

絲毫沒被影響的薙真順勢把伊織的雙臂扭轉過來，按在地板上。由於雙手被抓住無法躲避衝擊，伊織正面撞向地板。薙真騎在她柔弱的背上，讓她動彈不得。

「咕啊。」

伊織嘴裡發出像是被踩扁的青蛙一樣的叫聲。

薙真毫不在意地用腳踩住伊織的左手，然後用雙手抓住她的右手。

「這些指甲很危險喔。指甲太長會很危險。我來幫你修剪吧。」

用右手固定住伊織的四根手指，把左手的大拇指往那邊靠。

同時剝去四枚指甲。

「啊，呀，咿咿咿咿咿咿咿咿咿！」

在伊織發出慘叫的同時，薙真以熟練的手法把剩下的大拇指指甲也像貼在冰箱上的貼紙一樣一下子剝去。然後用同樣的手法先把亂鬧的右手踩住，接著抓住伊織的左手腕。

「這邊的話——一個一個來嗎？」

「咿，咿，咿咿咿咿咿咿咿咿咿咿咿咿咿咿咿咿咿咿咿咿咿咿咿咿咿咿咿咿咿咿咿咿！

不，不要！不要不要不要！住手！請住手——」

一種無法形容的痛苦向伊織的手指襲來。

食指，小拇指，中指。大拇指，無名指。

一個接著一個。

下一個。

下一個。

下一個。

再下一個。

薙真用與每次作業時傳來的慘叫聲完全不協調的既謹慎又雜亂的手法把伊織的十枚指甲一枚不剩地剝光。

「啊……啊，啊嗚……」

聲音中夾雜著淚水。那也不奇怪，非常理所當然。指甲被剝下來的痛苦可不是指甲剪得貼到肉的痛楚能比的，就是一個大人被剝一枚兩枚也肯定會忍不住叫出聲來。更何況伊織直到昨天的傍晚還是個女子高中生。生來還是第一次嘗到這種痛苦吧。

「啊嗚……嗚，嗚……」

伊織放棄了抵抗。

即使薙真鬆開了抓住她手腕的手，她也只是無力地垂著頭。像死了一樣動彈不得。薙真看到伊織這幅樣子忍不住哧哧地冷笑起來。

「這樣就真的變成赤手空拳了啊。鋼琴看來也能彈得很好了。哈哈。」

「……請住手……請饒了我吧……」

伊織終於以微弱的聲音說道，連發音都模糊不清。「我討厭痛……哎，哎呀，呼，啊，啊嗚……手指……我的手指……對不起……我會道歉的，別在做這麼過分的事了……別讓我那麼痛了……」

「……」

「呼……嗚。請住手，請住手，呼，呼……請住手，請住手……好痛……啊，啊啊嗚。」

「——呵，是吧。」

薙真伸手把剛才扔掉的長刀用單手撿起來。然後把刀刃湊近伊織的脖子——

然後硬是讓伊織握住長刀的刀柄。

「就這樣把手往旁邊一拉就行了。只要這樣你就能死。不用經歷這種痛苦——作為一個『普通』的『人類』。這是最後的機會了喔。這是最後的機會，『零崎』——不，『無桐伊織』小姐。來吧——來選擇，請決定吧。」

伊織嗚咽著。

薙真俯視著她。稍有抵抗的話——就會當場把長刀從後面揮過去，像切豆腐一樣把伊織的頭砍下來吧。

「不好嗎。很無聊的喔，會很無聊的喔，這之後的人生。妳已經是一個人了。Mind Render不是也這麼說了嗎？只要遇見人就會殺人，那就是『零崎』。無可救藥。永遠都是一個人。無可救藥的一個人。這樣的人生會有什麼情趣，會有什麼結果。」

「……」

「我和Mind Render都已經完全是這邊的人了。各自都已經沒救了——但是妳還來得及。還能在常識的範圍內處理呢。能自己來準備自己的臨終——應該說是相當自豪的事吧。」

這便是薙真對伊織說的最後一句話。

已經無話可說。

沒有話可以說了。

再說也沒有用。

自己能做的只有這些了。

就這樣——等待時間過去。

可是，不論等多久，伊織還是不停地在嗚咽著。雖說是十枚手指甲被剝去，也差不多該到痛覺麻痹的時候了，薙真感到有些不自然，皺起了眉頭。

而且仔細看的話——

「嗚呼——」

仔細看的話。

「嗚呼——嗚呼呼。」

伊織在笑。

一邊笑一邊顫抖著。

「呼呼。嗚呼，嗚呼呼呼呼。」

「——有什麼好笑的。」

「問我有什麼好笑的——當然是因為你很好笑嘍。」伊織低著頭說道，眼睛裡仍然含著淚水。「從剛才開始說的話就很可笑，簡直就是亂七八糟嘛——你只是想讓我『自己』去死。」

「……」

「也就是說——你希望我**選擇死去而不是選擇當殺人鬼**？變成『這樣子』，變成這種『無可救藥』的人還不如自己去死，簡單地說就是這樣吧？哈哈，真可笑，真可笑，真可笑！真是理想——真是理想主義。而且，還厚著臉皮把這種理想硬推到別人身上，真是令人困擾到了極點。什麼狗屁『沒救了』——你這傢伙只是個嚇得屁滾尿流的膽小鬼嘛。」

與其變成殺人鬼還不如去死。

與其脫離常人還不如去死。

這種選擇——還真是一本正經，理所當然。

但是早蕨薙真自己——卻沒有選擇。

明明應該有過選擇機會的。

自己明明應該有過選擇的機會。

通過零崎雙識——Mind Render的之後注意到的。『早蕨』既非生來者也非生來物。所以——明明有路可走。

既有選項，又有選擇權。

即便只有一點點，也是有過的。

在進入外道之前選擇死的機會。

選擇逃跑就行了。

就像——妹妹，早蕨弓矢一樣。

「無可救藥的不是你這傢伙嘛。」

伊織抬起頭，狠狠地瞪著薙真——怒吼了。

「這麼想死的話，自己去死好了！別把死歸咎於別人，說什麼想死這種天真話的傢伙的心情——說什麼想要逃避這種天真話的傢伙的心情——我才不懂呢。」

「……」

「我才不會死呢！我才不會逃呢！就算是一個人，也不會是孤獨的，就算是變成『怎樣』都會活下去的！決不會自尋短見！決不會逃避現實！我決不會否定，我會肯定一切！我才不會為自己的人生，才能什麼的絕望。」

仿佛至今為止的乖巧都是假的，伊織徹底發狂了。難道說剛才那些只是裝出『哭泣的樣子』？都是『假哭』？難道是乘機恢復體力？伊織不停地敲打著地板，將恢復自由的手啪達啪達煽動著，拚命逃離薙真。伊織以就像要撼動整個小屋的氣勢瘋狂地晃動著。這突如其來的情況讓薙真也亂了手腳。長刀的刀刃已經從伊織脖子上移開。現在再一次瞄準目標會非常困難——而且，更嚴重的是。

伊織的話使薙真勃然大怒。

「妳，妳，像妳這種，小姑娘懂什麼！剛剛變成殺人鬼的臭小鬼！連絕望是什麼都不知道的臭小鬼！妳有無意義地殺過沒有任何仇怨的女孩嗎！妳有只顧自己的方便犧牲毫無關係的人嗎！等妳殺了自己最好的朋友再來跟我說這些話吧。」

踩住伊織的右臂，抓起手腕。

「我不會讓妳輕易地死掉！我會讓妳痛上加痛！一點一點地把妳切碎直到妳自己說出『想死』為止！讓妳一邊後悔一邊死去。」

說完，把伊織右手腕切了下來。

喊叫聲在小屋內迴響著。

◆　◆

零崎雙識的記憶是從牢籠中開始的。

這之前的事，他都不記得了。這之前的自己，他也不記得了。也不清楚自己是否有過去。從情況來判斷，自己似乎是不知從哪兒被抱過來的——還有就是，長期以來一直生活在這個牢籠中。這就是他所知的事實。

然後，他從這件事中得出結論。

自己是孤單一人。

無能為力地——孤單一人。

大概不只是他不認識以前的自己——其他人，包括不知道現在身在何處的生下他的雙親，還有世間，社會，世界全都不認識。

全都忘了他的存在。

這也難怪。

因為就連自己也不認識。

這個牢籠的所有者也不認識。

雖然看得見他，但並不認識他。

雖然能摸到他，但並不認識他。

誰也——
不認識他。
——啊啊，一定是因為。
我是個無可救藥的人。
大概是這樣吧。
在這個世上，我是孤身一人。
在這個世上，只有我一個人。
這裡沒有別的人。
因為——只有我一個人的話。
有沒有別人不都一樣嗎。
自己在與不在也沒有任何改變。
什麼也不會錯離，什麼也不會崩潰。
就像是——零。
真是悲傷，自己是零。
——那麼，這就夠了。
他這樣想著。
——既然在和不在都一樣的話。
他這樣想到。

——讓一切都消失吧。

他決定了。

——已經夠了。

他放棄了。

然後——零崎雙識就覺醒了。

從沒有『這之前』這種意義上來講，零崎雙識能說得上是為數不多，極其稀有的種類的——『零崎』吧。他之所以把弟弟——零崎人識當作親身骨肉一樣對待也是基於他自己是這樣的出生吧。也難怪零崎雙識在本來就相當重視家人的零崎一賊中還被稱為變種的家族主義者了。

他高興得不得了。

『雙親』在自己面前出現時。

來迎接自己的時候。接受了像自己這樣一個人的時候。

真的——高興得不得了。

自從那時起——零崎雙識不再是孤身一人。

不管在哪裡，都不是孤身一人。

不會再是——在和不在都一樣。

第一次覺得在這裡很好。

有生一來第一次從牢籠中解放出來。

所以他要保護家人。
所以他要愛家人。
所以他要握住家人的手。
所以他要抱緊家人。
所以他很重視家人之間的羈絆。
所以他——

不能在這種地方死掉——

「……招式出處是——『筋肉人』嗎？」
「……啊。」
『她』一臉狐疑地發出聲音。雙識繼續說道。
「……啊啊，『北斗神拳』也有吧。還有『幽游白書』、『魁！男塾』……嗯，『橙路』的堂姊妹也不能排除吧。憑我的知識，大概就知道這些了。」
「……你在說什麼？你瘋了嗎？」
在『她』注意到雙識很可疑的同時。
「不知道的話，就不知道吧。」
雙識把對方抓住自己脖子的手一下子用力甩開。**把正用令人難以置信地微弱的力**

量抓住自己脖子的手甩開了。瞬間亮出『自殺志願』，一**下子**刺入對方的手腕。刀刃並沒有從皮膚劃開——

而是，刺了進去。

深深地。

深深地刺入那隻手中。

「啊——啊啊啊。」

那不是慘叫聲，而是夾雜著噪音的不愉快的聲音——不，應該說是夾雜著噪音的不愉快的聲響。

與此同時，雙識的視野**瞬間**反轉過來。

「不知道的話——妳就不會是『她』。」

反轉的並非只有視野——

反轉的是世界本身。

就連雙識背後的所有景色都變了。

那是一個熟悉的地方。

一邊這樣想著一邊回過頭去——那裡有一塊紅布。

死色深紅的布。

一塊被釘子釘在樹幹上的紅布。

就是——一開始的地方。

「呼呼——我還真是徹底地被混淆了呢，真是太丟臉了。中途才突然想起來呢——這次這件事『咒之名』也插了一腳。」

說完便轉過頭去。

當然，那裡並沒有『她』。

取而代之——有一個六十出頭的老婆婆手上流著血站在那裡。雖然身上穿著紅色的衣服，但是那副落魄的樣子讓人完全感受不到任何威懾感。

『她』的身影壓根就不存在。

一邊用另一側的手按住受傷的手臂，一邊用雙眸注視著雙識。

雙識完全不把那樣的視線當回事，輕輕聳了聳肩，繼續說道。

「掌控『恐懼』的**操想術專門集團**『時宮』——就算我的名字是雙識，也做得太完美了。即使是經驗豐富的我，和『催眠』系，『洗腦』系的本人交鋒還是第一次呢。完全被騙了。」

「……」

老婆婆沉默著繼續盯著雙識。

「提供給早蕨『操縱人偶』也是妳幹的好事吧，這位老人家。這個『結界』也是為此所設的吧，原來如此，原來如此。」

適度的無刺激的單調的作業能讓人陷入催眠狀態。人們稱之為『感覺隔離性幻覺』。缺乏適度刺激的單調作業——就比如盯著眼前晃動的鐘擺，反復把行李從這邊移到那邊，在不論到哪裡風景都一樣的樹林中走動。

「該說是掃興嗎，說實話我是有點失望，不過，哎呀呀——妳還真是把單純的事攪和得很棘手呢，真是的。」

「為什麼——會知道。」

老婆婆用嘶啞的聲音問道。雙識則是「呼呼」地笑道，「很簡單啊。」。

「真是漂亮的手法。雖然很卑鄙，不過也未嘗不是一個好方法。紅色的布——讓我看這塊死色深紅的布，首先給我『她』的印象。趁這個時機使用家傳的『操想術』，接下來就只要等著我死在幻覺中就行了。讓人想起『忘不了』的對手，那還真是贏不了了呢。不過冷靜地想一想，又不是漫畫情節，就算是『她』也不可能單手把樹砍倒。就算是『她』也不可能連刀都刺不傷。不過『地球爆裂』倒是不錯呢。」

「……」

「最初的不協調感是——這塊布。」

雙識指著那塊閃耀的布。

「如果那是真的『她』——**不可能會用這種手段讓對手回頭**。如果是為了從對手背後出現的手段，不，不能說是手段，應該是演出吧，如果是為了從背後出現的演出的話——還有更好的方式喔。毋庸置疑，是『她』的話，肯定會選擇這樣的演出。用雕刻刀什麼的，在樹幹上刻上『**回頭看就會死**』之類的文字，然後在背後等待——一定是這樣的演出吧。」

「你，你在說什麼……」

「所以說了，聽不懂我的話就是妳是冒牌貨的鐵證喔。不要以為所有東西都會有解釋，這畢竟不是推理小說。要假扮的話，要把對方情況調查清楚到極限，老人家。也罷，能這麼瞭解『她』的人應該不多吧。畢竟『她』是一種像禁忌一般的存在。這一點，看來是我走運了，不，應該說我太倒楣了？也是因為那個所以才被逼到那種地步。哎呀，被逼得好慘，被逼得好慘。沒想過會被逼到那種地步。想到我多年以來夢寐以求的與『她』的邂逅能夠實現確實讓我失去了冷靜，不過現在這個問題已經得到了解決，話說老人家，那樣的名作都不知道，身為一個日本人真是全世界的敗者啊。啊啊，這麼說來好像有聽說過。有個假扮成『她』來賺點小錢的差勁『時宮』什麼的。那也是妳幹的嗎。」

老婆婆往後退了一步，雙識卻毫無顧忌地繼續說道。

「不過話說回來，不愧是專家，稱得上是與『匂宮』相對的『時宮』呢。操想的情景本身非常精彩。我自己產生的幻覺，不，雖說是幻覺——『她』的確是『最強』——不過，有一處破綻。就像剛才說的——『她』是『她』的話——一開始那塊布就太不自然了。那是在陷入催眠術之前的事，也是理所當然的事了。」

對方設置的不是『圈套』也不是『策略』——而是『術』。雙識華麗地陷入了

『術』中。一直以為對方是『早蕨』而完全沒有想到還有這一手，這無疑是雙識的失誤。

「但是，一但注意到了破綻事情就好辦了。『她』自己露出了馬腳。為了『妹妹』而拚上性命像傻瓜一樣——『她』說了這樣的話吧。」

雙識搖了搖頭。

「**『她』不會說這種話**。我雖然『懼怕』『她』——但也同時『尊敬』，『敬愛』她，因為『她』是唯一一個比我們零崎更『重視家人』的。『她』和我們有著一樣的主義思想卻單憑一個人與世界為敵。如此可怕，如此強大的人物找不到第二個了吧？所以我是『她』的崇拜者。雖然沒到跟蹤狂的地步，但也能算的上是狂熱者了。因此我能確信。同時也想起來了喔，那個令人作嘔的臭『時宮』。」

最後，雙識怒吼著，將『自殺志願』一直線扔出，命中正想逃走的老婆婆的左頸部，貫穿後將其固定到背後的樹上。

「咿，咿——」

「等，等等。別殺我。不要殺我。我只是被別人雇來的。『早蕨』的人出錢雇我來的。別殺我，別殺我——」老婆婆的表情因恐懼而扭曲著。

雙識面對這樣的老婆婆只是用鼻子哼笑了一下。

「掌控恐懼，操縱意識的『時宮』——露出這種表情真是太諷刺了。真是狼狽不堪啊，太可憐了。我可沒做過什麼要讓妳用這種眼神看我的事。我也沒做過要讓妳用這種口氣跟我說話的事。『時宮』雖有一身好本事我卻完全不想和你們這種人和睦相處。妳不用說，肯定是『不合格』？『早蕨』想必也是非常痛苦地決定的吧，和你們這群令人作嘔的『咒之名』聯手——」

一步一步逼近無處可逃的老婆婆。

老婆婆臉上的表情已經不是恐懼，而是更接近笑容了。

已經——只有笑的份了。

「喂，喂——咦，咦咦，你、你想要殺掉這樣一個老人嗎，而且還是女人？不會吧。」

「竟敢破壞『她』的形象——雖然我是想這麼說。不過該說是幸運還是可惜呢，妳完全沒成功，所以在這裡讓我引用一次我親愛的弟弟的臺詞這件事就算一筆勾銷吧。」

雙識把『自殺志願』從老婆婆的腿上拔出來，像是為了甩掉血跡般地轉動了一下。

然後淺笑著說道。

「男女老幼，皆不留情。」

（時宮時計——冒牌貨　測驗・不合格）

（第七話——結束）

第八話　早蕨刃渡（2）

哥哥。

我搞不懂哥哥。哥哥到底在想些什麼啊？

總是——這樣簡單地。

總是——這樣觀察著。

總是——這樣閉口不談關鍵的事。

什麼也不告訴我。什麼也不跟我說。

陰險。

使壞。

不是人。

我們——明明是兄弟。

血脈相連的親兄妹。

這個世上僅有三人的兄妹。

你會珍惜我嗎？你會重視我嗎？

我想肯定——不會吧。

我一直——都是哥哥們的累贅。

和你們在一起只能是累贅。

躲到遠處去偷偷地拉起弓箭。注入感情射出去。

我——真的很焦急。

不能在哥哥的身邊。不能和哥哥在一起。
這種時候讓我很焦急。
我明明想一直在哥哥的身邊。
但是——哥哥卻無動於衷。
彷彿我在與不在都一樣。
像這樣，什麼都不說。像這樣，什麼都不談。
總是沉默不語，閉著眼。
我的事，怎樣都好吧。
我的事，怎樣都好吧。
但是——
我就是喜歡這樣的哥哥。
敬仰著這樣的哥哥。
喜歡哥哥那冰冷的嘴唇。喜歡哥哥那緊閉的雙唇。
喜歡哥哥那纖細的手臂。喜歡哥哥那美麗的身體。
拜託了，哥哥。
用那雙眼睛瞪我吧。用那雙嘴唇碰觸我吧。
用那隻手臂奪取我吧。用那個身體抱我吧。
哥哥。

拜託了——哥哥。
請侵犯我吧。
我想把一切都獻給哥哥。
想讓哥哥侵犯我。
雖然我知道這很奇怪。但是沒有辦法。
已經——沒有辦法了。我什麼辦法也沒有。
找別的代替——我可忍受不了。
即使是一樣的——
也無法代替。
不是哥哥就不行。哥哥是無法取代的。
哥哥是，這個世上，唯一一個。
我在這個世上唯一的，哥哥。
我們是一個人加上一個人再加上一個人。
不要說三位一體這種漂亮話。又不能一直在一起。
忍耐是有限度的。
我終於知道了。
像是被砍傷一樣的苦悶。
像是要失去心臟的悲傷。

我終於知道了。
知道了這世上——還有這樣的東西。
知道了世界就是由這種東西組成的。
哥哥一定很強。哥哥比誰都強。
這一點我很清楚。
敵不過哥哥。而且哥哥不會改變。
所以搞不懂哥哥。
吶，哥哥。我們到底是什麼？
我們到底是——怎樣的人啊。
為什麼我們——哥哥們。
我們兄妹會變成這樣子呢。
為什麼變成這樣了呢。

喂——哥哥。請回答我，哥哥。
殺人——到底是怎樣的事？
死亡——到底是怎樣的事。
喂——哥哥。請回答我，哥哥。
想逃的話——就這樣逃走可以嗎？

想死的話——就這樣死去可以嗎？

我已經想一死了之了。

◆　◆

「……哼。就算殺了施術者，也不會對『結界』造成任何影響嗎？」雙識坐在樹下，一邊**用力**地擺弄著自己的左腕，一邊低語道。「看來這像是完全由別的系統構成的『術』的樣子。而且——」

右手從左手腕移開，觸摸著自己的肋骨。接下來是左腳。慢慢的，就像是要放棄一般地歎了一口氣。

「就算是在幻覺中受到破壞的部位，也會這樣殘留傷害下來嗎？」

一但大腦感覺到『痛』，即使肉體本身沒有異變，也會受到影響。對了，以前就常常有人說你這傢伙成見很重嘛……『成見』『先入觀』『偏見』『催眠』『洗腦』『操想』哪一樣都好，哎呀哎呀，我算是服了你了。

零崎雙識「呵呵呵」地笑了。終於，雙識用手扶著樹幹站了起來，深吸了一口氣，用單腳輕輕跳了兩下，一邊考慮著今後的對策。

實在很難說現狀非常順利。

這樣的傷勢還可以持續到什麼時候呢？

「還好……肉體本身沒有損傷，之後應該會好起來吧？現在可沒有讓人輕鬆的時間，就算再留在這裡也不見得有什麼辦法，而且還在多餘的事上浪費了一點時間，得動起來了。」

比起肉體上受的傷，精神上的傷則會更快治好。這是雙識的想法。心理的新陳代謝不像肉體的新陳代謝難度那麼高，忘記了以後就沒有問題了。雖然這可以說是和一般的想法完全相反，但是雙識憑藉自身的經驗，對此深信不疑。

「那麼──伊織妹妹在哪裡呢？都已經辛苦到這一步了，要是我找到她的時候，她不給我一個熱情的擁抱，那我就虧大啦！」

一邊拖著受傷的腿一邊向森林的深處移動。仍然沒有準備要到達的地點。只能說是憑著只能稱為直覺的東西，毫不疑惑地一步一步前進著。雖然無論往哪一邊走，所看到的似乎都是一樣的景色──他還是深信不疑，伊織就在這片森林中這一點是毋庸置疑的。

「──還真是沒有科學性的話呢。」

肯定也好，確信也好。

在這樣的時代中究竟在幹些什麼。雖然薙真那脫離時代的服裝是有些可笑，可是不僅僅是『早蕨』而已，『零崎』和『時宮』也是一樣的──每個傢伙都是，別說是脫離時代了，甚至可以說是就像異次元的居民一樣。

真是可笑。確信也好什麼也好，說實話，雙識自己現在就連伊織妹妹是生是死、是否平安無事都不知道。關於這一點，這種情況看來也只能祈禱了。

什麼是確信？

「——說到非正常人，不管是『殺手』和『殺人鬼』的確沒有什麼不同……」

——這時。背後突然感覺到有股殺氣。

雖然一瞬間想要轉過身去，但是由於左腳受傷，動作沒能像想像的那樣順利。搖搖晃晃地站著的同時，將視線投向了身後，那股殺氣的主人也並沒有要襲擊這個狀態的雙識，只是等著他轉過身來。

「——這是，這是。」

在那兒的正是早蕨薙真。日本風的服飾打扮，還有一把大薙刀，和式的眼鏡外加一頭長髮。還有胸前——被刃物劃傷過的悽慘痕跡。

他正用銳利的眼神，平靜地瞪著雙識。

感受著從正面襲來的視線，雙識有一些迷惑。

這是——這不對勁。

與昨晚在大廈頂頭和雙識戰鬥時完全不同種類的殺氣——不對，完全是另外一種感覺。

要說到底是哪裡，又是怎樣不同的話——

「看樣子，是『覺悟』有所不同了呢！——早蕨薙真君。」雙識吞下了如此不安的感覺，不讓他表露在外，對方似乎沒有察覺到他受傷的事，故意試著用嘲弄的口氣說話。「怎麼了？你跑到這裡來做什麼？昨天明明那麼難看的逃走了，現在應該沒有顏面再來找我報仇了吧？我想勝負已經很明顯分出來了，還是你對比劃的結果不滿，拜託你別說這種傻話了。」

身為『勝者』的『從容』。

現在雙識能夠依靠的武器只有那個了。

老實說——現在，左半身已經有好幾處部位不能動了，真想避免與薙真的大薙刀互相廝殺。如果伊織在這裡，為了救她而必須戰鬥，尚且說得過去，現在還沒有到需要胡來到那種程度的狀況。與此相比，還是爭取一點時間，等待體力恢復才是上策。

然而。

「——關於你的妹妹。」他似乎不理會雙識，將長刀擺好下段架勢。「那個——是叫伊織對吧？」

「……啊啊，是沒錯。」

「我把她殺了。」

說得如此輕描淡寫。冰涼的聲音，讓人背脊發涼。

雙識的表情並未改變。

表情沒有改變，但那也只是他拚盡全力強忍著而已。

他說不出話來了。

「到底……是怎麼回事？薙真君。」就連提問的聲音都變得軟弱無力：「伊織妹妹——她不是你們用來引我上鉤，很重要，而且是很珍貴的的『人質』嗎？」

「哥哥確實是這麼打算的——殺她是我擅自決定的喔！以我個人的獨斷和偏見，決定殺了她。」薙真一邊縮小著與雙識的距離一邊說道。「哈。該不會殺個『殺人鬼』還會被抱怨，沒有這麼愚蠢的事吧？」

「……為什麼？」雙識用死人般的語氣問道。「為什麼——殺她？」

「這不是很明顯的嗎——」

殘酷，而冰冷清醒的眼神。就像要捨棄一切的樣子。所有的疑問都得到了解答，就像沒有任何迷惑和煩惱的樣子，覺醒的眼神。

「應該說，正因為我是個『殺手』，才會『這麼』決定的吧，其他還會有別的理由嗎？」

「……是嗎。」雙識靜靜地低著頭。

與其說是憤怒——更像是摻雜著滿滿的絕望，一副悲傷、痛苦的表情。

「你好像放棄了什麼啊——雖然我不知道你到底對什麼死心了，真是可惜。非常可惜。好不容易得到的『合格』——真是太可惜，太遺憾了。」

雙識於是舉起了『自殺志願』。

「那麼——也請讓我完成作為『殺人鬼』的本分吧，早蕨薙真！」

「求之不得。」

這時候——對方的話還沒說完，這邊就已經衝上去了。腳下連站立都不穩，再加上一手一腳不能隨意活動，那樣的話，要是被拉進長期戰的話就麻煩了。雖然不是和剛才幻想中的『她』決鬥，這次真的是孤注一擲，必須在一擊中分出勝負。幸好對方也是『幹勁』十足——『覺悟』滿滿的樣子，這次不用擔心他會逃走了。

讓我們盡情的廝殺吧。

——在一瞬間決出勝負。

關鍵就在雙識能否進入薙刀的範圍內——僅此一點而已。對方已經不會再用像上次那樣的突擊了，現在的攻擊只限定於斬擊。如果進的了斬擊的範圍內，一切就結束，進不了也一樣結束。

不管怎麼看，結局已經近在眼前。

『自殺自願』再次在手中轉了起來。

薙刀的斬擊——還離得很遠。

雙識利用他的長腳，把兩人之間的距離從長刀的攻擊範圍，縮小到大剪刀的攻擊範圍。很好，就從這裡開始。現在的一擊就要命中喉嚨。雖然在這種距離下，還能用下端的柄部使出棒術或杖術的攻擊——但那已經無法躲避了。他也不會去閃避，攻擊的部位只要不是刀刃的話，應該不會造成致命傷。這種時候已經管不了這麼多了，只是肋骨斷個一根或是兩、三根的話，我就吃下你這招吧！Mind Render的肋骨，就作為送給妹妹的禮物好了。

「——刀刃！」

這時候——

一股**冰冷**的感覺在腹部流竄。

冰冷到——讓人毛骨悚然。

『自殺自願』的刀刃停住了。

「……哎？」

腹部的右側——**有刃物貫穿**。

那是所謂的日本刀的刀身。

沒有薙刀刀柄的影子。在不遠處，**曾經是那個東西的物體被扔了下來**，隱藏著尖銳冰冷的刀刃的**外裝**——就像刀鞘一樣扔了下來。

「就這樣——中計了。」

早蕨薙真說道。

不對——那不是**早蕨薙真**。

「裡面——裡面**還藏著刀**……嗎？」

雙識慢慢地滑倒。就在這時，看到了對手胸口的傷痕。那是——雖然外觀看起來很醒目，但是這個傷痕相當的淺。這樣的東西，不是『自殺志願』的傷痕。

「你——你是」

「名字是，早蕨刃渡。」

非常冷靜的聲音，非常冷靜的視線。

對手用非常冷靜的動作，抽出了刀。

「——就是你所說的薙真的哥哥。我們是俗話所說的同卵雙胞胎。」

然後他嘭地一聲，甩掉刀上的血，後跳一步，和雙識保持著一定距離。雙識慢慢地開始潰不成軍，用背靠在後面的樹上支撐住了身體。他就像非常驚愕一樣，一副無法相信現在這個狀況的表情——看著刃渡。

「還真想讓舍弟看看你現在這副表情。」刃渡的語氣——非常冰冷。「既然無法實踐這一點，那只好告訴他你的感想了，你，**Mind Render**——現在覺得怎麼樣？」

「…………」

雙識並沒有回答刃渡的問題，終於「嗚呼呼」無力地笑了起來。

「『**雙胞胎替換的詭計**』嗎？——現在還用這種詭計可是會讓人生氣的喔，刃渡君。」

怪不得——『覺悟』不一樣了。這種東西每個人都是不一樣的，一樣的話反而讓人覺得奇怪。雙胞胎的話，當然從容貌到聲音都是一樣的，雖說服裝和傷口也可以弄得一模一樣——但是微小的舉止和給人的感覺是無法模仿的。

「我知道這很老套啊！但是越是老套，對你這傢伙就越有效果。」

「——那種背離時代的裝束，也都是為了促進我的『成見』——『先入觀』的產物。不是因為興趣才這麼做的吧……」傷口處的血不停地湧了出來。雙識將『自殺自願』放在身邊，用手按住患部強行止血。「平時大多數時間是『哥哥』，穿著與那種背離時代的裝束完全相反的裝束嗎？可以說是一種擬態吧？」

「沒錯。」刃渡沒有再多說什麼。解開了紮在身後的頭髮，並從懷裡取出了一頂印有骷髏圖案的棒球帽，把長髮收到帽子中。「要說最後的手段也可以，最後的王牌也可以。這樣的手段，如果對手不是你就不會用了。」

「……『時宮』的婆婆就是一個很好的伏筆呢！」雙識苦笑著：「『掉包』的兩段重疊。沒想到還會再玩一次，真是精彩！我也只能說真是精彩啊！」

「……？」

刃渡似乎是看不慣雙識明明受了致命的重傷，還一副從容不迫的樣子，他皺緊了眉頭。

「不過還真是——不計形象呢！刃渡君，不，是『早蕨』先生。使用『操縱人偶』又用『人質』威脅，還依靠『時宮』的協助，最後還要使出詭計暗算。要是你的祖先知道了，一定會歎息吧？」

「如果你要對我扯些卑鄙、姑息之類的話，我可要反駁你太不合理了。畢竟我們本來就是要上演一場廝殺的戲。如果你要擅自搬出一大堆的規則，我就有些不知所措了。」

「不，我可不會這麼說。我剛才也說過了吧——很精彩。」雙識依舊苦笑著。「竟然還有一把刀，真讓我吃驚。中距離的武器裡還夾著把近戰用的刀，這想法真不錯呢！然後挑釁也不錯呢——說什麼『妹妹』被殺了。」

「不好意思，那可是事實喔。」刃渡斬釘截鐵地說道。「現在，我弟弟大概正在處理善後呢。我沒聽他說會停手。我推測是不是和你打鬥的時候發生了什麼，你覺得呢？」

「我怎麼知道——是不是說錯了什麼話呢？」雙識忍著疼痛，逼迫身體勉強地聳了聳肩。「話說回來，刃渡君。有件事想拜託你。」

「——什麼？要求我饒命，還是算了吧！」

「怎麼會呢。這邊裡面的口袋裡放著香菸，能幫我取出來讓我吸一根嗎？我左手動不了了，右手如你所見，如果不按著傷口的話，會因出血量過多死掉的。」

「……你到底有什麼企圖？」

「並沒有什麼企圖。只是，剛才一根沒吸完……想在死前再吸一根，擺擺架子而已。」像是說到這裡突然想起來了一樣，雙識補充：「慢著，如果你想給我致命一擊的話還是免了吧。看看這個傷，確實連肝臟都刺到了。怎麼看這都是的的確確的致命傷了！你也沒有必要冒著風險再靠近我，受傷的野獸可是很危險的。你就看著我慢慢死去吧。這可是勝者的特權。」

「……還真搞不懂呢。」越來越感到疑惑的刃渡說道：「我再問你一次，你到底有什麼企圖？雖說是致命傷，但也不是讓你瞬間死掉的傷，應該還可以戰鬥的。為什麼要放下那個大剪刀。」

「我是不會去無謂地廝殺的喔。」雙識說道。

似乎有些疲累的感覺。

似乎有些孤寂的感覺。

似乎有些，安心的感覺。

「雖然你可能不相信……我真的，不想去殺人——殺人什麼的，說什麼我也不想幹。」

「……這可不像是殺人鬼的臺詞呀！而且還不是普通的殺人鬼，是出自號稱『零崎一賊』的『第二十人地獄』，Mind Render 口中的話。」

「是的，就算在零崎之中，我也是相當特殊的……對了，先來回答你剛剛的問題吧！刃渡先生，其實我現在——感覺還不壞喔！」

「…………！」

「請讓我對你表示感謝。謝謝了！早蕨刃渡君。不顧自己的安危，用盡各種手段想要殺我——」

「——謝謝你殺了我。」

這樣一來——終於，我也可以輕鬆了。

雙識的臉上浮現出發自心底的輕鬆表情，刃渡面對這樣的雙識感到有些不快，用如同看到令人噁心的東西一樣的視線注視著雙識。那種視線已經很難說是冰冷的，那是毫不掩飾生理上的厭惡的眼神。

事實上，刃渡是不會明白的吧？彷彿渴求著死亡的雙識，他話中的真意到底是什麼。要說是瀕臨死亡的敗者還不服輸，這未免也太大費周章了吧？

「多麼醜陋——真是太糟了！我可不是想讓你帶著如此安穩的表情死去——所以出其不意的攻擊你的。」

「嗚呼呼。你想讓我帶著悔恨死去嗎？真是壞心呢！——遺憾的是，這就是『零崎』和『匂宮』之間決定性的差別。」雙識不顧說話時口中滲出的血液——繼續說道。

「或者應該說正是因為你用了這種手段，我才能『安穩』——**我的家族**是不可能被這樣的膽小鬼打敗的。」

「——！」

雙識咧嘴笑了起來。

「要是和像『她』那樣的怪物為敵的話，無論如何都要拚命活下去——要是像你這種程度的話，『零崎一賊』中的『任何人』都能輕鬆戰勝你。對了，你說我『妹妹』要被薙真君給殺了，是吧？那是不可能的。誇大妄想也該適可而止。現在，我很篤定！會被像你這樣的膽小鬼的弟弟殺死的人——就不是我的『妹妹』了。」

「——夠了，不需多言。」

刃渡說完，就盤腿坐了下來。和雙識保持著大約三公尺的距離，雙方都不在對方武器的攻擊範圍內。保持著這樣的距離，早蕨刃渡和零崎雙識對峙著。

「那樣的話，給你致命一擊的事——就讓給我弟弟薙真來做吧。那傢伙對於『零崎』可是恨之入骨——因為薙真對於弓矢的執著心可是非同尋常的。只要殺了那個丫頭，再殺了你，弟弟的心情也會好轉吧——不過，那要以你到那時還活著為前提。」

「要是我還活著的話……嗎？」

「要是讓我看到你有多餘的動作，我就立刻殺了你。」

「可以的話，就讓我這樣安詳地死去吧——可是等會兒會來這裡的，可是伊織妹妹哦，沒關係嗎……？」雙識說道。

刃渡沉默不語。

左手腕不能動了，右手腕不能用了。

左腳不能動了，右腳的話——

——不行啊。雙識清楚，單靠一隻腳再怎麼樣也不是刃渡的對手。對方似乎也構思了許多『策略』的樣子，就算不這麼做，對於刃渡的話，就算雙識在萬全的狀態下，也是勢均力敵，必須陷入苦戰吧？地利，人質的有無，即使把這些都排除在外，刃渡還是有相當的本事的。如果不是這樣的話，不管有多少『策略』，也不可能像這樣乾淨俐落地取得勝利。

這一點他們自己也明白吧？

即使這樣，他還是玩弄這麼多策略是因為——

『零崎一賊』是集團啊。

對方被逼得走頭無路了。

這裡還有可以依靠的家人們。

這個差異。這個不同之處。

就算雙識死了——消失了，至少還有二十多個人可以繼承他的遺志。

所以他完全不畏懼死亡。自己就算死了也會後繼有人——

一定，不會就此結束。

「——哎呀哎呀。」

雙識以刃渡無法聽到的低聲嘟噥道。

想起了那個——戴毛線帽的少女。

伊織妹妹。

雖然還有很多東西想要教妳——但是看來我的人生就到此為止了。

妳——別過來。

快逃。妳逃走就行了。

或許妳還有別的地方可以逃。

我已經——走到盡頭了。

我已經——走投無路了。

看來他就在這附近，去和我最終還是沒能找到的弟弟相會吧——去走別的路吧。如果是人識的話，不會強行把妳拉入『零崎』的。只有可愛這一個優點的小鬼，而且還是讓妳偏離日常的元凶的可惡小鬼，絕不是個壞人。

伊織妹妹。

妳還有許多可能性。

妳是——希望啊。

拜託妳了——

不要再殺人了。

「——嘿。」

雙識臉上浮現出不像自己風格，自嘲的笑容。

「一直很想有個……妹妹呢——」

◆　◆

林中有個身影正在奔跑。

「——呼、呼、呼……」

氣都快喘不過來了，但是仍然一心一意地在林中奔跑著的身影。就像有明確的目的地，用毫不迷惘的腳步，在樹木密集的林中拚命的跑著。

「——嗚，嗚嗚……」

腳被潮濕泥濘的地面絆了一下，悽慘地摔倒了。就像被『時宮』的『結界』封住一樣，這片樹林的空氣似乎想要阻止身影前進。

「——嗚呼呼。」這個人一邊笑著一邊站了起來。

那個身影——是早蕨薙真嗎？

為了跑到哥哥的身邊，為了給零崎雙識致命一擊而在奔跑的是薙刀手的身影嗎？

——不對。不是這樣的。

身影的頭部戴著紅色的針織帽。

被自己鮮紅的血染紅的水手服。

右手腕上，手腕的前半段已經不存在了。雖然用橡膠細繩一樣的東西封住傷口來止血，但是止不住的血液還是**滴滴答答**地不斷從傷口流出。

另一側的手也不能說沒事，五根手指的指甲全部被剝落了。可是她並沒有因為手上的疼痛而在顫抖，而是使出了全部力氣，緊緊地握著匕首的柄部。

是無桐——伊織。

「……嗚呼，嗚呼呼。」

在撣去了黏在裙子上的泥後，又跑了起來。果然沒有一點迷惘，就像有明確的目的地一樣。

目的地是——

當然，不是樹林的外面。

沒有去那裡的理由。

「嗚呼，嗚呼，嗚呼呼——」

奔跑著。奔跑著。穩穩地往前跑。

不屈服、不害怕、不退縮。

不別開視線、不轉開臉。

沒有什麼好逃避的了。

拖著那個柔弱、即將毀壞的身體。

「等著我啊，哥哥——」

◆　◆

然後，早蕨薙真這邊——

在拼裝的加工小屋內，一個人，僅僅一個人，就像是發呆一樣直直地站著。右肩上，大量的血液沒完沒了地往外流著。不快點止血的話，會因為失血過多而死的，就算不死，這樣下去也會失去意識的吧。

但是他卻連動都不動一下。

身邊不遠處的地上有一隻手掌。

那是伊織的。

是他親自切下的，無桐伊織的手。

「…………」

切斷的瞬間，她發出了慘叫聲，就像發狂了一樣，在薙真旁邊瘋狂扭動。手腕前面都沒了，這是當然會有的反應。雖然看到了伊織痛苦的樣子，可是薙真心裡的憤恨卻沒有減少。完全無法平息下來。完全沒有滿足。遠遠沒有要停手的感覺。薙真端正了一下身體，正當他準備將伊織另一側的手腕也砍下來的時候——

鋒利的刀刃從天而降。

「……」

正確的說，是刺在天花板梁上的匕首。

這把匕首是伊織從薙真那裡得到的，後來被薙刀打飛到上面去的。

本來應該是深深地刺在梁上的——可是伊織用她的手、腳、身體，總之盡一切可能拚命的掙扎晃動——結果匕首就從屋梁上**掉了下來**，似乎是這麼一回事。

然後，這把刀刺入了薙真的肩膀。

可以想像肩膀的肌肉截斷裂開的樣子。

「——難以置信的『幸運』啊。」

薙真知道這並不是什麼——幸運。『那是』就和自己上次在大廈屋頂上，和雙識戰鬥時『逃走』一樣——並不是什麼幸運。

這是在窮途末路的極限狀態中殘存下來的『資格』。

可存活和命運有關的『資格』。這是伊織所擁有的。

與薙真相比⋯⋯伊織被選上了。

是的，她是被選上的。

對於沒有選擇權和決定權的她——那或許可以說是，被選上或被決定的，這樣的意思吧。

「——然後『零崎』。」

雖然看起來像是伊織無法忍耐指甲被剝去的疼痛和絕望的狀況，然後發狂掙扎——可是甚至是這樣的行動也是『殺人』的手段。

太可怕了。太可怕了。太可怕了。

遠遠超越了『時宮』的可怕。

已經，對付不了她了。她——比Mind Render更加棘手。在那個高架橋下擊退Mind Render的——並不是她的指甲。

是那種存在。是那種才能。

真的——無計可施了。

「見識到了那樣的『才能』——見識到了那樣的『存在』——確實我的程度來說，只能說是『不合格』吧。」

嘟噥了半天終於開始行動的薙真。

右手動不來了，看來肌肉、肌腱啊、神經啊，都被成排的切斷了。看來以後右手不能再用了。算了，跟『殺人鬼』、跟『零崎』為敵，光是能存活下來就已經是僥倖了。

他想要拾起落在地上的長刀。

這傢伙跟隨了我很多年了，某種意義上說，已經超過了兄妹的伙伴關係。怎麼可以在這裡放手呢。但是這隻手，已經不能再幹『殺手』這個職業了。

這麼想著，不可思議地有一種清爽的感覺。

真的——可以不用再殺人了嗎？

對啊，我和『零崎』是不一樣的。

和伊織或是雙識都不一樣。

只是想死的話死了就好了。

想殺人的話就殺人——不想殺人的話不殺就好了。

如果無計可施的話——

就不需要再做些什麼了。

無可奈何的是，就讓它繼續無可奈何，放著不管的話，事情說不定會好轉。至少，不過就是那麼一回事罷了。

事物原有的模樣。只要接受事物原有的模樣就好。

若是用基準衡量——只會吃盡苦頭。

接受事物原有的模樣。

這麼一來，就可以選擇了吧？

也能夠學習了吧？
總有一天——會發現解答的吧？
僅此而已。
僅此而已的事。
「吶，弓矢——你也是這麼想的吧？」
正當早蕨薙真有些哀傷地歎息的時候。
吱呀的一聲，小屋的門打開了。
是誰啊，一邊問著一邊轉過身來。
難道是伊織回來了嗎？還是 Mind Render 終於找來了？
也有可能是兩個人一起來了。
不對，是將那兩人打敗的哥哥，早蕨刃渡嗎？
「……呦。」
——不是其中的任何一個人。
而是一身奇妙的打扮的，少年。
身高並不高，將長長的染過色的頭髮綁在身後，仔細一看，耳朵上戴著三個耳環，用手機上的吊帶裝飾在上面。與此相比，比什麼都來的吸引視線的是，隱藏在時尚的太陽眼鏡下，紋在臉上的——不祥的刺青。
「我好像迷路了，可以的話想請教一下——不過，可不是叫你給我講什麼人生的大道理喔。」

臉上刺著刺青的少年說著，「哈哈」地笑了起來。

但是薙真對於這樣的玩笑卻一點也不覺得好笑。

根本笑不出來。

左手更用力地握住了薙刀。

這傢伙、這個少年。

是——『零崎』。

「其實我正在尋找哥哥，根據目擊者的證言，大概是在這片森林公園之中吧。真是有夠像迷宮般的一片樹林呢！真讓我為難啊——感覺就好像記憶卡正在存檔當中似的，這種狀態根本不能把東西拔出來。」

「……………！」

「啊、難道說你也迷路了嗎？啊、啊、啊，別一副這種表情嘛！還是說，這個傷是，摔傷的嗎？血都流出來了，讓我幫你看看吧。我可是很擅長止血的。」

臉上刺青的少年一臉輕鬆地說，往小屋踏進一步。

到剛才為止的平靜的氣氛，就像一陣霧氣般瞬間消失殆盡。不斷湧出的殺意。蠢蠢欲動的殺意，躁動不安的殺意。就像自己也變成了『零崎』——猛然湧出的、無法停止的殺意。

「噢噢噢噢噢噢噢噢噢噢噢噢噢噢噢噢噢噢噢噢噢噢噢噢！零崎崎崎崎崎崎……」

飛撲上去。單手揮舞著那把大薙刀——薙真向臉上刺青的少年飛撲了過去。兩者之間的距離小於三公尺。距離再縮短一公尺的話，刺青少年就在薙真的攻擊範圍內了。

殺。殺。殺。

殺！

「……真是危險呢。」

這麼說著，刺青的少年並未動一下。

至少，看上去像是沒有動。

但是薙真卻——

剛移動了十釐米就停住了。

不對，正確地說並沒有停住。

被切斷的頭，被切斷的左手，被切斷的右手，被切斷的胸部，被切斷的左腳，被切斷的右腳，被切斷的右手的五根指頭，握著長刀的左邊的五根指頭也根據慣性定律，並沒有馬上停下來。

只是生命已經停止了。

無能為力地——停止了。

在臉上刺青的少年面前，一個一個地，有秩序地，早蕨薙真的身體零件掉落了下來。

「不好意思啊。把你殺了耶，雜魚先生。」

就像沒有任何事發生一樣，少年俯視著他。

「這武器真是傑作啊！這個……叫做『曲弦線』哦！」仔細看的話，刺青少年周圍一閃一閃地發著光，就像布滿極細微的線條一樣。「如果我來用的話，射程距離大概在三公尺左右吧……厲害的傢伙的話甚至有十到二十公尺的樣子吧。」

然後，臉上刺青的少年在那裡，注意到掉落的身體零件中多了一隻手腕。一共撿到了三個手腕，把這個看來這像是別人的東西留著，剩下的都扔在地板上。

「嗯……？女人的……右手腕吧？」

刺青少年好像很感興趣似地注視著這個手腕，彷彿在思考著什麼，露出有些為難的表情。這隻手腕上指甲一枚都沒了，看來是被別人硬生生地拔下來了。同時還確認了散落在地板上的十枚指甲。

「那麼，就是那樣嗎。看這個拿薙刀的小哥的肩部的傷，是戰鬥過的痕跡嗎？雖然手腕被砍斷，但還是勉強獲得勝利的『女人』……和我擦身而過，從這裡逃走了？」

刺青少年一邊歪著腦袋像是發牢騷似地喃喃說著，一邊以一副隨意的態度將那個手腕放進背心的口袋裡。

「可是剛獲得『勝利』，有理由需要馬上逃走嗎？嗯……不對，不一定是『逃走』。也就是說，對那個女人而言，這個小哥並不是『終結』——還有『必須打倒』、『必須戰勝』的對象嗎？或者是——還有『必須要去救』的對象嗎……？」

臉上刺青的少年鼻子哼了一下。

「不管怎麼說，有血的氣味的地方就有大哥。我再不快一點的話——昨天已經好幾個人了……好幾個人都被幹掉了，一個不小心，就要被那個『殺人鬼剋星』追上了。那麼，快點行動吧。」

看來這是這隻手腕的主人的痕跡，刺青少年沿著等間距落在地面的血痕，向著門的方向走去。

剛走出小屋，似乎像是想到了什麼，又轉回身去，然後向著散落在床邊的拿薙刀的男人被分解的屍體望去。

「——這麼說來」

他疑惑地說道。

「突然叫喊著我的名字，衝上來殺我的小角色，從這點來看，似乎知道我的事情的啊……可是，是誰啊，這傢伙？」

（早蕨薙真——不合格）

（第八話——結束）

第九話 早蕨刃渡（3）

生來者非生來物——

早蕨刃渡這樣說過。

無可救藥的人——

早蕨薙真這樣說過。

無桐伊織思考著他們這些話的意思。

也就是說，那是類似『才能』的東西。

所謂的『才能』如果不能開花結果，無論有多少在『那裡』也無法發揮真正的效果。也就是和不存在一樣，有和沒有都一樣的東西，當然還是沒有來的自然，『才能』就是如此飄忽不定的東西——但是，偏偏又是不論是誰，都會以某種形式保有著的東西。

用他們的話來說，在他們的眼裡看來，『零崎』就是指『殺人的才能』吧？至少從他們看來就是這樣沒錯，他們就是是這麼看的吧？他們就是這樣定義的吧？

然而雙識，零崎雙識卻否定了這種說法。

第一次見面時就否定了。

不是『才能』，而是『性質』。

才能和性質的不同。

乍看之下並無明顯的區別。至少比愛情和戀愛這兩者還更相近。

現在手上沒有字典（就是有也不會有太大用處），自己任意下個定義的話——就是

『性質』是處於『才能』下一層位置，這種概念吧？就算只有一點點，那也是比『才能』略微形而下的概念思想。如果說才能是相對的，性質就是絕對的，才能是抽象的，性質就是具體的，她想大概這就是這兩者之間的概念差異和思想異同吧！

所以。

所以，果然。

不是——天生的殺人鬼。

怎麼可能會有天生的殺人鬼。

要說的話，那一定是技術層面的問題。

只是比別人更拿手而已。

就和跑得快一樣。就和算術算得快一樣。

只是單方面的機能優於別人而已。

並不是跑得快就一定要去當田徑運動員，也並不是算術算得快就一定要去當數學家。就如同跑得快不是田徑運動員的一切，算得快不是數學家的一切一樣。不合適的一流和合適的三流，像這樣的抽象事實也是確實存在於世上的，甚至後者存在的數量確實還要更多。

所以說『性質』和那之後的將來並無關係。

像是相變的相異點之類的東西。

方向的量子化。

轉移點。

可能性。

雙識稱之為希望。

不會變成孤獨的殺人鬼的希望。

但是那裡也有扭曲的認識。

雙識的理論也有破綻。

雖然這樣解釋不免有些強硬、恣意——即使雙識和伊織同樣擁有這種『性質』，只要抑制住這種『性質』就根本不會變成『殺人鬼』了吧。雙識雖然對伊織說了一些像是『我搞不懂你為什麼至今為止都沒有殺過人』之類的話，不過與這些完全無涉，也無關，伊織自從沒有抑制住『性質』那一刻起，就已經失去了『可能性』與『希望』。在現在這個階段，真正能稱得上『可能性』和『希望』的是——

到還什麼都沒注意到的人。沒有意識到自己的『性質』的人。

連自己正睡著都不知道的睡眠者。

生來者——非生來物的人。

所謂的『希望』和『可能性』之類的，都是些無形的存在。既看不見，也無法注意到，不知道，不能看，不能注意到，更不能明白。

那才是——希望。

所以那只是雙識的誤解。

可笑的理想主義。

我又不是這種東西——

我不需要這種東西。

◆　◆

現在是太陽普照大地的時刻，在過於昏暗的這片森林中，兩個男人——面對面地坐著。

一個是似乎非常愛好武藝，身著和服的男人，頭上戴著頂極其不協調的骷髏模樣的棒球帽，腋下夾著一把太刀。用像看透了一切似的超然的、寧靜且冰冷的眼神盯著對面的男人。

他是『染血混濁』，早蕨刃渡。

另一個是手腳長得誇張，擁有像鐵絲工藝品一般的骨骼的男人。一眼就能看出他異樣地疲憊，臉上全是汗水。這也難怪，他的腹部有條很深的刀傷。雖然按著傷口，但出血看來完全沒有停止，看來刀傷深及內臟。不合身的西裝被染紅了，變得濡濕而鮮紅。右腳邊上有一把大剪刀。

那把大剪刀叫做『自殺志願』，他本人，零崎雙識也被稱作『自殺志願』。

「自殺志願——不過我可從沒想過要自殺呢。」

雙識無力地嘟噥著。刃渡對於他的話沒有作任何反應。不過，他看來還是有在聽，只是完全沒有反應。雙識也並非在說給刃渡聽，只是宛如獨白一樣，毫不在意地繼續說道。

「……你不覺得活膩了就去死，是非常粗暴的行為嗎？想死的人去尋死是他的自由。不過，不想再活下去的人——就非得去死不可嗎……？絕望是愚人的結論——那麼失望就是賢者的結論嗎？那希望——希望又是誰的結論呢。」

「我看你差不多快意識不清了，Mind Render。」刃渡毫無感情地說道：「隨便問一下。對你來說——對『零崎』來說，『殺人』到底有何意義？」

「意義——殺人的，意義……？」

「弓矢她——經常這樣問我。殺人到底是什麼。真是無聊的問題。這種問題不可能有一種明確的一種解答。可是——我只是想，身為零崎一賊的你，說不定有明確的答案。」

「意義——意義什麼的，怎麼可能會有。這玩意兒是病喔。而且還是種稍微蔓延一下，就會無法挽回的不治之症……真受不了。」

「…………」

「既然你說到妹妹，我也稍微說下——我弟弟的事吧。弓箭手……早蕨弓矢的仇人呢。嗯，在這點上我也覺得有些對不起你們——對於薙真君的『正義』，我也要……

我，我也想低頭了。」

「阿諛奉承就免了。還是說說你弟弟的事吧。零崎一賊的情報不管是什麼我都想要。要說的話就快說，你最多還能活三十分鐘。」

「三十分鐘——好長啊。真煩人。就像人生一樣嘛。」雙識苦笑著說道。「——啊……對了。弟弟叫零崎人識。他不像我有『Mind Render』、『第二十人地獄』之類的稱號。是零崎一賊的祕密武器。臉上有刺青……」

「外表什麼的怎麼都行，說說內在吧！」

「……那傢伙——和我不同，有種『零崎』的天賜之子的感覺。該怎麼說好呢——我也並不喜歡玩文字遊戲，不過如果我是『零崎』的異端的話，弟弟就是『零崎』的極端。既不喜歡殺人也不討厭殺人。只是理所當然地——『本來就是如此』地殺人。」

「……『本來就是如此』。」

刃渡重複著雙識的話。

「不明白什麼意思——不過我們『早蕨』也一樣。薙真經常說——我們是被作成『這個樣子』的。我們**也是這樣子殺人**。『殺手』不該抱持多餘的感情。倒不如說，被稱為『殺人鬼』的零崎一賊，才是『殺之名』中最積極的殺人淫樂吧？」

「那可是基於很大的偏見之上產生的誤解喔。每當我聽到這種意見就感到很悲哀耶！刃渡君。『悲傷』是怎樣一種心情，你知道嗎？」

「……」

「那就是——『悲傷』的意思，並不是語言能表達的。不管用什麼語言都無法表達出我們零崎一賊的感情……」雙識突然無力地垂下頭來，意識像是中斷了一樣，不過馬上又抬起頭，以無畏的表情定睛看著刃渡。「……殺人什麼的……對『零崎』來說什麼都不是，什麼都不是，所以什麼都是了。這句話的意思隨你怎麼解釋都可以。啊啊，先說明白……這不是我個人的意見，而是零崎一賊全體人員的意見。因此，我的弟弟把你的妹妹殺了——估計也是這個原因吧。」

「也就是說弓矢的死亡——沒有意義。」

「是的。」

「所以薙真的怨恨——也沒有意義。」

「是的。」

「於是早蕨的行動——也沒有意義。」

「是的。」

零崎雙識點了點頭。

「不是有沒有意義的問題……說白了，我在某種程度上對你們『三人』產生了感情之後才會說這番話的……看來是起了反效果。百分之百的反效果。恕我多嘴，刃渡君，你其實也知道吧？殺了我的話……你不可能活下來。即使你成功逃離了這裡——我死了之後，其他『零崎』會一起把『早蕨』消滅。與零崎一賊剩餘的所有人為敵……每時每刻都處在危險中，你有自信能活下來嗎？而且還只憑兩個人。」

「……協助我們的人，不止時宮老婦人一個。」
「是嗎？那麼最壞情況——就變成匂宮雜技團和零崎一賊之間的，『殺之名』之間的抗爭了……可是你們不介意嗎。僅僅為了一個妹妹。」
「如果最壞情況只是那樣而已的話，我求之不得。好像你誤會了，Mind Render，不要把我看成是那麼感情用事的人。」刃渡淡淡地，以冰冷的嗓音說道。「為弓矢報仇這件事——其實只是雉真的意見。我可沒有弟弟妹妹那樣多愁善感。我的目的是完成我的野心。『早蕨』不能一直是『匂宮』的分家。」
「……是這樣的啊。」雙識低垂著頭，疲倦地點了點頭。「……該怎麼評呢，你的分數。那種動機——這種手法。毫無疑問，平時的我肯定會打『不合格』了吧……不過任我現在這麼狼狽，還說這種話，肯定會被當成是不服輸吧？」
「的確。」刃渡回答道。「況且由你這種令人厭惡的『殺人鬼』當作對象來進行『試驗』，這種事本身就可笑得不得了，我笑得肚子都痛了。你把全世界當傻瓜嗎？就拿剛才那忠告來說——你以為早蕨刃渡會沒有任何對策，就這麼出手嗎？」
「對策什麼的，估計就是把我的屍體藏起來，假扮零崎雙識，然後與零崎一賊取得聯繫吧？關於偽裝，只要借助『時宮』的力量就行了。光是『時宮』，協助者就不止那個老婆婆一個吧……『早蕨』和『時宮』有什麼共通的利害關係，我就不太清楚了。」
「可笑！反過來說，要尋找在這世上對『零崎』沒有怨恨的人，才難找呢！」
「那也不一定。我們一賊創造了把敵對的人全部剷除的記錄——我們只會留下恐懼而不會留下任何怨恨。你們這例子才是例外。只能說是弟弟的疏忽。」
「疏忽嗎？的確。不像『零崎』的作風。」
「嗯……我同意。我以為已經好好管教過他了，不過那小子離獨當一面的日子還早著呢……只是，以後我也管不了他了，只有靠他自己了……他不振作起來不行了，啊啊，對了……刃渡君。我能拜託你一件事嗎？」
「……什麼。」
「如果今後……他應該就在這附近，可能性應該很高──你如果遇見我弟弟的話，在報弓矢小姐的一箭之仇之後，希望你能幫我傳達一下。我──零崎雙識，因為有你這樣的弟弟，也有了不少開心的回憶。另外……對不起了，剪刀沒法給你了。違背了約定，真是對不起……」
「…………」
刃渡沒有隱藏自己對於這些話露出的不愉快的表情。
在雙識側腹被刀刺穿之後──已經過了十多分鐘。本以為他越是接近死期會越混亂發狂，厚著臉皮向刃渡求饒。到了那時，刃渡才能真正舒坦地、驕傲地砍下他的頭。
但是──為什麼會如此。
他為什麼會越來越安詳平靜。而且還掛念起自己來。
宛如──聖人臨終時。
這個男人到底哪裡像殺人鬼了。

刃渡甚至以為自己的認知出錯了。

「……不。」

搖了搖頭。

刃渡見過這個男人把夏河靖道的頭砍下來，然後又對那六具『人偶』做了同樣的事。弟弟・雉真胸口的傷他也見到了，方才還偷看到了時宮老婦人被慘殺的經過。

那是——如假包換的殺人魔鬼。零崎雙識就那樣若無其事地，毫無罪惡感地，用雙識自己的話說就是『本來就是這樣』地把人類還原成一個物體。用弟弟薙真的話說就是『那樣子』把人類解體成一個個的零件。

然而——這算什麼，這種死前的樣子。

這種臨死前的言語。

——死到底是。

用妹妹——弓矢的話說就是。

——死到底是怎樣一件事呢？

刃渡又想起這句話。

弓矢的疑問。

這種問題沒有明確的答案。也沒有回答的必要。

所以，就沒必要去問了。

不問的話就不用去思考了。

不論是弓矢——還是雉真。
都不可能不知道。
這個世上——有些無可救藥的人存在。
明明知道——為什麼還要問。
啊啊，還是說——
正因為知道，所以才不得不問？
「……你這傢伙……到底是什麼人。」
「是零崎啊！你難道不曉得嗎？」
他咧嘴笑了。
又笑了。
死期將至，卻又笑了。
還在笑。
就要墜入死亡的深淵了，還在笑。
「……好吧。」
刃渡拿起刀，站起身來。
真是讓人不快。
自己費盡心機才把那個零崎一賊的 Mind Render 殺死……為什麼還非得自己嘗到失敗的挫折呢？

令人不愉快的胡言亂語。令人不愉快的絕對感。令人不愉快的大矛盾。
啊啊——真是令人作嘔。
他們不是從黑暗殺人。
他們是以白光殺人。
「你們——」
他聽說只是擁有『殺意』的一群人。刃渡自己也是這麼堅信的。但是看著眼前這個男人——漸漸開始覺得零崎一賊身上連『殺意』都不存在。
那就是——徹底無可救藥。
這樣的人。這樣的極惡。
單單看著就很骯髒——
「已經忍不住了——」刃渡握住太刀。「——在這裡，將一切結束吧。」
說完。
——就在此時。
從早蕨刃渡的背後傳來一聲聲響，完全不加掩飾，一個人影從密林中竄出來。
手上握著匕首。另一側的手臂沒有手腕以上的部分。
水手服沾滿了鮮紅的血，戴著一頂紅色的針織帽，吼叫著把匕首對準刃渡的背。
那副模樣——已經不是人了。
那是。

那就像，鬼一樣。

殺人的魔鬼一樣。

「啊啊！」

那是——無桐伊織。

「……！」

完全沒有注意到。刃渡首先對這一點感到驚訝。沒有感到她潛伏在附近的氣息。大概根本沒考慮什麼突襲，只是毫不遲疑、毫不猶豫地朝刃渡衝過來的吧？那麼，自己也沒多投入地和雙識對話，況且對方還是個不屬於這世界的女高中生，別說聲音了，就連氣息也沒注意到也未免太奇怪了。

這種事絕不可能。

然後，更驚訝的是，那個身影竟然是無桐伊織，而不是弟弟・早蕨薙真。這個小丫頭能來到這裡，也就是說——薙真的命運已經決定了。到底什麼原因能使自己的弟弟輸給一個手腳被綁住，吊在天花板上的女孩呢？他完全不明白箇中的理由——而且對於血脈相連的，連遺傳基因構造都一樣的弟弟的死，面對這種令人難以置信的事態——早蕨刃渡的身體一瞬間僵硬了。

一瞬間。

只有一瞬間。

這一瞬間並不是能夠彌補早蕨刃渡和無桐伊織實力差距的量。
「看來也不是最壞的狀況。」
這樣自言自語著。把身體慢慢地轉過來。
像是要彌補縫隙一樣地揮刀。
看起來像是揮空了一樣流暢的動作。
但是，當然，早蕨刃渡是不可能揮空的。
伊織握著匕首的左手掌從手腕處分離開，飛到空中。
「——！」
即使失去了兩隻手腕，伊織仍沒有停止，從空中，維持原來的姿勢向刃渡踢過去。然而刃渡只是簡簡單單地把她的腳支開，並反過來把刀柄朝伊織毫無遮掩的腹部以交差法的方式打去。
伊織在本來衝過來的速度上再次加速，就這樣摔向地面。在地上滾了兩圈後，在空中飛舞的伊織的左手正好砰地一聲，落在雙腿的正中間。
被砍落的手掌還握著匕首。
「——哼……失敗。」伊織一邊毫無感情地——看著已經不再屬於自己的左手，一邊自言自語地說道。那表情就像是在笑一樣扭曲著。單手掌被砍斷——不，是兩隻手掌被砍斷，照理說不可能不痛，但是她的表情中沒有痛苦。
這已經超出常規了。

只能認為她是被切斷雙手發瘋了。

從她身上已經完全看不到從公寓被綁架來時，那種喜歡開玩笑、隨隨便便的女高中生影子了。

可以理解。

這樣的話——的確能夠擊退薙真。

「——伊織妹妹！」

零崎雙識在旁邊看著，無法維持冷靜。把按住腹傷的手鬆開，往單憑右手和右腳在地上爬行的伊織身邊靠去，從背後抱住那纖弱的身體，緊握住剛被刃渡砍斷的手腕，進行緊急止血。

「嗚呼——」

伊織面對這樣的雙識不禁笑了。

「哥哥，你好呀！」

「伊織妹妹——傻瓜！為什麼，為什麼來這裡！為什麼——沒有逃走！」

零崎雙識說著和一般人沒什麼兩樣的臺詞。

一點都不像雙識，不，一點都不像『零崎』，相當常見的，符合常識、理所當然的反應。表情中已經完全沒有剛才為止的安詳，已經完全沒有剛才那種聖人般安穩的接受自己的死的高潔，完全——找不到了。

有的……只是。

只是，隨處可見的。既平凡又無聊的，擔心妹妹的哥哥的身影。

倒是伊織，在這種情況下卻表現得異常高興……露出恍惚的表情。

「——嗚呼，呼。嗚呼。」

「討厭啊——為什麼我一定要逃走呢。我可沒有要逃走的理由。」

「說，說什麼……」

雖然雙識幫她按住左手的出血，可是加上右手這邊的出血量，已經快到意識朦朧的階段了。不，現在還有意識就已經稱得上是奇跡了。

「況且。」伊織繼續說道。「我想，哥哥一個人，會不會寂寞啊。」

「……………………」

這句話………雙識已經，說不出話來了。

只是噗哧地笑了出來。

「……多管閒事。」

「哼！是這樣嗎？」伊織裝模作樣地回答道。

雙識又恢復了先前的平穩。

變得更安心了。平穩而安詳。

零崎雙識和無桐伊織。

兩人就像家人一樣。

「……真是太惡劣了，你們這些人！」刃渡用盡力氣蹬了地面一腳，同時怒吼著。

「流了這麼多血還不快點死！你們體內到底有多少血量，傷成這樣還不夠嗎，怎麼殺都不夠嗎，你們這些惡鬼！」

「煩死了……給我安靜點。」

雙識似乎打從心裡感到疲倦似地說道。

就好像是睡得正香時被人吵醒一樣。

「別管我們——還是去看看薙真君吧？刃渡君。伊織妹妹來到這裡的意義——你不會不知道吧？」

「關我屁事！弱者失敗是天經地義的事。弱者活著本來就是一個誤解。從策略上來說，之後的確會變得麻煩一點，但是能夠不用看到和自己一樣的那張臉，真是神清氣爽。而且——」

「那你就是『不合格』了。」

伊織像是故意打斷他的發言一樣突然說道。

眼睛緊緊盯著這個砍斷自己左手腕的人，同時也是切斷自己右手腕人的哥哥，穩穩地，沒有別開視線，以毫不怯弱，毫無逃避的視線與他對峙。

刃渡面對這樣的視線畏縮了。

多麼——多麼炙熱的雙眼。

彷彿要燒燃般的——火紅。

「不重視家人的人——『不合格』。」

「……可笑。那麼請問妳的行為算什麼？」

刃渡說道，那並非完全是虛張聲勢，不過的確也有這樣的嫌疑。

「拜妳所賜——Mind Render要死了，為了幫妳止血，Mind Render把手從自己的傷口上拿開，妳明白——這是什麼意思吧？」

「…………」

「首先是Mind Render失血而死，接著是妳失血而死。妳的行為的結果就是這個。完全沒意義嘛。就像Mind Render說的，乖乖逃走的話還有希望。」

「**希望？**」

伊織對刃渡朗聲笑道。

「那種東西，我才不要呢。」

「…………」

「我也不會讓雙識先生把手放開。我會在雙識先生死後慢慢死去。不要緊的，不要緊的。保護妹妹而死去不正如哥哥所願？是吧，哥哥？」

從後半段起，是對背後的雙識說的話。

雙識聽到她的話，只是苦笑著說道：「真是自說自話的傢伙。」

只是說了這麼一句。

沒有任何動搖。

雙識也應該很清楚……這種現狀，只要放開手，自己就不會死。腹部的傷雖然說是致命傷，但是只要逃出這裡——用伊織當盾牌逃出這裡，然後好好地進行適當的處理——雖然可能性不大，但是希望還是有的，他也應該明白這一點。

為什麼要否定這個事實呢？

難道不想活下去嗎？

只要不孤獨，死也不要緊嗎？

只要不悲傷，死也不要緊嗎？

要說這是信賴的話也不過邪惡。要說這是愛的話也太過醜惡。

真的是——太差勁了。

這兩人——到底是怎麼了。

無法理解，無法理解，無法理解。

無法理解，無法理解，無法理解。

拒絕干涉。

啊啊——

既然如此，只能同意了吧。

『這』是『不同』的。

他們是——無可救藥的。

這是無可救藥的人。世界上存在著這樣的人。

『殺之名』的人外魔境，魑魅魍魎也無法相提並論，無法並列比較，只能加以區隔

——他們就是如此無可救藥的人。

已經超脫了。

難以捉摸。

要比喻的話，就像『她』一樣。

要比喻的話——就像『他』一樣。

價值觀本身就不同。

活在不同的世界中。

相信的東西不同。感覺到的東西不同。

想要的東西，想保護的東西，全都不同。

沒有公約數。沒有公倍數。

不可能有的數字。

不存在的數字。

再怎麼砍也砍不斷。

絕對無法除盡的數字。

零分裂。

零崎。

「夠了！」

重複剛才的臺詞。

這次注入了自己所有的憤怒。就像一個敗北者一樣怒吼著。

就像鬥輸了的狗一樣狂吠。

接著呼地一聲掄起太刀。

「一秒也不會讓你們再活下去！我是敗者也無所謂，只要你們死掉，只要能殺了你們就好！就照字面上，兩刀把你們切成四塊吧！」

「啊啊。隨你的便。」

雙識仍然毫不動搖。甚至像是在說快動手吧。

「啊啊……對了，刃渡君，在這裡殺了我們兩個——下一個做你對手的『零崎』就是——剛才也說過的，多半是我弟弟。別忘了幫我傳話喔。」

「弟弟……到了這種時候還想依靠這種不實際的人。用這種不實際的人能殺死我嗎？」

「啊啊。那傢伙一定會——殺了你的吧？……嗚呼呼，搞不好已經在這附近了。就拜託正義的特攝英雄了。」

「愚蠢至極！說什麼蠢話。」刃渡握好刀，踏步向前。「你們的住處一定是地獄。別在這裡汙染空氣了，快下地獄吧。那個弟弟什麼的也是——馬上讓他去追你們。在那邊盡情地親熱吧。」

說完，早蕨刃渡把太刀揮向無法動彈的那兩人。

為了使一切終結。

◆　◆

「…………」

就在不遠處。

離這裡五公尺遠的地方。

有個少年的身影躲在樹後面。

身高並不高。染過的頭髮綁在腦後，可以看到耳朵上戴著三連的耳環，還掛著手機吊飾。最引人注目的就是藏在時尚的太陽眼鏡下的臉上刺著刺青——不祥的刺青。

少年若無其事地順利躲過了早蕨刃渡、零崎雙識和無桐伊織的注意……

表情卻非常的為難。

應該說，他是一副困擾的樣子。

或者說更像是困擾的樣子。

表情就像是在鬧彆扭的樣子。

「……原來如此，原來如此，是這樣啊，是這樣啊。剛才的老婆婆的屍體也好，這下事情是全都明白了——」

悔恨地嘮叨著。

「還是老樣子，怎麼這麼糊塗啊？那個大哥。到底在想些什麼？被說成不實際，妄想什麼的，要人家怎麼登場啦！」

（早蕨刃渡——試驗開始）

（第九話——結束）

第十話 零崎人識

早蕨薙真和早蕨弓矢過去曾經遭遇過『食人魔（Man eater）』，第一次理解到世界上的確存在無法用自己的裁量來決定的『無可奈何之事』，理解這一點的所需的時間，幾乎是不相上下——

早蕨刃渡遇上了這世上最惡劣的東西。

「那副眼鏡——真是不錯的眼鏡。」

那副身形——首先就讓刃渡感到退縮，若是和服打扮，雖然已經見慣了弟弟和妹妹身穿那樣的衣服，但是對方身穿雪白衣裳，宛若死者的裝束，衣服緊緊地貼在乾瘦的身體上，讓人光看就覺得冷颼颼的，感覺就像目睹柳樹下的亡魂一樣，看不清亡魂臉上的表情——因為他臉上戴著奇怪的狐狸面具。

「你——你到底——是誰？」

「『你到底是誰？』呵。」最凶惡的狐狸，重複著刃渡的話。「真是不值得一提的問題啊，我是誰並不重要——不管現在我有沒有報上姓名，其實都是一樣的，早蕨刃渡——我聽說過你。」

「……」

「雖然年紀輕輕的，而且還是分家出身，但是你的辦事效率已經遠遠超過『匂宮』裡頭的精銳了——不是嗎？」

「——你過獎了，這只是流言蜚語，壞事傳千里罷了。」

「『壞事傳千里』？呵。」最凶惡的狐狸又再次重複刃渡的話語，可是卻好像沒有聽進去似的，接著講起毫不相關的話題。

「罷了，不管是強是弱，是優秀還是愚昧，對我來說都沒有太大的差別——就是如此，那都是一樣的，沒有任何差異。」

「什麼——差異都沒有嗎？」

「是啊，不管強或弱，全部都是一樣的，這世界上所有的事物都是由同樣的東西構成的，不管是什麼或是不是什麼，在本質上都是互相關連的，結果就是一樣的——世界上沒有不一樣的東西存在，不過……儘管如此，還是有些地方不能退讓，應該有吧？早蕨刃渡？」

「…………」

刃渡——把意識集中在腰間的太刀上。

他覺得——殺得了。

更別提對方滿是破綻。

要不殺這種人——反而還比較困難。

奇怪的是——不知道為什麼就是出不了手。一點也不想拔刀砍過去。

總覺得——好像不可以拔刀砍殺他。

「你——到底是誰？」

刃渡問了第二次，最凶惡的狐狸只是笑了笑。

「早蕨刃渡。」接著，他第三次呼喚刃渡的姓名。「我啊——該怎麼說呢？我打算把所謂的**怪人**都聚集在一起，不管會有多少人，總之，能聚集多少，就聚集多少……不，大概不會有什麼人過來吧？」最凶惡的狐狸沉默了片刻，突然好像靈光乍現似地說：「對了，對了，十三個人正好，就是集合七位『殺之名』和六位『咒之名』的意思，也算是個不壞由來呢——加上八個玖渚或是四神一鏡一起算，其實也行——應該就是為了對他們表示尊重吧？至於名字——這次我會想個品味不錯，而且又好聽的名號。」

「……」

刃渡仍沉默不語，最凶惡的狐狸「哼」地截斷話頭，然後指著刃渡，繼續說：

「你這傢伙——可以充當我的眼鏡啊！『早蕨』的事情就交給弟弟妹妹，來加入我吧！」

「——！」

他——戰慄了。

沒有任何理由，身體開始顫抖。全身一陣麻痺。

感覺像是——站立的地方突然塌陷了。

簡直就像，被這個世界給否定了似的。

簡直就像，否定了這個世界似的。

就因為——這一番話。

啊啊——

這時候。

這時候，早蕨刃渡理解了。

這個人——眼前這個存在到底是什麼。

是嗎——原來是這麼一回事啊？

難怪他不想殺了他。因為根本不可能殺得了他。

對於最凶惡的事物來說——生和死應該都是一樣的吧。

生是——很嚴苛的。

死是——很艱困的。

兩者是——相等的。

看起來——完全就是一樣的東西。

全部都是一些可以取代的東西罷了。

對於這個最凶惡的東西來說，沒有必要選擇，也沒有必要決定。

層次不同。階段不同。領域也不一樣。

最凶惡的東西對於全部都一視同仁。

和早蕨刃渡完全不同。

而現在——正是這個『不同的事物』向自己提出邀請。

這個事實——給了他一個選項。

被給予選項這個事實。

自由——現在就在自己的手中。

在這雙手中。

「你可別搞錯了喔——我可不是看好你的劍術或是因為你很強才提的，武鬥派的話，只要有匂宮兄妹就足夠了——對我來說，還是比較想組織一個充滿知性的集團，是啊，就是這樣，現在出夢應該已經去找你的弟弟妹妹了吧——」

「出夢——是『食人魔』出夢嗎？」

他很清楚——這個稱呼是什麼。

匂宮雜技團最大最強的——失敗作品。

「如果你的弟弟妹妹可以突破出夢這一關……那個，叫什麼名字啊——薙真和……弓矢——是叫做弓矢嗎？那麼他們也可以加入十三個人的行列，總之，現在我只邀請你一個，早蕨刃渡。」

「…………」

「你雖然還不算很嚴重，不過已經有一定程度，差不多有點脫離常軌了。**你有資格成為故事中登場的人物**。你很難找到替身來取而代之，沒錯、沒錯，有很大的可能性，可以發揮無從取代的功用，你是一個怪人，所以你——很有意思。」

「…………」

「我希望這個世界趕快終結，我實在很想知道，這麼有趣的世界——到底會怎麼劃上句點呢？」

「…………」

「我想要——看到世界的末日。」

世界的——末日。

為了想要看到末日到來，便自己打造出一個。

這樣的念頭——就已經宣告了結局。

最凶惡的——念頭。

「到時候你就站在我的右手邊吧！你的存在可以成為我的右手，你這個人**不應該在這種地方或是那種地方**，去取代別人的角色，『早蕨』這個名號，充其量也只不過是繼承某個人而得來的吧？去追隨這樣的東西，又有什麼用？人類只要追隨『命運』就夠了，你要扮演的角色——你的命運，就由我來決定。」

真是——太尊大了。真是——太傲慢了。

真是——太罪惡了。真是——太凶惡了。

「來吧——刃渡！做出抉擇吧！」

「跟我走吧——會很快樂的！」

——結果。

刃渡斷然拒絕這個邀請。

他並不是沒有任何畏懼。也不是對於自由感到困惑了。
這些弱點都和刃渡無緣。
其實，他心裡的確很想跟著這個人一起走。
就像是——把自己的命運交給這個最凶惡的人。
不——**他是想試著被要被命運所左右**。
一起到某個遙遠的地方去。
拋棄這一切——丟下這些不管。放棄一直背負到現在的所有事物。捨棄『那副模樣』的自己。
想要變得——一切都完全無所謂。
然而，刃渡並沒有這麼做。
他們——『早蕨』的三兄妹，本來三個人就是同一個，是用『那副模樣』製作出來的，如果只有刃渡，或是只有一個人的話，或許倒還無所謂——他不認為若是自己脫離『早蕨』，光靠薙真和弓矢還能維持下去，本來就是如此，從一生下來——在出生之前，被創造的時候就是三個等於同一個了，用『那副模樣』養大的三個人如果分散了，要是只有自己一個人脫離出去，跑到某個地方，總覺得有種奇怪的感覺，因為三個人在一起本來就是理所當然的——他是想的這麼，如果不再覺得理所當然，那就太奇怪了，如果要用話語來說明，就是這麼一回事。
他並不會後悔。大概是生下來第一次，刃渡自己選擇了自己的人生。所以——對於選擇和決定，就沒有感到後悔的道理。

只是，要是說他事後毫不在意，那也是騙人的。

那應該是自己人生當中，最後的分歧點了——當然事後不可能不會在意，那麼重要的抉擇、那麼重要的決定——自己卻為了『覺得奇怪』，這種程度的理由而推辭了。

奇怪。奇怪的感覺。

這樣的感覺——一般而言，應該是某種類似親情的感情，但是沒有人教過早蕨刃渡這一點——總而言之。

之後——早蕨刃渡就明白了。

不由分說地明白了這一點。

就像是早蕨薙真和早蕨弓矢明白了什麼叫做『無可奈何之事』一樣——這個世界就是如此地無可奈何，就是會有最凶惡的東西存在。

而且——早蕨刃渡知道，最凶惡的東西和故事情節無關，他就好像位居故事的外側，就好像被狐狸給施法迷住了似的，就好像一直在旁觀這一切似的——一定會在最凶惡的時間點登場現身。

——哥哥。

妹妹——問過他。

——所謂死亡，到底是怎麼一回事？

——所謂殺人，到底是怎麼一回事？

他其實答得出來的。他真的可以回答的。
刃渡知道那個答案是什麼。
他知道明確的答案何在。
明確到實在過於清楚明瞭了。
所以沒有人想去詢問。
所以沒有辦法回答。
所以沒有辦法回應。
被問到了——就會忍不住去思考。
一思考——就會忍不住想起來。

會不由得想起來這一點——這一切不都是一樣的嗎？

◆　◆

——突然地。

——突然出現了。

在早蕨刃渡的眼前，零崎雙識的眼前，還有伊織的眼前——存在著一個打扮怪異的少年。沒有任何預兆，沒有任何前兆，只能說登場的時機非常唐突，突如其來的登場完全無法說明，只能解釋成少年是抓準他們三人同時眨眼的一瞬間而登場的。

身材並不算高大。染過的長髮綁在腦後。耳朵露出來，有三個耳環，還掛著類似手機吊飾的東西。然後，最引人注目的是流行太陽眼鏡後面——隱藏著不祥的刺青。

這個看不到、聽不見，甚至連肌膚也感受不到的少年，只是理所當然地突然出現在舞臺上，刃渡揮舞的太刀，不知所措起來。雙識和伊織也一樣。刃渡一清二楚地看出他們那堅定的決心，因此像一片曖昧的霧氣般已經煙消雲散了。

「——恕我冒昧，就在這兒讓我考察一下我和『那傢伙』的不同之處吧。」

少年摘下太陽鏡，收入背心中，突然這麼說道。不是對刃渡說，不是對雙識說，也不是對伊織說，他的話並不是對著這三人說的，但是，也並非獨白。就像是——對了，他選擇詞語的語氣，就像是對稱為神的存在所發出的宣戰。

「宛如映射在鏡子中一般，同一而又相反的我和『那傢伙』之間，可以稱得上是絕對的唯一的不同點——就是『那傢伙』是無藥可救的『溫柔』吧。『那傢伙』因為那份『溫柔』，而無法原諒自己的『軟弱』——總而言之就是那麼回事。所以『那傢伙』不得不變得孤獨。『那傢伙』的錯誤，『那傢伙』的愚蠢就在於把那份『溫柔』應用到他人身上。只要乖乖地愛著自己不就好了嘛。『溫柔』這種東西既非優點也非長處——還不如說是生物的『缺陷』，這一點用不著我多說吧。它不僅威脅到生命活動，甚至阻礙了進化。那已經稱不上是生命了，只是個結構簡單的無機物了。已經完全稱不上是個生物了。所以我把『那傢伙』叫做——『不良製品』。」

然後他突然滴溜溜地轉向刃渡。

刃渡看到他眼中寄宿著的黑暗，不禁後退了一步。在少年的眼眸中，存在著簡直像是把這世間全部的混沌吸盡，混雜在一起燉煮那樣奇異的無底的黑暗，陰暗的眼眸，與他那嘿嘿地大笑著的表情，完全不相稱。

黑暗。多麼黑暗。

就像被吞噬乾淨一般。

一瞬間理解了。

這傢伙——會殺吧？

就算對方是毫無力量的純潔小嬰兒，只要出現在他眼前，就會因為這樣的理由被殺死吧？

「與他相反——我一點也不溫柔。連溫柔的碎片都沒有，那便是我。然而我無論如何也無法原諒自己這種『堅強』，也就是所謂的『不溫柔』——不能原諒即便孤獨也完全不在意的這種『堅強』。因為不溫柔的話，也就是不被溫柔對待也無所謂了。像我這種不需要任何他人作自己的夥伴和家人的人，還能稱得上是人嗎？生物之所以稱為生物就是因為它們是群體生活的。如果是獨立生活的話，就脫離了這個定義，必須從這裡排除，作為生物算是『失格』了。啊哈哈，這還真是天大的笑話，我雖和『那傢伙』處在相反的位置——得到的結果卻是相同的。完全、完全一模一樣。各自有著不同的路線，然而出發點和目的地卻一樣——實在是可笑啊。我是殺死肉體，『那傢伙』則是殺死精神。別說他人了，甚至不給自己留活命，不給任何東西留活命。和生物的『生』字如此不合拍的人外物體，又或者說是障礙物體。這樣的人也沒必要接受測驗了——所以『那傢伙』是這樣稱呼我的——他叫我『人間失格』。」

少年說到這裡停了停。

「真是——傑作啊。」

然後他背對刃渡，把身體轉向幾乎處於瀕死狀態的雙識和伊織。

「……你這傢伙——是什麼人。」疑惑的刃渡對著那背影問道。

「零崎人識。」

少年依舊背對刃渡，回答道。

「現在——我只能報上這個名字吧。」

他轉向幾乎處於瀕死狀態的雙識，「啊哈哈！」地，少年——人識發出了滿是惡意的笑聲。

「怎麼搞的啊，怎麼搞的啊——還虧我想在離開日本前，反正難得嘛，順路來把你做了呢！順便來找找那把奇怪的大剪刀——結果你自己一個人搞得半死不活，難看死了啦！」

「……半年沒見，你還是一點都沒變啊，人識。」

雙識用稍稍恢復了些平靜的語調回應弟弟的謾罵。表情中驚訝占了一大半，不過刃渡確實也從他臉上看到了那麼一點點，該說是什麼好呢——『安心』，不，是『安詳』。從剛才的反應來看，對雙識和伊織來說，這個新『零崎』的登場是預料之外的事——不對，和那些沒關係。

只要是零崎的人，就必須殺掉。

只要是自己的敵人，不管用什麼手段都要除掉。

看起來雖然是三對一，實質上和一對一沒有什麼兩樣，高舉的刀刃，刃渡把刀刃從後面瞄準了少年的後背——

打算從後方砍過去，這時候卻突然發現**高舉的刀刃不能動了**。即使用力把刀劈下去，刀仍然絲毫動彈不得。

「——怎麼，這是……」

「——那玩意，叫做曲弦線啊。」人識稍稍回過頭。「不是開玩笑的，這玩意兒不是刀子能砍斷的喔……你等著啊，現在給你解開。」

這樣說著，人識把手伸向天。同時，四處傳來**咻咻咻**的聲響，如同摩擦又或是劈開空氣一般的聲音，下一個瞬間，刃渡刀上的束縛被解除了。

「——！」

刃渡無法理解這突如其來的現象。雖然無法理解，但是硬要去理解的話只能認為眼前的這個『零崎』是使用暗器之類的武器嗎……？不對，跟暗器也有些不同——

他慌忙地退後拉開距離。在不知道對手的武器是什麼的情況下，和人識維持這麼近的距離非常危險。少年「啊哈哈」地笑著，就像對刃渡的動作毫不在乎一樣，放下了伸向天空的手。

「『極限技』……」

雙識用非常清楚的聲音向人識詢問道：

「你這小子……什麼時候，在哪裡學到這種『招術』的？」

「啊？我可不是毫無意義地在全國各地流浪的。我也會變的啊。就是所謂的曲學阿世（註13）吧。就連你怕得要死的那個『鷹』也讓我遇上了一回。雖然最後我應該算是贏了一半左右吧，可惜從結果上來說應該算是打成平局吧。」

「…………」

「不過，畢竟這個『曲弦』——本來就不是適合我的技能。幾年前和一個叫『病蜘蛛』的怪女人結成統一戰線時學會的，之後過了很久，至今射程距離還沒超過三公尺。所以跟小刀也沒什麼區別。我果然還是比較喜歡用刀子。能從各個角度出其不意地攻擊倒是很方便，不過用這種玩意兒，我總覺得有些姑息卑鄙呀！」

「那、那個，你是——」

接著，被雙識抱著的伊織也打算向人識詢問什麼，但是卻被人識粗暴的蹬地聲給淹沒了。

「別叫地這麼親熱喔，大姐。」人識用睥睨般的眼神俯視伊織。「先說在前面，我可

13　歪曲或違背自己的學識以投世俗的喜好。

完全沒把大哥以外的『零崎』當成是家人。更沒有道理要幫助初次見面的妳。啊啊，不對……」人識說到這裡，很為難地抓了抓頭。「仔細想想，我也沒有道理要幫助大哥啊？何況本來我就是來殺大哥的耶！」

「…………」「…………」「…………」

那你到底是幹什麼來的，除了人識以外的全體人員都露出這樣的表情。突然出現卻什麼目的都沒有，還真是古怪。零崎人識的態度曖昧且模糊，就好像是『隨波逐流，順其自然地行動，然後，不知不覺地就變成了現在這個樣子』。

「……那麼，」

但是先不管那兩人，也不管人識自己是怎麼想的，至少對刃渡來說人識是『敵人』這一點沒有任何改變，他必須、也應當殺死眼前這個臉上有刺青的少年。不管對手是怎麼打算的——

只是，之前的攻擊——還不知道該不該稱為攻擊，被雙識稱為『極限技』的『那個東西』也有警惕的必要。對於專長是近距離的刃渡，擁有與暗器相近性質的那個技能正是天敵。說射程距離是三公尺是真的嗎——不，還不只是那樣。這個少年仍然有隱藏著什麼『技能』的可能性。對手是未知數，而這邊也沒有什麼對策的情況下，現在應該立即撤退嗎——但是現在這種情況要撤退的話也太浪費了，**自己的立場居於壓倒性的有利呢**，現在撤退的話，萬一雙識與伊織可以被救活，到現在為止的辛苦就全都成了一場泡影了。

——薙真。

弟弟喪失性命——變成了一場空。

——弓矢。

要是妹妹在的話——這個場面就容易解決了。

什麼嘛。結局是這樣嗎？

『早蕨』——三個人其實都是同一個。

這真是——太愚蠢了。

只不過是無聊的感傷罷了。

如果有時間思考這種事，還不如——

「——啊哈哈。」

接著，人識突然愉快地笑了。這次的笑，連一點惡意都沒有，只是純粹的『滑稽得可笑』那樣的笑容。

「**果然是這樣啊——那也是正常的吧！那是理所當然的反應吧**，嗯、嗯。」

「…………？」

「沒事——總之專業的選手，對於連什麼來頭都不知道的對手是不會胡亂行動的吧。」

「……那是，當然的吧？」

舉著刀回答人識，但是人識這邊沒有任合理會刃渡的行動。與其說是從容的樣子，倒不如說是對這邊的情況完全看透了一般。

「話說回來。剛剛在離這邊不遠的那個小屋裡——有個跟你長得一樣的小子，**那傢伙朝我飛撲過來**。『零崎——！』這樣地大喊著。這是怎麼一回事啊？」

「…………」

弟弟不是被伊織，而是被這個少年殺死的嗎？但是，會讓那個看上去輕浮，實際上謹慎無比的弟弟情緒那麼激動的對手到底是——對了，仔細一想這個少年的特徵是臉上有刺青——就是妹妹的『仇人』的那個『零崎』。

「是——你嗎？」

「是啊，**那個傢伙就像是認識我一樣**。就好像把我當作已經認識的『敵人』一樣。也就是說，**正因為我不是『未知的敵人』**，所以才安心地向我撲過來的吧。但是你沒注意到這裡有矛盾的地方嗎？帥氣的武士先生？」

「……什麼？你到底想說什麼？」

「**如果認識我的話——反而不會胡亂地衝上來才對呀**！畢竟是在這『曲弦』面前，能夠清楚地看到這是多麼危險的行為——即使『**看不到**』也能明白才對，只要是把我當作『已認識的敵人』的話就一定能明白。」

「…………」

「只要是曾經跟我廝殺過的人——認識我的人——**就絕對不會採用突擊**，那只不過是自殺行為罷了，如果他是有自殺志願的傢伙就算了，可是他也不是什麼小角色，他是你弟弟，更何況還是個專業選手呢？」

「但是……那是。」

雖然只是細節而已，但是被他這麼一說還真是一個合理的疑問。就比如零崎雙識，正因為是與早蕨刃渡『初次見面』，因此才會落入刃渡準備好的陷阱中，但是那個手段不可能再用第二次。這本身並不是什麼大不了的事。刃渡也不認為，這樣的手段對同一個敵人能兩次奏效。像雙識那樣拘泥於單一的武器，單一的風格的人，反而是很稀有的，一般人都會有複數模式。那麼，見過人識一次的早蕨薙真——應當就不會這樣輕易地中剛才這個技能的圈套。

事情不太對勁。

存在矛盾。

「什麼意思？我不明白。是因為——你和薙真第一次見面時沒有使用那個奇怪的技能嗎？」

「你啊，**那樣說就錯了喔**！先說好了——**我對你那張臉可是完全沒有印象喔！**」

「——你說什麼？」

「**我跟你的弟弟——是初次見面喔**。」人識非常粗魯地、厭煩地說道：「**遇到你弟弟可是剛剛才發生的事——關於你妹妹**，那個，算了，我**沒有殺死你妹妹**，那完全是冤枉啊。」

從他那理所當然的語氣來看，這個零崎人識，大體上是掌握了現在事情發展的情況。他是為了尋找『大哥』而四處收集情報？還是透過雙識和刃渡殘留的痕跡和線索獨自進行推理——總而言之，他是以與刃渡相同程度地，不，是在更高的地方俯瞰著現在的狀況。

……可是。

現在這番話不能當做沒聽到。

「你說是冤枉——的？這是什麼意思，不清不楚的。」

「就是字面上的意思，冤枉還有除了冤枉以外的意思嗎？再說了——你也知道吧？就像這位戴眼睛的大哥剛才解釋的那樣，『零崎』從不會放過敵人——**你的弟弟一直到剛剛還活著，之就是前沒有與我見過面的證據嘛！**」

「但是——妹妹她。」

「啊，那是當然。既然你這樣說，而且你的弟弟情緒那樣激動，你『妹妹』被殺掉這件事，應該沒錯吧？我沒有說誰在扯謊啊！**所以說，殺害她這件事，應該是別的哪個傢伙幹的好事吧？**」

人識很乾脆地說出這些話，

所有的前提全部都被推翻了——

當然了——刃渡沒有因為這樣的話動搖。雖然沒有動搖，可是仔細想想那些話便發現很多地方可以得到解釋了，在腦海中的某個角落裡漸漸理解了。

沒錯，是『不夠犀利』。

即使在與『零崎』產生『敵對』——薙真還能夠活著回來這個事實、只有弓矢一個人喪命這個事實，如果是沒能成功殺掉對手，讓他跑了的話還好說，**然而對方沒有當場逃走，就連之後也沒有人追殺，這個現實就——**

這件事。

這件事——到底該怎麼解釋？

「你在說……什麼。那麼，你說是誰幹的——」

「嗯？你要自己想啊！那我怎麼知道？雖然不可能知道……如果硬是要我舉出一個嫌疑犯——對了，旁邊那個被砍成支離破碎死掉的老婆婆怎樣？」

那邊那個被砍成支離破碎死了的老婆婆。

時宮——時計。

這次事件中，早蕨的協助者——準備了『操縱人偶』數十個，並且也參與戰鬥的協助者——

『咒之名』六名之一，時宮。

「時、時宮——」

「啊啊，果然是時宮啊，那個老婆婆。我的確是想到了會不會是『咒之名』中的誰啊？而且還不是分家，而是本家啊？是啦是啦是啦！」人識聽到刃渡的話，用力一拍膝蓋：「這不就明白了嗎。那個老婆婆的話，身為『時宮』，能夠使用擅長的『術』，只要運用操想術之類的——就能夠漂亮地騙過你的弟弟妹妹吧？這種程度的事情應該做得到吧？你說呢？」

「……………！」

時宮時計——面對零崎雙識所採用的——或者該說是她常用的戰術就是，所謂的『擬態』。向對戰者——不，向『對象者』施以操想術，將其引入幻覺世界之中，讓對方把她認作別的人物——多數場合是被稱為『死色的深紅』的超越性的存在——然後輕而易舉地獲得勝利，也就是和『匂宮』互相究極對立的手段。這次是對雙識使用了，然後被識破了——

但是。

關於那個操想術最值得一提的特徵就是——

如果不被識破的話，就永遠不會注意到這點。

通常並不會意識到自己已經著了道——這次雙識之所以能從術中逃脫，只是他偶然對於『她』有著比時宮時計更多的知識而已，否則，雙識肯定會連自身已經落入敵人的術中都不知道，就這樣丟掉性命了吧？然後，丟掉性命之後仍然會一直認為自己是被『她』所殺死的吧。

而且——

即使沒有丟掉性命也是一樣的。

就算『擬態』的人物不是『她』，情況也一樣。

如果能調換世界本身，那麼沒有注意到的東西也無法注意到。因為沒有東西可以比較，如果不是直接的東西——就不會察覺。因此『咒之名』不論是敵方還是友方都是令人不快的存在。他們的術不只欺騙敵人——偶爾也會欺騙同伴。還是毫不猶豫地，盡情地欺騙對方。不，不僅如此——如果從『術』的性質上考量，他們的『術』反而對友方更有效果。

不對。

不對、不對、不對。

對於『他們』——對於六位『咒之名』來說，從一開始就沒有敵我方的區別。『他們』本來就不是在這種價值觀之下活動的。

——所以才可怕。

——要詛咒別人，反而會損及自身。

「老婆婆的屍體旁邊有一棵大樹，樹上釘著塊紅色的布——那不就是術師經常使用的手法嗎？用這個角度看來，這整座森林看起來也非常可疑耶！看了看屍體的傷口就知道犯人是大哥了，從那種粗糙的程度，也可以看出大哥一度陷入了『苦戰』，也就大致可以想像到『術』的內容了——」

人識滔滔不絕地說著判斷出『老婆婆的屍體』是『咒之名』的理由，但是那些聲音並沒有傳入刃渡的耳中。

豈有此理，真是豈有此理——

如果刃渡——我們『早蕨』真是被那個狡獪的老婦人玩弄了的話——那可真是。

「哼！無聊的胡言亂語——」

「胡言亂語嗎？」

人識忍不住呵呵地笑了，笑得彷彿是因為『胡言亂語』這個詞本身很可笑一樣。接著，慢慢地開始走動，從剛才所在的位置離開，宛如在舞臺上講解的名偵探一般。刃渡毫不鬆懈地把移動著的人識的身體保持在自己的正面，然而人識對此卻好像完全不在意，保持著平靜。

「對了——如果薙真跟你是初次見面的話，那當初薙真的眼裡不可能看得到你的臉。要在幻覺中『認識』到不知道的『知識』——這是不可能的吧？」

「這當然有可能了，把這種不可能的事做到才稱得上是『詛咒』吧！什麼都不知道的小嬰兒也會做夢吧？同理啊，僅僅是製造身形的假像根本沒什麼困難的。只要一張照片或一幅畫像被視野捕捉到，人就會在記憶裡認識到它吧？人的大腦本來就是不可靠的啊！只要外表模仿我的長相，接著，對了！再引發你弟弟或是妹妹記憶中的『恐怖』就行了啊？活在這個世界上，一定會有恐怖的回憶吧？不過我倒是沒有啦！」

「但、但是——」

但是。卻說不出話來了。

「而且，如果以你那個說法是對的為前提的話，給大哥看『深紅』的身影也變成了不可能。大哥雖然知道『深紅』，但並沒有見過。如果碰到面，就和你弟弟那個原因一樣，現在就不可能還活著了。除了我之外，誰遇到『深紅』都不可能活下來。『時宮』能夠通過改編資訊來隨意地顯示映射，這才叫做操想術的能力吧？」

「可——可是。」

可是。可是——沒有下文了。

該怎樣反駁他才好呢？

例如『時宮』讓薤真和弓矢看到『零崎人識』的幻覺——這哪裡有矛盾？不，打從『咒之名』出現的那一刻起，還要繼續強調矛盾與不和邏輯的地方，從一開始就偏離了常理。『殺之名』還算是遵從物理法則的戰鬥團集團——而『咒之名』則是無視世界本身，應該受到唾棄的非戰鬥團體。

「但是——『時宮』讓薤真和弓矢見到的不是『Mind Render』也不是『Seamless Bias』，而是『零崎』中誰都不認識，而且默默無聞的你這點，說不通吧——」

「不相信嗎。不過這種程度的『疑心』，比起不管是惡意，連好意都會起疑的『那傢伙』來說，根本算不了什麼，對於你這個問題我的回答是，因為我是『零崎』中最不合群的一個，用我的『擬態』是最不容易暴露的。因為默默無聞，所以才被選上了，既然不是以打倒對手為目的，那麼就沒有理由使用有名的人。不是嗎？」

「……咕。」

「而且，我可是有『不在場的鐵證』喔。那個時候我可是正在京都忙著殺人呢——好像總共做掉了十三個人吧。啊，不對，在『那傢伙』的時候失敗了一次，結果大概是十二人吧？總之根本沒工夫對你的妹妹下手——不過，要是混在那十二人當中的話，就另當別論了。」

「………」

「不過想起來還真是可笑啊。**因為正忙於殺人——反過來成了不在場證明**。啊哈哈，這可真是傑作啊。」

「但，但是——『時宮』有什麼理由那樣做——」

「理由很明顯啊！實在明顯得讓人困擾啊！『早蕨』說起來就像是『匂宮』的手下一樣吧？然後，『時宮』則是處在正好相反的位置上。那麼，他們想讓『匂宮』與『零崎』互相廝殺，這也不什麼值得不可思議的事吧？」

「……」

刃渡確實也這樣想過。時宮老婆婆雖然說『零崎』還欠她什麼的，當然刃渡並沒相信她的話，『時宮』這次與『早蕨』聯合——是想找機會把雙方一起幹掉，絕對不是出於什麼善意，這點他很清楚。即使那樣也無所謂。刃渡他們有自信即使『敵人』是『零崎』也能戰勝，就算『時宮』有什麼企圖，對他的野心來說，並沒有多大的危害。

但是——**如果『時宮』事先準備好了一切**，為我們『早蕨』製造和零崎一賊敵對的『理由』——然後又準備了『道具』的話，情況就會一下子從第一象限變為第三象限了。

刃渡自己和薙真不同，無論如何都不會對自己的行為抱有疑問，也不會把報仇、報復之類的感傷帶入自己的人生，就算他知道薙真被殺了——他也只會認為那是代表弟弟太弱了，就算聽到弓矢被殺了——那也是因為妹妹太弱了，他只會這麼想。

但是，然而——

這也不代表他不想要替弓矢報仇。

如果說他不理解薙真的心情，

那也是不對的——

三角當中缺了一角——非常地，奇怪。

感覺非常奇怪。

那是一種——喪失感。

忍不住會去想——

事情為什麼會變成這樣呢？

「我——我們——」

被愚弄了。被欺騙了。

所以——才會變成這樣的嗎？

即使是遵從自己的意志而行動的。

即使是按照自己的意志而行動的。

那是在已經精心策劃好的舞臺。

那是用已經精心策劃好的劇本。

依照劇本上演的鬧劇。

完全就是一個大笑話——

完全就是逗笑的小丑。
「我——我們三兄妹，竟被『時宮』這種汙濁的傢伙——算計了嗎？」
聲音中沒有摻雜動搖。本應沒有摻雜著的。自己可不是會為這種事動搖的人。沒有動搖。理應不會動搖的。冷靜下來。冷靜下來。有理由要相信這種突然出現的、身分不明的『零崎』的話嗎？
理由。
理由。理由。理由。理由。理由。
理由。
「哈哈——算了，那些怎麼樣都行，『早蕨』的小哥。欺騙什麼人還是被什麼人欺騙，跟現在的狀況一點關係都沒有，跟現在的世界也一點關係都沒有。反正世界就是充斥著欺騙與被欺騙的嘛！」
然後人識突然把手插進背心，回轉著取出了蝴蝶刀。在刃渡看來威力跟玩具沒有分別的，粗劣的刀具。可是人識卻仿佛拿著大口徑手槍一樣，帶著自信大膽的目光亮出了小刀的刀鋒。
「我是殺人鬼，而你是殺手。我們之間沒有什麼不同，都跟畜生一樣。都是有武器就不需要言辭的人，毫不客氣，肆無忌憚，毫無顧慮，如同呼吸一般地殺戮，為了呼吸而殺戮吧！我身為殺人鬼，雖然只有最低等的力量，但是殺人技能並不比『匂宮』差。至今為止只有兩次沒有殺掉對手，其中一次是與鏡中的虛像交手，還有一次是與人類最強交手。除此之外，幾周以前在我面前出現過的人沒有一個還活著的。機會難得，這次我就稍稍奉陪一下你演的小丑戲碼吧？跟『那傢伙』不同，我可是一點都不溫柔喔？　我會把你殺死、肢解、排列、對齊、示眾的喔！」

說話的同時投來的視線——毫無疑問就是『零崎』的視線。刃渡慌忙重新舉起在聽著人識講話時不知不覺放下的刀。

距離還很遠。

但要衝過去的話，不需要一眨眼的時間，就能衝到人識面前——不過那傢伙有著來歷不名的技能。再說，也不能冒然衝向『未知的敵人』——是不可能做這種事的。

「來吧！廟會也該到高潮了。點綴這無聊故事的最終決戰，就像黑白棋一樣，來光明正大地一分黑白高下吧！」

「……確實。」

總之——要好好地觀察。

不管那究竟是什麼種類的技能——不可能事前沒有任何預備動作就能施展出來。而且還有前面說的手伸向天空的那個動作——但是，也有可能是手放在口袋中就能實現的，極為細微的小動作。不管是那一種，只要不看漏——就能占上風。

就應該——能占上風。

「……………」

但是，即使占了上風又有什麼意義呢。如果刃渡自己只是個被任意操縱的傀儡的話——勝利就並不是刃渡的。不是薙真的——也不是弓矢的。

什麼都不是。

什麼都不是。什麼都不是。

什麼，都不是。

「…………………」

接著。

突然，人識開始**噗哧噗哧**地笑了。

同時，舉起的小刀也放下了。

「——什麼嘛！看看你那樣子吧。」

「不——該怎麼說呢。」他諷刺地歪著嘴唇，臉上的刺青因此扭曲著。「我只是突然想到，這可真是方便啊——原來如此，怪不得『那傢伙』會深陷其中呢，我開始明白了。」

「……你在胡說些什麼？」

「在說什麼？那還用說嗎——」

人識一邊說著，一邊解開了綁在腦後的頭髮。散開的長髮向前落下，正好把人識臉上的刺青遮住。在那個瞬間，人識那輕浮的笑容完全消失——變成了寒氣逼人的眼神。

「——都是戲言啦，蠢貨。」

那一瞬間。

刃渡的胸前生出了兩把刀刃。

「……什麼？」

不明白，發生了什麼事。

雖然不明白，但那也不需要什麼領悟，已經是致命傷了。一把刀對準心臟，另一把對準肺部，兩把刀同時瞄準，並確實地刺穿了刃渡。血宛如決堤一般溢出。肉露了出來。**這刀刃——這刀刃似曾相識，沒錯，這是零崎雙識的——**

『自殺志願』。

「嘎，啊——**啊啊啊啊啊啊啊啊啊啊啊。**」

與其說是痛倒不如說是熱。

與其說是熱倒不如說是冷。

好冷。實在是太冷了。

一面忍耐著那種感覺，一面把頭向後方勉強地轉過去。

嘴裡銜著『自殺志願』握柄的無桐伊織，像貼在刃渡背上一樣把利刃深深地插入他的身體。

「啊啊，原來如此——」

鬆開嘴裡的把手，伊織這樣說道。

露出淡淡的，恍惚的笑。

「比想像的更差呢——『殺人』的感覺。」

「什——什什什什。」

是我大意——了嗎？

不，我沒有大意。

真要有的話——那也不是大意，而是動搖。

因為人識的話而動搖了，沒有注意到周圍的情況。雙識和伊織——自己已經把他們當成沒有戰鬥力了，無意識中就把他們放到了意識之外。明明他和她直到死的那個瞬間為止都是『零崎』的。老是想著不讓人識離開自己的視野，而完全沒有發覺自己正背對著伊織與雙識。不對，搞不好就連那個都是在人識的策略之內吧。

「但，但是——」

伊織的手腕受傷了。那出血量可不是開玩笑的，一但雙識鬆開幫她止血的手——她就會在動作的瞬間因貧血而昏倒。兩隻手都被切斷，積累的出血量驚人。**怎麼還能做出那樣的動作——**

想到這裡時發現了。

伊織的那隻左腕。

被刃渡切斷的左腕那裡——緊緊纏繞著一圈又一圈極細的線一般的東西，阻止了出血。

線一般的東西——不，那就是線。

「順帶一提，所謂的『曲弦線』就是寫作彎曲弦的線喔。」人識的語氣就像在說著與自己無關的事一樣。「哈哈哈，用大哥的發音說起來就像是『**極限之技**』一樣。」

「嘎，啊——」

人識一開始，突然在三人的正中出現，就是為了首先要先給伊織止血嗎？為了讓伊織進入『曲弦』的射程距離三公尺內才冒著在刃渡的正面出現的危險。對了，是那個時候，從刃渡的刀上回收糾結在一起的『線』的時候——那個時候，裝成在回收，其實是把那個極細的線卷在伊織的左手腕上。

只要完全止血——保留著最低限度的意識，伊織還能動。至少，只要竭盡全力，就可以在刃渡的背上插上『自殺志願』。

「你，你們——」

被——算計了？

被算計了——嗎？

不得不承認。

不管怎樣，還是不得不承認。

自己——中了圈套。

被這個零崎——被零崎人識設計了。

那麼，人識的那些話——算什麼呢？

戲言——嗎？

仔細想想人識的話，其實根本就沒有根據，非常的主觀——把各個不確定點當作前提條件一樣地談論。已經完全說不上是推測或推理了。況且不在場證明什麼的，也不是完全成立嘛！如果說沒殺死妹妹——也就不可能知道妹妹的死亡日期和時間。犯罪時間根本不明確，哪還有什麼不在場證命。對了，而且人識還沒有回答對刃渡來說最重要的問題。『與薙真第一次見面時有沒有使用曲弦線』——可能性應該很高。那個招術的性質，如果能知道的話也就不怕了，也就是說『曲弦』不過就是『暗器』的一種。看字面就能明白，是一種需要隱藏其特點的武器——當然也是種需要預先隱藏使用者的武器。那不是『王牌』而是『暗牌』。事實上，至今為止人識都對自己的『大哥』保密。是在數年前學會的，而遇到大哥是半年前的事，當然會那樣考慮吧。但是他那樣驕傲地向刃渡說明的理由——又是怎麼回事呢？

那些全是謊言嗎，果然妹妹——弓矢是被人識殺的嗎。還是……還是說，他只是把事實誇大，為了勾起我的興趣。如果是為了誘使我動搖的話，應該不會全是謊言——但也不會全是事實。

事實是什麼，到哪裡為止是事實？完全不明白。

模糊不清。

一片汪洋。

不確定。

曖昧不明。

隨隨便便，馬馬虎虎。

含糊不清。
模棱兩可，順其自然。
從哪裡開始是事實，從哪裡開始是謊言——
「戲，戲言——」
「這個也算是曲學阿世啊。我可不溫柔，這一點確實是忠告過你兩次了吧？你都把我大哥殺了，我怎麼還會光明正大地對你呢。」
人識就像在開玩笑似地聳聳肩膀，然後轉向刃渡，把右手掌攤開，擺出邀請一般的姿勢。
「好了，你既然已經理解我的詭計了，也差不多該給我一點讚美了吧？」
「你、你這個卑鄙——」
「喂喂！不是這樣的吧！」
背後傳來零崎雙識的聲音。
雙識全身完全陷入癱瘓狀態癱倒在地上，從伊織身上離開的那隻手，沒有在自己的腹部止血，而是正要往嘴裡塞香菸。
「早蕨刃渡君。你的臺詞不應該是這樣的吧？嗯？這麼一來你的『不合格』就確定了，都到了這最後的最後關頭了，應該『光明正大』地、認真地完成這場混戰吧——因為，彼此都是專業的選手嘛。是吧，『染血混濁』？」
「…………！」

在伊織的雙手無論如何都不能再使用的情況下——讓她拿起『自殺志願』的一定是雙識吧。這是多麼——多麼深思熟慮、老謀深算的團隊合作啊。『早蕨』是三兄妹——使用大刀的早蕨刃渡、使用薙刀的早蕨薙真、使用弓箭的早蕨弓矢——就算如此，彼此之間的心意相通，也不能達到這種程度呢！

不——

不對，那是不可能的。

連用不可能這個詞來形容都不合適。

雖然對雙識或者是伊織來說，人識的登場無疑是意料之外的事，儘管這樣——他們卻像事先經過了周密的商議一樣，這種互相配合的默契到底是怎麼一回事？

難道這就是——所謂的『零崎』嗎？

難道這就是——零崎一賊嗎？

沒有血緣關係，只有流血的關係。

殺人鬼。

殺人鬼。殺人鬼。

明明只是個殺人鬼。

明明只是個殺人鬼。明明只是個殺人鬼。

這樣一來——簡直就像，

簡直——就和我們一樣嗎？

簡直就是無可救藥了——

和我們根本是一樣的嘛？

「你們，全都是——」

說著，刃渡的身體突然倒了下去。

「——最惡。」

對於那句話，雙識只是聳聳雙肩。

對於那句話，伊織只是舉起雙臂。

對於那句話，人識只是攤開雙手。

然後齊聲笑著答道。

「早就知道了。」

（早蕨刃渡——不合格）

（第十話——結束）

最終話
零崎舞織

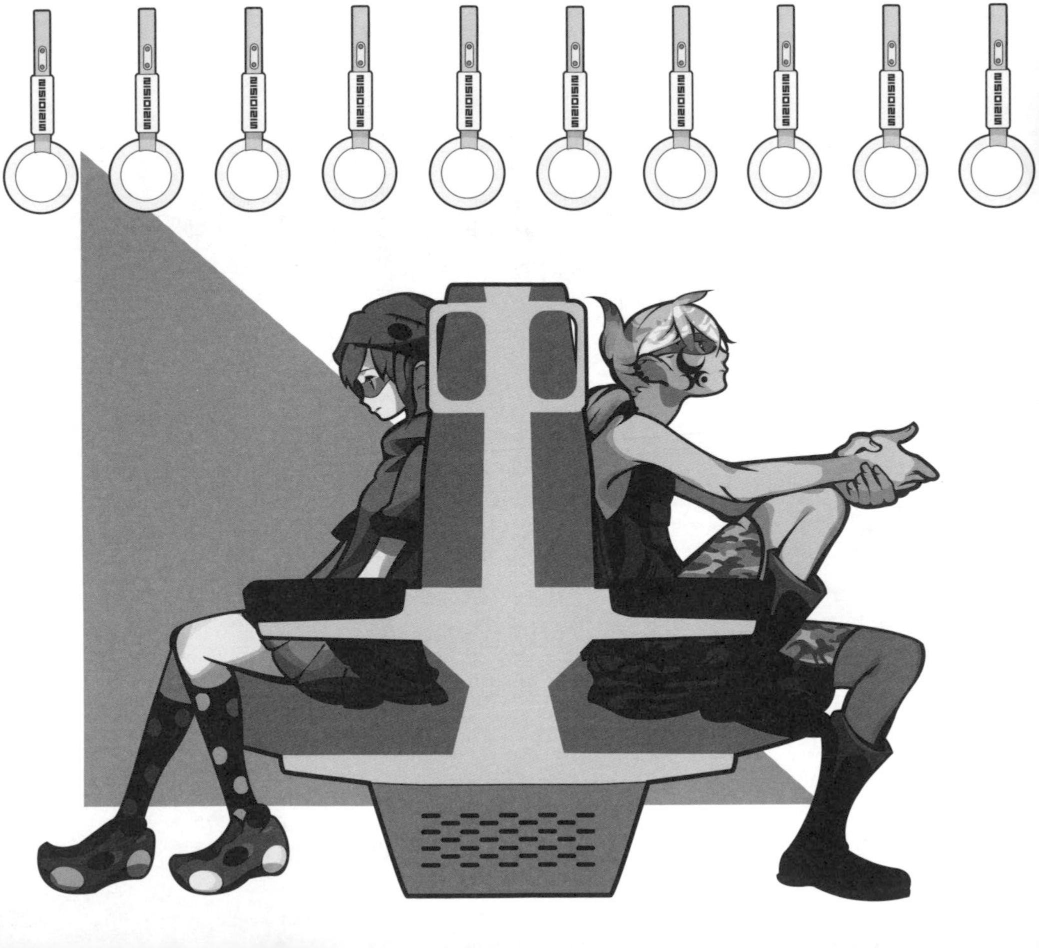

「『人死的時候啊——其中必然具有某種『惡』，或類似『惡』的存在。』——這句話，是大哥的口頭禪啊！」

……這座車廂裡面，僅僅只有兩個人而已。但並非發生什麼特別特殊的狀況，在窮鄉僻壤，非假日的午間電車，大抵都是如此。雖然要說這樣的時間，車廂裡面同時有兩名乘客才真叫做希奇，雖然這麼說，或許稍嫌誇張了點。

一個是，臉上刺青的少年。短褲加安全靴，上半身赤裸著直接披上軍用背心。流線型的墨鏡，右耳上三個耳環，左耳掛著類似手機吊飾的東西。修剪過的長髮綁在腦後。

另一個是，頭戴紅色針織帽的少女。身高比鄰座的少年還要略高些，總體來說身材偏瘦。上半身不知為何穿著不合身的紅色連帽運動衣，下身是像高中制服般的百褶裙。跟少年一樣戴著墨鏡，不過她的墨鏡好像是便利店賣的便宜貨。不知是遇到事故還是什麼原因，雙手手腕處都被切斷了，嶄新的切口看起來就很疼。看來僅僅只是用極細的線綁縛著來止血。

少年和少女——

在空無一人的車廂內交談著。

「嗯——我認識一個不錯的義肢師傅。所以妳的手，不用太擔心。搞不好會比以前還要好用呢！」

「……是這樣嗎？」

「之後我把別的『零崎』，我認識的『零崎』中性格最好的一個介紹給妳。以後就跟著那傢伙，不論是生是死，欺騙還是受騙，都隨妳喜歡。在那之前先由我來照顧妳。畢竟大哥這樣拜託我了。」

「……真是冷淡呢，人識。」

少女像是煩透了一樣地仰著頭。

「畢竟是家人，要好好相處嘛。我可是妹妹喔！對吧，對吧！」

「我說過了吧。除了大哥以外，沒把別人當成家人過。就連『零崎』也是被大哥邀請了才隨便來混混的。我也不推薦妳加入。當然，我也不會干涉妳的決定。」

「你好像經歷了不少事呢！人識。」

「還好啦，不過我也不打算跟妳說。有很多祕密可是我的金字招牌呢！要是洩漏個人隱私，那我的形象就會下滑了！」

「男生就是要有一點過去才更帥，對吧？」

「不是啦——哼，不過，不管妳打算怎樣，我應該不會再和妳見面了吧，我對這個國家有點厭煩了，而且，還有兩個絕對不想再見面的人——我正想跑去美國的德克薩斯州呢！」

「要怎麼去呢？人識，你沒有錢吧？ 還有，你看起來應該沒有護照吧？」

「這種東西，辦法多的是！我在全國流浪，也不是為了好玩啊！」少年說到這裡突然停住了。「嗯，說到什麼來著——啊，對，說到大哥。他經常說人在死的時候肯定有著某種『惡』的存在吧——那這次的情況，誰又是『惡』呢？」

「那還用說——不就是我們嗎？」少女如此回答少年。「還有早蕨的老大，也這麼說過吧！那些人雖然也差不多，但是要說本質的話，肯定比雙識哥哥和人識好多了。所以說，這次的結果——就是我們自作自受。」

「可是——隨隨便便地就把壞人說成是『惡』或者是『最惡』什麼的，這世界可沒這麼簡單，我是這麼認為的啦。我想『善』啊，『惡』啊這種概念是不可能用簡單易懂的二元論描述清楚的。大哥好像很羨慕『普通』——為此還打扮成那麼不倫不類的模樣——但是就是那些『普通』也不太靠得住，如果世界上真的有那種東西，應該也算是奇蹟了吧？」

「——是奇蹟嗎？」

「況且，『普通』的人也沒幾個正經的吧？要我說，嚮往普通，只是想混到『大多數人』當中讓自己安心、安定下來，這是無聊的蠢人的結論。『所謂的個性就是缺少了什麼』——那句話也是大哥的座右銘，但是，如果照那樣說的話，『沒有個性』就是什麼都沒有嘍？我最近好不容易和大哥有點共鳴了，不過前段時間遇到個不得了的笨蛋，害我不得不稍微改變下自己的想法了。」

「不得了的笨蛋？」

「嗯，一個不得了的不良製品。『那傢伙』一點都不『惡』——經常說謊，疑心很重，不把人當人看，不把人當人對待，是個不得了的傢伙——儘管如此『那傢伙』卻一點也不『惡』。『那傢伙』沒有任何責任——『那傢伙』完全沒有不得不背負的十字架。然而——『那傢伙』卻『殺』了和我或大哥那麼多的人數。虐殺了一般的記憶力容納不下的數目的人。『那傢伙』一點都不『惡』，但是他的存在就能殺人。」

「好像是『咒之名』那樣的人呢——」

「啊啊，比起我們來，他更像那些人吧。但是還是有區別——要說最相近的呢，還是那個人類最強的深紅吧。『那兩個傢伙』成了一對的話，感覺會很相配呢——真是傑作啊。」

「嗯——有點想見他一面了呢。」

「算了吧、算了吧。『那傢伙』說過不喜歡短髮的女生。當心會被他『問答無用』地……啊，應該是『問答有用』地殺掉了嘍！」

少年哈哈地笑了。

「先不說那個，所以說我認為——人的死並不一定要有『惡』。必要的只是刀子，還有流血。」

「………………」

說到這裡，談話中斷了，兩人的表情變得很微妙。

像是感到痛楚。

又像是在悼念著什麼。

「……哥哥，真是遺憾呢，人識。」

先開口的是少女這邊。

少年對此，以像是略有些逞強但又無法一眼分辨出的態度「哈！」地笑了一聲，蒙混過去。

「也沒那回事，大哥該說是有點輕生的類型呢！雖然好像很討厭自殺，不過其中那些曲折憂鬱的感情，只要看看他給武器起的名字，就可以想像得到吧？大哥並不是『惡』，但是卻沒能從罪惡感中逃脫。是個對自己沒有任何責任的事抱有責任感的人。就像文學狂熱者的電腦一樣的男人。」

「……是嗎？」

「先不提大哥，妳還活著就已經是超出常軌的奇跡了。那種失血量還能生存下來真是異常啊，妳明不明白啊？妳到底是怎麼一回事啊？簡直就是非現實的機會主義。還想要大哥活下來那也太貪心了吧。」

「……人識是那樣想的嗎？我死了，而雙識哥哥活了下來，這樣的發展才更好嗎？」

「那倒不是，妳活下來是因為妳的運氣，那是妳的命運，不是我可以插口去管的喔！」

「……是運、運氣……嗎？可是，可是這麼說也太殘酷了呢。結果，爸爸媽媽，還有哥哥姊姊，全都被害了。」

「妳該慶幸事情這樣就了結了。大哥那時候，似乎連整個城市都沒了呢。隱蔽工作費了很大功夫，老大經常抱怨這事呢。」
「那，人識的時候是怎樣的呢？就是——人識變成『零崎』的時候。」
「我跟大哥和妳是不同的類型——所謂的『天生』的殺人鬼。我不知道大哥是怎麼想的，不過從那種意義上來說，我大概並不符合『零崎』的定義。我也和『那傢伙』一樣，不像是能被什麼定義所束縛的性格……好像也不是『性質』了，我也盡量不想再去深入這方面的事。」接著，少年別有深意似地說道：「妳搞不好在想，是因為自己的『覺醒』，而把大哥捲進這件事來的，不過大哥本來就是自己一頭鑽進這件事才死掉的。除了說他蠢，還能說什麼呢，就連同情的餘地也沒有。」
「……真是冷淡啊，人識。」少女驚訝地說道：「你不是說只有雙識哥哥一個『家人』嗎？」
「大哥可是經常打我的啊。」
「…………」
「是大哥把我撿回來，是大哥幫了我，是大哥把我養大，是大哥為我擔心，是大哥照顧了我，大哥喜歡我，這些我都很清楚。」
少年用特別堅定的語氣說著。
「跟大哥一起去看了電影。黑白的，無聊的系列影片。讀了大哥推薦的小說。不過大哥推薦的漫畫倒是沒讀。跟大哥一起玩過投接球遊戲。對手是我這種小鬼，他居然用全力把球砸過來，我可是進了醫院耶。大哥給我買了把刀子。我被那小刀割到了，於是我知道了被刀割的疼痛。大哥做的咖哩很難吃，那個才稱得上是最差勁的呢！」

「……人識。」

「我非常瞭解大哥。雖然都是些讓人火大的事，很想統統忘掉，但是都已經記住了，也沒辦法忘記。所以，大哥並不是孤身一人。反正不論在還是不在，都一樣，都沒什麼好事。大哥在這裡，確實在這裡。大哥的事，我全知道。」

「…………」

少女在短暫地沉默後開口說道，「嗯──我也，知道」，這句話並不是對著少年說的，是自言自語。

「可是一開始我還以為他是變態。」

「是變態啊！而且還是個無可救藥的傻瓜，竟然還愛著像我這樣的人，以殺人鬼而言的能力是很高啦，不過也僅僅是那樣而已，一個無聊的男人。不……是個走投無路的，男人。」

走投無路的男人。

就像是──普通得不能再普通的人。

「雙識哥哥大概──一直認為自己是『不合格』的吧。」

「大概是這樣吧？關於這點我倒是完全贊同呢！從剛才開始就一直在否定妳的意見，這次終於意見一致了，真是可喜可賀呢。」

「──那會是怎樣的人生呢？你想想，雖然我不知道怎麼形容──所謂的『自己』，不就是要相伴一生的唯一的人嗎？然而他卻認為自己是『不合格』——那樣，也太痛苦了吧。」

「那也不是僅限於大哥吧。誰都會對自己抱有一些不滿。妳之前也不是一直認為人生就是『逃避』嗎？」

「那……倒是沒錯。」

「妳也別再把大哥想成悲劇的主角了，我知道同情別人的確比較輕鬆，但也別太驕縱他了。仔細想想那傢伙的人生不也是挺快樂的嗎？有個像我這樣可愛的弟弟，而且到了最後，還有了個像你那麼活潑的好妹妹喔！」

「……是嗎？」

「啊啊。絕對沒錯。我保證。」

「——我們又會是怎樣呢？」少女轉換了語氣向少年問道：「我們會是——『合格』嗎？還是『不合格』？」

「那不是很清楚嘛？肯定是『不合格』——啊啊，不對，不是嗎。」少年說到一半停了下來，撓撓了頭。「對那個大哥來說是那樣，我們可沒有那個資格吧。」

「資格？」

「接受測驗的資格啦。我們沒那資格。他肯定會這麼說——『哪有會測試家人的笨蛋啊』。」

「…………也是呢。」

少女在這裡第一次露出少女般的笑容。多半是少女天生就有的，和性格相符的可愛笑容。

「……人識今後打算怎麼辦？」

「也沒什麼打不打算的了，就只能走一步算一步了，我剛才也說了吧，我已經不方便再在這個國家居住下去了。在被紅色的殺人鬼剋星追上之前，得趕快逃到國外去。」

「一起走不行嗎？」少女用不像是在開玩笑的語氣問道。「人識其實剛好是我喜歡的類型呢。」

「真是誘人的邀請呢。可我是四處流浪的獨行俠，我可沒辦法耐心地等到妳的手養好。而且妳還有其他要做的事吧？所謂——替大哥報仇什麼的。」

「…………」

「這次的事件，想來肯定不止是那幾個人的陰謀吧？應該會有其他的協助者——所以啦，身為『零崎』就連那些人也不能放過的吧？」

「人識不參加嗎？『報仇』。」

「我不擅長這種充滿暴力的世界。『咒之名』那些傢伙雖然很讓人討厭，不過『零崎』這群人也好不到哪兒去。結成黨派，沒有個性的傢伙，隸屬於某個組織的傢伙們，該怎麼說呢，我都很怕，他們真的都很可怕啊！」

「——那樣的話，你不會寂寞嗎？」

「寂寞嗎？」少年嘿嘿地竊笑著。「妳是在說我還有會感到『寂寞』、『悲傷』什麼的資格嗎？自己殺了人還說寂寞，那簡直太任性了吧！」

「太任性了嗎——也不是不能理解。」少女好像並不滿意，但還是點了點頭。「但是就算那樣，人類不是還有感情嗎？」

「感情怎樣都無所謂啦。感情什麼的，跟理性比起來算不了什麼，沒有用理性無法抑制的感情啦！這也是從『那傢伙』那裡得到的教訓之一。」

「其他的教訓呢？」

「『紅顏禍水』、『君子不立危牆之下』、『先到先得』。」

「說得真妙啊。越來越感興趣了呢——」少女呵呵地發出奇怪的笑聲。「一次也好，真想見見那個人啊！」

「真想要見他的話只要去京都就行了。到了京都的話，自然就會被牽引過去喔。『那傢伙』似乎有著吸引怪人和變態的才能。那也算是和我不同的地方吧。」

「京都嗎？知道了，我會記住的。」

「不過也不一定永遠在京都——無根之草的孤獨主義這點他和我是一樣的。況且——」少年用譏諷的語氣說道：「最好還是算了吧。『那傢伙』是很溫柔，但是做事不留情面。和對人寬大卻不溫柔的我是正好相反。可以稱得上是京都的傑作，盛開的死亡之花。」

「傑作——那也不錯呢。」少女咧嘴一笑，有點惡作劇般的感覺。「但是在那之前——總而言之，要先為雙識哥哥報仇。」

「啊哈哈——在跟我沒關係的地方隨心所欲地幹吧。我會在暗處偷偷地幫妳聲援的。」

「謝謝。」

就在這時。

這時候，突然。

轟隆一聲——

伴隨著猛烈的衝擊電車突然停了下來。由於慣性的緣故，少年和少女一下子倒在座位上。如此猛烈的急煞車。簡直就像與什麼在鐵軌上的『東西』撞擊後，被強行阻止前行一般。是到站了嗎？答案是否定的。從窗戶往外看去，這裡是鐵路橋上。正下方河流聲轟鳴而響。但是這樣的話，究竟是什麼力量從正面停止了行駛中的電車呢——？

「等——這是……」

「嗯——這下完了。」

與慌慌張張的少女相反，少年還是老樣子嘴角上浮現出一絲微笑。但是那笑容與至今為止的不同，看上去像是攙雜著些許焦躁，些許自虐和放棄的不愉快的表情。少女好像不明白少年笑容的意義，顯得更加困惑了。

但是她馬上就能知道理由了。
接下來就像是外面發生了爆炸一樣，少年和少女所在的車廂的一個車門，往內側飛了過來，兩扇門板就這樣撞到了對面的車門上，然後繼續飛了出去。
接著。

一個人進入了車廂——

從車門的那個大洞。
威風凜凜地，一副理所當然的樣子。
她——『她』那苗條的身體被眩目的紅色衣裝包裹著。擁有著相當地，不，是超出想像般拔群的美貌和身材。紅色的頭髮一直延伸至肩膀，還有一對彷彿能射穿一切的眼眸。全身都釋放著毫不留情的壓迫感，明明離開這麼遠的距離，少年和少女還是被她的存在給壓倒了。光是登場就給人一種超乎常人的感覺。
『她』——
人稱『死色真紅』。
「無處可逃啦——殺人鬼。」

紅色的『她』浮現出譏諷的笑容。

「到結束時間了——人識君，我到處尋尋覓覓，找得好苦啊！來吧，能把我殺死、肢解、排列、對齊、示眾的話，就來殺死、肢解、排列、對齊、示眾看看吧。」

說完，她一步一步地、慢慢地向少年和少女這邊靠近。少年歎著氣說：「如此誠心誠意，真是傑作啊……」，然後直起倒在座位上的身子。他穩健地站在因急停車而脫軌並且向側面傾斜著的車廂中，與此相反，言行舉止中卻透著一股懶散和無可奈何。從背心中取出蝴蝶刀，指向『她』。

「——吶？」

少女還是倒在坐椅上，問道。

「那個人，是人識的敵人嗎？」

少年無言地點了點頭，少女便「呵呵」地笑了，背部用力一躍而起，然後把右腿向空中踢起。

「是嗎——**那樣的話**。」

從隱藏在百褶裙內的皮套中飛出了一把剪刀。不，那並不能說是剪刀。雖然沒法準確地形容，不過硬是要用語言來說明的話，就只能這麼說了。

手柄部分被做成拳頭大小的半月形，以螺絲固定，兩把鋼鐵鍛接的雙刀式和式刀的混合型刀具——應該這麼形容吧？大拇指指環的手柄部分，要比下指環部分的刀部稍微小一號。外形的確是剪刀狀，也只能這樣形容，但是要說存在意義，也只能想到殺人凶器了。

不知是誰，又是從何時開始稱這把剪刀為『自殺志願』。

然後，直到今天還是這個名字。

「**那樣的話**——也就是我的敵人呢。」

少女用嘴銜住在半空中飛舞的『自殺志願』，然後與少年一同面向深紅色的『她』。

少年很無奈地垮著肩膀，向少女投去視線，苦笑了一下。

「我來助你一臂之力。」

「謝了。」

然後兩人靠在一起，向『她』邁出一步。

沒有任何迷惘——

沒有任何畏懼——

也不會逃避自己。

『她』其實沒有對那兩人說什麼，只是以喜悅、非常喜悅的表情迎上來，她的表情不言而喻，簡直就像是發自內心地期待著眼前這兩個對自己刀刃相向的存在和這個狀況一樣——

不只是她——其實少女也是一樣。

雖然多少有些顫抖，但少女很清楚地讓人感到她已經熱血沸騰，面對『她』時露出的面喜色，這笑容與先前的笑容完全相反，但這卻是與少女本來的性質十分相似的笑容。少女一邊笑著，一邊將『自殺志願』的兩個刀尖展開，對著眼前的『她』。

那笑容——正是殺人鬼應有的笑容。

「真是……因果報應的人生啊——不良製品。」

少年一臉憂鬱的表情，發牢騷似地自言自語道，他的獨白彷彿在說一個人應付，還真是吃不消啊！

——那麼。

「開始零崎吧。」

零崎一但開始就永不結束。

（零崎人識——不合格）

（零崎舞織——不合格）

（試驗結束）

後記——

全體利益優於個人利益觀念漸長的社會中，『我是誰？』這種對於『自我本身』的質問已經許久都毫無意義，即使如此我仍針對這問題重新思考而有了各種新發現，覺得挺有趣的。總之來聊聊『個』與『全』——『個人』與『全體』的差異，個人是在個人上追求『屬性』這類，與追求歸屬感相同，因此到頭來只能算是全體的一部分，然而，相對於『全體』，亦即那也是個人的，換言之那不過是個性的集合下的群體，類似見樹不見林、小題大作或藏樹於林這類的感覺，然而，『我是誰？』這疑問固然重要的原因是自我如果動搖了就變得誰也不是，而用『那又怎樣？』這句話便草草作結。我是這麼想的。若要說有什麼理由不能用『那又怎樣？』這句話作結，其實也並沒有，畢竟小說這文本歸根究柢、追根究柢，『那又怎樣？』的『怎樣？』這個部分並不是為了要靠文字來作說明的吧，有時我會這麼想，有時又不這麼認為。『我是誰？』這個詰問，當然並沒有確切的答案，但沒人規定沒有答案的問題就不能問。與其當個回答者，不如當個提問者吧。當然，回答也很重要。

因此，本書就是提問與反問、思考與煩惱、生與死、殺與被殺的故事。反正主要就是描寫尋常不變的生活，也可以說是日常系的小說吧。只是混入了家族、家人或一賊之類的描寫，其中有幾個人有了『我是誰？』的疑問便進行自我探索，然而，對在自我探索的人說『此時此刻在這裡的你就是你自己』，這樣的直截了當的說法根本就沒有同理心。這種樣子、這種日常、這種生活、這種自己，雖然無法解釋得很正確，難道不是『不是這樣的』嗎？感受著這樣的異樣感而活著，總有一天會成為成長的養分。再者，感受著這樣的異樣感，那樣是不是就是這樣了呢？《零崎雙識的人間試驗》就是這樣的感覺。

感謝插畫師的竹老師畫出封面帥度破表的零崎雙識以及扉頁中可愛的無桐伊識，非常謝謝您！這次真的讓講談社文庫出版部的各位久等了。下次我會留心要有優良的工作進度！我終於也借用後記篇幅來道歉了……不是謝罪而是感謝，真是生不如死呢。

那麼，開始零崎吧！

西尾維新

浮文字
零崎雙識的人間試驗
（原名：零崎双識の人間試験）

作者／西尾維新　插畫／take　譯者／陳君怡
執行長／陳君平　榮譽發行人／黃鎮隆
協理／洪琇菁　國際版權／黃令歡
執行編輯／呂尚燁　美術編輯／李政儀
企劃宣傳／楊玉如、洪國瑋、施語宸
發行／英屬蓋曼群島商家庭傳媒股份有限公司城邦分公司　尖端出版
台北市中山區民生東路二段一四一號十樓
電話：（〇二）二五〇〇—七六〇〇（代表號）
傳真：（〇二）二五〇〇—一九七九
中部以北經銷（含宜花東）／楨彥有限公司
電話：（〇二）八九一九—三三六九
傳真：（〇二）八九一四—五五二四
雲嘉經銷／智豐圖書股份有限公司　嘉義公司
電話：（〇五）二三三—三八五二
傳真：（〇五）二三三—三八六三
南部經銷／智豐圖書股份有限公司　高雄公司
電話：（〇七）三七三—〇〇七九
傳真：（〇七）三七三—〇〇八七
一代匯集／香港九龍旺角塘尾道六十四號龍駒企業大廈十樓B&D室
電話：（八五二）二七八三—八一〇二
傳真：（八五二）二七八二—一五二九
馬新經銷／城邦（馬新）出版集團　Cite(M)Sdn.Bhd
E-mail：Cite@cite.com.my
法律顧問／王子文律師　元禾法律事務所
北市羅斯福路三段三十七號十五樓
二〇二二年八月一版一刷

■中文版■

郵購注意事項：
1. 填妥劃撥單資料：帳號：50003021戶名：英屬蓋曼群島商家庭傳媒(股)公司城邦分公司。2. 通信欄內註明訂購書名與冊數。3. 劃撥金額低於500元，請加附掛號郵資50元。如劃撥日起 10～14日，仍未收到書時，請洽劃撥組。劃撥專線TEL：(03) 312-4212 ・ FAX：(03) 322-4621。E-mail：marketing@spp.com.tw

國家圖書館出版品預行編目資料

零崎雙識的人間試驗 / 西尾維新 著 ; 陳君怡譯 .
--二版.　--臺北市：尖端出版, 2022.08
面 ; 公分.--(浮文字)
譯自: 零崎双識の人間試験
ISBN 978-626-338-026-4(平裝)

861.57　　111007680